손안의 진리 3

한산시

김달진 편역·최동호 해설

서정시학

김달진: 시인, 한학자

최동호: 시인, 평론가

손안의 진리 3
한산시

2012년 1월 20일 초판 1쇄 발행

편   역 · 김달진
해   설 · 최동호
펴 낸 이 · 김구슬
펴 낸 곳 · 서정시학
편집·교정 · 최진자
인   쇄 · 서정문화
주   소 · 서울시 성북구 동선동 1가 48 백옥빌딩 6층
전   화 · 02-928-7016
팩   스 · 02-922-7017
이 메 일 · poemq@dreamwiz.com
출판등록 · 209-07-99337

ISBN 978-89-94824-48-2   03810
값 9,900원

잘못된 책은 바꾸어 드립니다.

寒山詩

原著 寒山豐干拾得

譯註 金 達 鎮

한산과 습득

　이 책은 김달진 선생이 1964년 '법보원'에서 간행한 『한산시』를 다시 보태고 정리해서 출간한 것이다. 김달진 선생이 번역한 초판은 여러 번 판을 거듭했으나 1980년대 초에는 절판되어 시중에서 구할 수 없었다. 검은 표지에 붉은 글씨로 표제를 달고 있는 초판본을 1970년대 초에 구해 처음 읽었으나 이 책을 누군가에게 빌려주어 되돌려 받지 못했다. 1980년 초에 나에게 초판을 구해 준 것은 시금은 미술평론을 하는 김종근이었다. 그는 당시 마산의 경남대에 필자가 재직하고 있을 때 미술을 전공하고 시를 쓰고 있었는데 어느 날 한산시에 대해 이야기하고 그것을 잊어버리고 있었는데 헌 책방에서 구했다고 하며 고서같이 느껴지는 『한산시』를 나에게 선물해 주었다. 김종근이 구해 주었던 책은 지금 창원시 '김달진 문학관'에 소장되어 있다.

　1989년 최승호 시인의 부탁으로 칩거 중이던 김달진 선생의 허락을 득해 다시 '세계사'에서 필자의 주석과 해설이 추가된 새 판본을 출판했다. 『한산시』는 "기가 세서 누가 그 기를 꺾기 어렵다"고 최승호 시인과 이야기했던 기억이 남아 있다. 2001년에는 '문학동네'에서 전집판을 간행하면서 여러 판본을 비교해 보았다. 당시의 검토에 의하면 중국에서 전해진 『한산시』는 고려

시대부터 불가에서 비전의 책으로 읽혀져 왔으며 김달진 선생이 번역의 대본으로 한 것은 철종 7년 1856년에 간행된 '봉은사' 목판본이라는 것이었다. 이런 사연을 길게 말하는 것은 이 책과 얽힌 사람들과의 인연이 간단하지 않다는 것을 말해 두기 위해서이다.

여러 번의 중판에도 불구하고 이 책을 다시 간행하는 것은 『한산시』가 보다 널리 읽혀지기를 바라는 소망 때문이다. 특히 이번 판에서 정성을 들인 것은 전체적으로 번다한 것을 제거하여 간결하게 체제를 잡았으며 독자들의 이해를 위한 '해설'에서 때로는 단순주석을 벗어나 찬시 형태의 압축된 시를 덧붙인 것이다. 현대판 '한산시'라고 부를 수도 있을지 모르겠다. 혹시 『한산시』를 직접 감상하는 데 방해가 되지 않을까 저어하는 마음이 앞선다.

『한산시』는 타성에 젖은 우리들의 정신을 질타하고 경직화된 감성을 일깨우는 야성의 목소리가 담겨 있다. 조지훈 시인의 말처럼 『한산시』는 '이빨이 시린 시'이다. 물신과 배금주의에 사로잡힌 오늘의 상황에서 시의 정도를 찾으려는 사람들에게 훌륭한 길잡이가 될 것이다. 이 책이 판을 거듭하면서 고루하고 답답한 타성에 젖어 있는 시단과 일반 독자들에게 신선한 바람을 불러일으키기를 소망한다.

2011년 12월 29일 최동호 적다

◈ 차 례 ◈

한산자시집서 寒山子詩集序

　한산자(寒山子)는 어떤 사람인지 상세하지 않다. 고로(古老)들이 보아 온 이래 모두 가난하고 광기 있는 사람이라 이야기되고 있다. 천태산 당흥현(天台山 唐興縣) 서쪽 칠십 리에 있는 한암(寒巖)이라는 곳에 은거하고 있었다. 대개 그곳에 살았지만 때로는 국청사(國淸寺)에 가기도 했다. 국청사에는 습득(拾得)이 절 부엌에서 일을 하고 있었는데, 평상시에 음식 찌꺼기를 대나무 통에 담아 두었다가 한산이 오면 그것을 짊어지게 해서 보냈다. 한산은 혹 국청사의 긴 낭하(廊下)를 천천히 걸으면서 유쾌한 듯이 큰소리로 외치기도 하고 혼잣말을 하기도 하고 혼자 웃기도 하였다. 그러다가 때로는 절의 중들에게 붙잡혀서 욕설을 듣고 매질을 당한 후 쫓겨나는 곤경에 처하기도 했는데, 이때 한산은 가만히 멈추어 서서 손뼉을 치며 껄껄 크게 웃다가 돌아가기도 했다.

한산의 비참한 꼴은 거지와 같고 얼굴은 여윌 대로 여위었지만, 그의 일언일구(一言一句)는 모두 진리를 담고 있어서 깊이 생각해 보면 이치에 합당한 것이었다. 대략 그의 말이 나타내는 것은 빈틈없이 현묘하고 깊은 뜻이었다. 한산은 자작나무 껍질을 머리에 쓰고 너덜너덜하게 해진 옷을 입고 나막신을 질질 끌고 다녔다. 이것은 진리를 체득한 사람이 짐짓 그 모습을 감추고 사람들을 교화시키려 함이다.

그는 혹 긴 낭하에서 "어이, 어이, 삼계윤회(三界輪廻)다!"라고 소리치기도 했다. 때로는 시골의 소 치는 아이들과 함께 노래하고 웃고 하였다. 혹은 거슬러서 혹은 순리대로 그 본성의 있는 그대로를 즐겼다. 따라서 현명한 자가 아니면 그의 깊은 뜻을 알아차릴 수가 없었다.

나(閭丘胤—譯者)는 일전에 단구(丹丘: 台州의 별칭—譯者)의 관리를 제수받아 임지로 출발할 즈음에 두통으로 시달리게 되었다. 그래서 의사를 불러 치료를 받았는데 더욱 아픔이 심하게 되었다. 그때 풍간(豊干)이라고 하는 선사(禪師)가 갑자기 나타나 천태산 국청사에서 일부러 왔다고 말했다. 그에게 병을 치료하도록 하니 풍간은 웃으면서 "신체는 사대(四大: 地·水·火·風—譯者)에 머물고 병은 실체가 없는 곳에서 생겨나는 것이니, 만약 병을 고치려면 청정한 물이 필요하다"고 말했다. 그래서 청정한 물을 가져오게 해서 선사에게 주었다. 곧 선사가 물을 세차게 내뿜은즉 두통은 완전히 나아 버렸다. 그리고 선사가 나에게 "태주(台州)는 해안이어서 질 나쁜 독기가 가득하니 그곳으로 갈 때는 몸을 보호하는 것이 필요하다"고 말했다. 내가 "그곳에는 스승이라 우러러 좋을 만한 훌륭한 분이 누가 있는지 말씀해 주지 않겠습니까" 하고 물었다. 풍간은 "그분을 보게 되어도 알아차리지 못하고, 알아차리는 힘이 있어도 아는 것에는 한계가 있습니다. 만약 보려고 한다면 그 겉모습에 의해 보지 않아야 볼 수 있게 됩니다. 한산은 문수(文殊)보살인데, 국청사에 몸을 숨기고 있습니다. 습득은 보현(普賢)보살입니다. 그 모습은 거지나 미친 사람과도 같습니다. 문득 가기도 하고 문득 오기도 하여 국청사 부엌에서 심부름을 하기도 하고 아궁이에 불을 지피기도 합니다"라고 말하며 이별을 고하고 사라졌다.

나는 그 후 태주에 부임하여 그 일을 잊지 않았기 때문에, 사흘 만에 국청사에 가서 한산을 찾으라고 당흥현에 명령했더니 당흥현에서 아뢰기를 "현의 경계에서 서쪽 칠십 리에 한 바위가 있는데 그 바위굴에 가난한 중이 있어 때로 국청사에서 자기도 하는 것을 마을의 늙은이들이 보기도 했다고 합니다. 그런데 절의 부엌에는 한 행자가 있는데 이름을 습득이라고 합니다"라고 했다. 나는 특별히 예불하려고 국청사에 가서 절의 중들에게 "이 절에는 풍간선사가 살고 있다고 들었는데 그 머문 곳은 어디인가? 또 한산과 습득은 지금 어디에 있는가"하고 물으니 한 중이 답하기를 "풍간선사의 거처는 경장(經藏) 뒤에 있는데 지금은 사람이 살고 있지 않습니다. 언젠가 한 마리의 호랑이가 그곳에 나타나서 울었습니다. 한산과 습득은 지금 부엌에 있습니다"라고 했다. 그 중은 나를 풍간선사의 거처까지 안내하여 주었다. 그 방을 열어 본즉 호랑이의 족적만이 있었다. 그래서 중에게 다시 "선사는 보통 어떤 일을 하였는가"하고 물으니 중이 답하기를 "풍간은 보통 절을 위해 쌀을 모아 오기도 하고 밤이 되면 노래를 부르며 혼자 즐거워하기도 했습니다"라고 했다. 부엌으로 가보니 솥 앞에서 두 사람이 불을 향하여 크게 웃고 있었다. 내가 절을 한즉 두 사람은 함께 나를 꾸짖고 서로 같이 손을 합쳐 크게 웃으며 큰소리로 말하기를 "풍간은 수다스러운 놈이다. 아미타불도 모르면서 우리에게 절을 하면 무엇 하느냐"라고 했다. 이때 중들이 모여들어서 "어쩐 일로 훌륭하신 관리가 이 두 사람의 거지에게 절을 하는 것일까"하고 떠들면서 의아하게 생각했다. 그때 두 사람은 손을 맞잡고 절에서 달려 나갔다. 그 뒤를 쫓았더니 빨리 달려가 곧 한암으로 돌아가 버렸다. 나는 중에게 "저 두 사람을 이 절에 머물도록 할 수는 없겠는가"하고 방을 준비하여 절에 머물 수 있도록 시켰다.

나는 관청으로 돌아와서 깨끗한 옷 두 벌과 향(香)과 약(藥)을 공양하러 보냈다. 그런데 두 사람은 절에 돌아와 있지 않아 바위굴까지 사람을 보냈더니 한산을 만났다. 그런즉 한산은 "도적아, 도적아!"하고 크게 외치며 바위굴로 물러났다. 그리고 "너희들에게 말한다. 각각 노력해라!"라고 하면서 바위굴로 들어가 버렸다. 그 바위굴은 저절로 닫혀 따라갈 수가 없었다. 습득도 어딘가로 사라져 버려서 종적을 알 수 없었다. 그래서 그 절의 중에게 명하여 그때까지의 두 사람의 행장(行狀)과 대나무·나무·바위·벽에 씌어 있던 시(詩), 또 촌가의 벽에 씌어 있던 시 등의 300여 수(首)와 습득이 토지신(土地神)묘의 벽에 쓴 게문(偈文) 등을 모두 편집하여 한 권의 책으로 만들었다. 내가 불심(佛心)이 있었기에 다행스럽게도 두 사람의 현자(賢者)를 만날 수 있었다.

朝議大夫使持節台州諸軍事守刺史上柱國賜緋魚袋閭丘胤撰

한산시 · *1*

이제 내 시를 읽는 그대들이여!
모름지기 마음속을 깨끗하게 하라.
탐욕은 날을 따라 청렴해지리.
아첨은 때를 좇아 바르게 되리.
휘몰아 모든 악한 업을 없애고
부처님께 돌아가 진성을 받자.
오늘 이 생에서 부처 몸 이루기를
빨리 서둘러 꾸물대지 말아라.

凡讀我詩者 心中須護淨 慳貪1)繼日廉 諂曲2)登時正
驅遣除惡業 歸依受眞性 今日得佛身 急急如律令3)

[해설] 이 시는 한산시의 서시(序詩)에 해당한다.

---

1) 慳貪(간탐): 몹시 탐하고 인색함. 탐욕. 불교에서 말하는 三毒(삼독)의 하나.
2) 諂曲(첨곡): 자기의 지조를 굽히어 아첨함.
3) 急急如律令(급급여율령): 律令은 본디 雷神(뇌신) 옆에서 심부를을 하는
   매우 발이 빠른 귀신. 이것이 변하여 詔書(조서)·檄文(격문) 등의 신속을
   필요로 하는 문서에 상투적으로 사용됨. 如律令은 본래 漢나라 때 지방관
   청의 문서 중 지체없이 빨리 처리해야 하는 것을 지시하여 사용한 데서
   유래한다. 따라서 이 문구는 지체하지 말고 서두르라는 의미.

층층 바위틈이 내가 사는 곳
다만 새 드나들고 인적은 끊어졌다.
좁은 바위 마당가에 무엇이 있나.
흰 구름만 그윽한 돌을 안고 감돌 뿐.
내 여기 깃든 지 무릇 몇 해던가
봄과 겨울 바뀜을 여러 차례 보았네.
그대 부자들에게 내 한 말 부치나니
헛된 이름이란 진정 헛된 것뿐이니라.

重巖我卜居1) 鳥道絶人跡 庭際何所有 白雲抱幽石
住玆凡幾年 屢見春冬易 寄語鍾鼎家2) 虛名定無益

[해설] 깊은 산 바위 그윽한 곳에 한산은 사는 곳을 정했다.
그곳에는 오가는 사람이 없고 흰 구름 한가하고 산새만이 날아

---

1) 卜居(복거): 거주할 곳을 점쳐서 정한다는 뜻. 『楚辭(초사)』에서 屈原(굴
   원)이 어느 곳이 살 만한가를 점쟁이에게 물어서 결정했다는 데서 유래.
   (『楚辭』卜居篇)
2) 鍾鼎家(종정가): 이 말은 부호나 귀족의 집에서 식사 때가 되면 종을 쳐
   서 식사시간을 알리고 솥을 도열해서 식사했다고 하는 풍습에서 유래한
   것으로 종정가는 부자를 가리킨다.

다닌다.

깊은 산 바위 그윽한 곳에서 속세를 잊고 여러 해를 즐거이 보낸다.

공허한 부귀와 명성에 아귀다툼을 하는 인간들은 얼마나 어리석은 것인가.

부귀와 명성의 공허함을 깨달으라.

한산시 · 3

우스워라, 내 가는 한산길이여!
수레바퀴 자국이야 있을 리 없네.
시내는 돌고돌아 몇 굽이던고.
산은 첩첩 싸여 몇 겹인 줄 몰라라.
풀잎 잎잎마다 이슬에 눈물짓고
소나무 가지마다 바람에 읊조린다.
내 여기 이르러 길 잃고 헤매나니
그림자 돌아보며 '어디로?' 물어 보네.

可笑寒山路 而無車馬蹤 聯谿難記曲 疊嶂¹⁾不知重
泣露千般草²⁾ 吟風一樣松 此時迷徑處 形問影何從

[해설] 한산의 길은 우습다. 길에는 수레의 자국도 없을뿐더러 첩첩한 산과 계곡은 아득하기만 하다. 많고많은 풀잎에는 이슬이 맺혀 있고 소나무 가지마다 바람이 인다.

이때 인생길의 나그네는 제 그림자에게 묻는다. '어디로 가야 하나?'

---

1) 疊嶂(첩장): 첩첩이 산봉우리가 연달아 있음.
2) 般草(반초): 많은 풀.

한산시 · 4

내 집은 진정 숨어 살기 좋아라.

안과 밖 두루두루 세상 티끌 멀리했네.

풀밭을 거닐다가 길이 저절로 되었구나.

구름을 바라보다 이웃으로 삼았나니,

노랫소리 돕기에는 새가 있으나

법의 뜻을 물으려니 사람이 없네.

아아, 오늘의 이 사바나무여

너는 몇 해를 한 봄으로 삼으려나!

吾家好隱淪 居處絶囂塵1) 踐草成三徑2) 瞻雲作四隣3)

助歌聲有鳥 問法語無人 今日娑婆樹4) 幾年爲一春

---

1) 囂塵(효진): 세상의 시끄러운 먼지. 시끄러운 세상.
2) 三徑(삼경): 오솔길. 前漢末 兗川(연주)의 長官이던 蔣詡(장허)가 벼슬을 물러나 고향으로 돌아가니 집 주위의 竹林에 작은 오솔길이 있어, 그 길로 찾아오는 사람은 장허의 옛 친구인 求仲(구중)과 洋仲(양중)밖에 없었다는 故事에서 유래한 말. 즉 은거하는 사람의 집 주위의 작은 오솔길을 의미한다.
3) 四隣(사린): 사방의 이웃. 흔히 漢詩에서 三徑에 대비되는 말로 쓰인다.
4) 娑婆樹(사바수): 『莊子』의 逍遙遊篇(소요유편)에 "옛날 큰 춘(椿) 나무는 팔천 세를 봄가을로 한다(上古有大椿者 以八千歲爲春 八千歲爲秋)"는 말이 있다.

[해설] 사바수(娑婆樹)는 우리가 사는 이 세계다.
언젠가 그 나무도 '니르바나(涅槃)'의 세계가 될 것이다.
숨어서 도 닦는 이의 진지한 마음을 이 나무가 상징한다.

한산시 · 5

거문고와 책은 모름지기 서로 따르네.

재물과 벼슬 또 어디에 쓸 것이냐.

연(輦)을 사양해 어진 아내 따르고

수레 꾸밈에 효성스런 아이 있다.

보리 널린 마당에 바람이 불고

고기 살진 호수에 물이 넘쳤다.

내 항상 생각하나니, 저 뱁새도

한 몸 편히 쉬기는 한 가지에 있구나.

琴書須自隨 祿位用何爲 投輦從賢婦1) 巾車有孝兒2)

---

1) 投輦從賢婦(투련종현부): 楚王이 子終(자종)의 어짊을 듣고 그를 정승으로 삼으려 했다. 자종의 아내가 "당신은 신 삼는 것이 직업이오. 거문고가 왼편에, 책이 오른편에 있어 기쁨이 그 중에 있소. 사람이 편히 쉰다 해도 다리 펴는 것과 맛나게 먹는다 해도 고기 한 점에 지나지 않는 것이오. 이제 그 다리 펴는 편안함과 한 점 고기의 맛을 위해 저 楚나라의 걱정을 어떻게 가지겠소" 했다. 이에 자종은 임금의 사신에게 사과하고 둘이서 달아나, 남을 위해 논에 물을 대는 일을 했다는 故事에서 유래한 말(『列女傳』賢明傳).

2) 巾車有孝兒(건차유효아): 晉王 弘(홍)이 도연명의 덕망을 듣고 사귀려고 했으나 되지 않자, 도연명이 廬山(여산)으로 간다는 말을 듣고 그의 친구 龐通之(방통지)에게 술을 준비해 도중에서 기다리게 했다. 도연명은 다릿병이 있어 그 한 제자와 두 아들에게 가마를 메게 했다. 도중에서 술을 즐거이 마시며 놀 때 진흥왕이 왔으나 거절하지 않았다는 故事에서 유래.

風吹曝麥地3) 水溢沃魚池4) 常念鷦鷯5)鳥 安身在一枝

[해설] 『장자(莊子)』 소요유편(逍遙遊篇)에 "뱁새는 넓은 숲
속에 집을 짓고 살지만 한 개의 나뭇가지를 필요로 할 뿐(鷦鷯
巢於深林 不過一枝)"이라는 말이 있는 것처럼 인간의 행복은
커다란 명예나 많은 부에 있지 않고 자족(自足)에 있다는 뜻이
다.

(『南史』七十五)
3) 風吹曝麥地(풍취포맥지): 後漢의 高鳳은 책읽기에만 열심이었다. 마침 갑
   자기 소나기가 쏟아졌다. 고봉은 여전히 책만 읽으며, 빗물에 보리가 떠
   내려가는 줄을 모르고 있었다. 뒷날 큰 선비가 되어 나라에서 불러도 나
   가지 않고, 고기낚는 일로 숨어 살았다(『蒙求(몽구)』).
4) 水溢沃魚池(수일옥어지): 范蠡(범려)는 越王을 도와 會稽(회계)의 치욕을
   씻고, 월나라를 떠나 五湖에 배를 띄우고 놀았다. 범려는 그때 회계의 일
   을 잊고 있었다.
5) 鷦鷯(초료): 뱁새.

한산시 · 6

형과 아우는 다섯 고을 거느리고
부자는 원래 삼주서 났느니라.
나는 오리 모임 시험코자 하거든
모름지기 흰 토끼의 노닒을 앞세우라.
한 명제는 꿈속에 영과를 얻고
주 목왕은 상 위의 신귤을 먹었건만……
이 모두 심개울에 노는 잔고기
아아, 내 고향은 어이 이리도 먼고!

兄弟同吾郡 父子本三州 欲驗飛鳧1)集 須旌白兔2)遊
靈瓜3)夢裡受 神橘4)座中收 鄕國何迢遞 同魚寄水流

---

1) 飛鳧(비부): 後漢의 王喬(왕교)의 故事에서 유래한 말. 왕교는 매일 1일과
   15일에 반드시 입궐했는데 그가 타고 온 수레나 말의 자취가 없었다. 이
   를 이상하게 생각한 황제가 몰래 관찰하여 보니, 그가 입궐할 때는 꼭 두
   마리의 오리가 동남방에서 날아오는 것을 보고 왕교가 오리를 타고 다닌
   다는 것을 알았다 한다(『後漢書』八十二).
2) 白兔(백토): 신선의 이름. 신선 彭祖(팽조)의 제자라고 전해진다.
3) 靈瓜(영과): 後漢의 明帝가 꿈에 먹은 과일. 西王母의 것으로써, 먹으면
   만년을 산다고 함.
4) 神橘(신귤): 서왕모가 周穆王에게 주었다는 것. 그 향기는 몇 리를 풍겼다
   한다.

[해설] 이 시에서 형과 아우는 제6식을 가리킨다. 다섯 고을은 눈·귀·코·혀·몸의 전오식(前五識)이다. 따라서 제1구의 뜻은 전오식이 제6식에 지배된다는 것이다. 제2구의 부(父)는 제8아라야식. 제6식과 8식은 삼주(三州)에 속한다는 것이다. 삼주는 본래 갖추어 있는 법신(法身), 반야(般若), 해탈(解脫)의 삼덕(三德). 제3구에서 6구까지의 뜻은, 인간이 본래의 고향인 삼덕으로 돌아갈 줄 모르고 한갓 장생불사 따위의 신선을 구한다는 것.

글도 배우고, 칼 쓰기도 배워 보고
거룩한 밝은 임금 두 번 만나 섬길 때에,
글로 앉아 지켜 칭찬도 없었더니
무술로 나가 싸워 공훈도 못 세웠네.
글을 배우면서 무술도 배우자고
무술을 배우면서 글도 함께 배웠더니……
어느새 오늘 내 이미 늙었어라.
이제 남은 생이야 일러 무엇 할거냐.

一爲書劍1)客 二遇聖名君 東守文不賞 西征武不勳
學文兼學武 學武兼學文 今日旣老矣 餘生不足云

[해설] 이 시는 한(漢)나라 무제(武帝) 때의 안사(顔駟)의 고사(故事)에서 연유한 듯. 무제가 어느 날 시종들의 숙소에 들렀다가 수염이 하얗게 세고 옷을 남루하게 입은 한 늙은이를 발견했다. 무제가 "너는 언제 시종이 되었는가. 어째서 이렇게 늙었는가"하고 물었다. 늙은이가 대답하기를 "저는 강도(江都)가 고

---

1) 書劍(서검): 책과 칼. 벼슬아치나 선비를 상징하는 것으로 옛날 중국에서는 文人이라도 칼을 차고 다녔다 한다.

향인데 안사(顔駟)라고 합니다. 저는 문제(文帝)의 성덕스런 시대 때 시종이 되었습니다” 하고 대답했다. 무제가 다시 “너는 왜 이리 늙어서도 불우한가” 하고 물었다. 안사는 “문제는 글(文)을 숭상하셨지만 그때 저는 칼을 좋아했습니다. 경제(景帝)는 늙은이를 좋아하셨지만 저는 그때 젊었습니다. 황제[武帝]께서는 젊은이를 좋아하시지만 저는 이미 늙었사옵니다. 이러한 이유로 저는 삼대(三代)의 임금을 모셨지만 늘 불우했습니다” 라고 대답했다. 무제는 이 말에 감동해서 회계군 사령관(會稽郡司令官)이라는 벼슬을 주어 그를 위로했다.

한산시 · 8

장자는 자기 죽어 장사치를 때
'천지를 안팎 널로 삼는다' 했다.
모든 것 때가 오면 죽고 마나니
오직 하나 거적자리 준비해 써라.
죽어서는 쉬파리의 주림을 채워 주고
조상(弔喪)에는 흰 학을 괴롭히지 않으리.
즐거이 굶주리다 수양산(首陽山)에 이르면
살아서 청렴하고 죽어 또한 즐거우리.

莊子說送終　天地爲棺槨　凡歸此有時　唯須一番箔
死將餧靑蠅　弔不勞白鶴1)　餓著首陽山2)　生廉死亦樂

[해설] 장자가 죽을 때 제자들이 후히 장사지내려 하니 장자
는 "나는 천지를 널로, 해와 달을 연벽(連璧)으로, 별들을 주기
(珠璣)로, 만물을 제물(祭物)로 삼을 것이니, 이 얼마나 큰 장구
(葬具)인가. 여기 또 무엇을 보탤 것인고" 라고 말했다.

---

1) 白鶴(백학): 梁나라 劉霽(유제)의 어머니가 죽었을 때 유제는 애통하기가
　도에 지나쳤다. 그때 백학 한 쌍이 그 여막을 돌고 있었다(『南史』).
2) 首陽山(수양산): 伯夷(백이)와 叔齊(숙제)가 周나라의 곡식은 먹지 않겠다
　고 들어가 굶어죽은 산.

사람이 있어 한산길을 묻는구나.
그러나 한산에는 길이 통하지 않네.
한여름에도 얼음이 녹지 않고
해는 떠올라도 안개만 자욱하네.
나 같으면 어떻게 해서라도 갈 수 있지만
내 마음 그대 마음 같지가 않네.
만일 그대 마음이 내 마음과 같다면
어느덧 그 산속에 이르리라.

人間寒山道 寒山路不通 夏天氷未釋 日出霧朦朧[1]
似我他由屆 與君心不同 君心若似我 還得到其中

[해설] 어떤 사람이 인생의 길 혹은 진성(眞性)에 이르는 길
을 묻는다.
 그것은 대답해 줄 수도 없고 또한 답도 없다.
 지식의 문제가 아니라 마음의 문제이기 때문이다.
 마음만 같다면야 답해 주지 않아도 그 길에 도달할 수 있으리라.

---

1) 朦朧(몽롱): 구름·안개·연기 같은 것이 끼어 흐릿함.

한산시 · 10

하늘이 백 척 되는 나무를 내어
추리고 다듬어 큰 재목 되었네.
아까워라, 저 동량 될 재목이
깊은 골짝에 버려진 채 있구나.
나이는 많으나 마음은 굳센데
때가 오래어 가죽은 벗겨졌구나.
그래도 아는 이 있어 가져다 쓰면
아직노 외양간 기둥은 됨직하다.

天生百尺樹　剪作長條木　可惜棟梁材　拋之在幽谷
年多心尙勁　日久皮漸禿1)　識者取將來　猶堪拄馬屋2)

[해설] 하늘이 큰 재목감을 냈으나 이 세상엔 그 쓰임새를
알아서 쓸 안목이 없음을 비유한 시. 봉황새는 천리를 쉬지 않
고 날아도 오동나무가 아니면 깃을 쉬지 아니하고, 선비는 쓰러
져 가는 집에서도 잘 건디며 영특한 임금이 아니면 섬기지 않기
때문이다.

---

1) 漸禿(점독): 점차로 벗겨짐.
2) 拄馬屋(주마옥): 외양간 기둥을 세움.

말을 채찍질해 옛 성을 지나가네.
거친 그 모습 길손의 정을 움직이네.
높고 낮은 것, 성가퀴는 헐었는데
크고 작은 무덤은 누구 누군고.
스스로 흔드는 외로운 다북쑥 그림자
길이 울리는 무덤 곁의 바람소리……
슬프다, 어찌 모두 속물뿐인가?
선인으로 적힐 이름 하나 없구나.

驅馬度荒城 荒城動客情 高低舊雉堞1) 大小古墳塋
自振孤蓬2)影 長凝拱木3)聲 所嘆皆俗骨 仙史更無名

[해설] 크고 작은 무덤의 주인은 누구인가.

죽고 난 다음 돌아보니 세속의 온갖 삶이란 얼마나 구차한 것인가. 무덤 곁의 바람소리만 쓸쓸하다.

---

1) 雉堞(치첩): 성위의 담. 성가퀴.
2) 蓬(봉): 다북쑥. 쑥.
3) 拱木(공목): 아름드리 나무. 혹은 묘 앞의 나무.

서국에 깃들어 살던 앵무새 한 마리
동산지기 그물에 잡히어 갔다.
드나드는 뜰 위에 휘장 두르고
미인이 아침저녁 찾아와 사랑하고
황금장에 맛난 먹이 호사롭건만
창살에 날개깃이 모지라지네.
아아, 부러워라 저 학과 기러기,
구름 속을 휘 날아오르는 저 학과 기러기…….

鸚鵡宅西國 虞羅1)捕得歸 美人朝夕弄 出入在庭幃
賜以金籠貯 局哉損羽衣 不知鴻與鶴 飄颺2)入雲飛

[해설] 앵무새는 후한(後漢)부터 육조시대(六朝時代)까지 시부(詩賦)에 흔히 등장하는 제재였다. 그러나 앵무새의 호사(豪奢)도 학과 기러기의 자유스러움에는 못 미친다.

---

1) 虞羅(우라): 虞人(우인)의 새 그물망. 虞人은 옛날 山林川澤(산림천택)에 관한 일을 맡아 보던 役人(역인).
2) 飄颺(요양): 바람불어 날림.

한산시 · *13*

옥당에 반주렴을 사뿐 내리고
그 안에 앉아 있는 미인이 있네.
어느 하늘에서 내려온 선녀인고,
어느 봄바람의 복숭아꽃이던고.
언제 동쪽 집에서 봄 안개 휘감더니
어느덧 서쪽 집에 가을바람이 이네.
거기서 다시 삼십 년을 지내보라.
단물 다 빠진 사탕수수 찌꺼기.

玉堂1)挂珠簾2) 中有嬋娟子3) 其貌勝仙人 容華若桃李
東家春霧合 西舍秋風起 更過三十年 還成甘蔗4)滓

[해설] 동가(東家)는 보통 여자가 사는 집을 지칭하는 경우가
많으나 불가(佛家)에서는 단순히 대조적으로 동·서(東·西)가 사
용되기도 한다. 여기서는 위의 두 가지 의미가 다 포함되어 있다.

---

1) 玉堂(옥당): 귀족집이나 부잣집의 안채.
2) 珠簾(주렴): 구슬을 꿰어 꾸민 발.
3) 嬋娟子(선연자): 예쁘고 아름다운 여자.
4) 甘蔗(감자): 사탕수수.

보라, 저 성 안의 색시 아가씨들
온몸에 반짝이는 보배구슬 그 소리
꽃 앞에서 앵무새 희롱도 해 보고,
달 아래서 비파를 퉁겨도 보고
삼월 꽃바람에 실린 긴 노랫소리여!
만인의 황홀 속에 나부끼는 춤길이여!
그러나 어이 이것 오래갈 것인가?
부용은 추위를 견디지 못하나니.

城中蛾眉女　珠佩1)珂珊珊2)　鸚鵡花前弄　琵琶月下彈
長歌三月響　短舞萬人看　未必長如此　芙蓉3)不耐寒

[해설] 성안의 미녀들이 진주구슬을 흔들며 꽃 앞에서 노래도
하고 달 아래서 비파를 퉁기기도 한다. 그러나 그 아름다운 노래와
만인의 눈길을 끄는 황홀한 춤도 다만 한때일 뿐, 세월이 가면 연
꽃이 추위를 견디지 못하듯 다 사라지고 잊혀져 허망함만 남는다.

---

1) 珠佩(주패): 띠구슬로 만든 진주.
2) 珊珊(산산): 珠佩를 흔드는 소리. 의성어.
3) 芙蓉(부용): 연꽃.

부모에게 물려받은 재산이 많아
살림에 남부러울 것 하나도 없다.
아내는 부지런히 베 짜는 소리
새끼들은 즐거이 지껄이는 소리,
손뼉을 치며 꽃춤을 재촉하고
턱 괴고 앉아 새 노래를 듣는구나.
그러나 누가 있어 축하하러 오는가?
산나무꾼이 자주자주 드나들 뿐.

父母續經1) 多 田園不羨佗2) 婦搖機軋軒 兒弄口♧♧
拍手催花舞 搘頤聽鳥歌 誰當來嘆賀 樵客3)屢經過

[해설] 새소리 들으며 전원(田園)에 묻혀 부지런한 아내와
철없이 뛰노는 자식들과 즐거이 산다. 이때 누가 찾아오지 않는
다 해도 어떠하리. 다만 나무꾼만이 드나들 뿐이다. 전원생활의
한적함과 즐거움을 노래한 시.

---

1) 續經(속경): 부모로부터 물려받은 재산.
2) 羨佗(선타): 다른 것을 부러워함.
3) 樵客(초객): 나무꾼.

푸른 바위 밑에 내 집이 있네.
뜰이 풀이 나면 난 그대로 두나니,
새로 난 등 넌출 제대로 드리우고
묵은 돌바위는 저절로 솟아 있다.
산과실은 잔나비야 너 따 먹어라,
물고기는 해오라기 네게 맡긴다.
선서 한두 권 잡히는 대로 펼쳐
나무 밑에서 읽히는 대로 읽는다.

家住綠巖下 庭蕪更不芟 新藤垂繚繞 古石竪巉嵒1)
山果獼猴2)摘 池魚白鷺銜 仙書一兩卷 樹下讀喃喃

[해설] 모든 것은 자연 그대로이다. 한산은 오로지 자연에 순응하며 내맡길 뿐이다. 독서라는 것도 그 자연에 일치하는 것. 바쁨과 서두름 없이 잡히는 대로 펼쳐서 읽히는 대로 읽을 뿐이다. 한산의 유유자적함이 한눈에 들어오는 시.

---

1) 嵒(암): 바위. 큰 돌. 낭떠러지.
2) 獼猴(미후): 잔나비. 원숭이.

사시는 쉬지 않아
해는 갔다 해는 오고,
만물은 바뀌어도
하늘은 변치 않네.
동쪽이 밝아 서쪽이 어둡고
꽃은 졌다 피건마는,
황천으로 간 사람은
아득하게 멀리 가고 돌아올 줄 모르네.

四時1)無止息 年去又年來 萬物有代謝 九天無朽摧
東明又西暗 花落又花開 唯有黃泉客 冥冥去不廻

[해설] 쉼 없이 흘러가는 세월을 깨달으라.
가고 오고, 밝고 어둡고 하건만
진정 변하지 않는 것이란
무엇인가 생각해 보라.

---

1) 四時(사시): 사계절.

한산시 · *18*

해가 가면서 시름을 몰고 갔다.
봄이 와 온갖 물색 더욱 새로워
산꽃은 물에 비쳐 웃음 예쁘고
바윗나무 연기 속에 춤이 고와라.
벌 나비는 스스로 즐겨 노는데
새 고기는 그 위에 더욱 귀엽다.
벗으로 노는 정을 다하지 못해
한밤을 지새우면서 잘 줄 모르네.

歲去換愁年 春來物色鮮 山花笑綠水 巖樹霧靑煙
蜂蝶自云樂 禽魚更可憐 朋遊情未已 徹曉1)不能眠

[해설] 겨울이 가면 봄이 온다.
만물이 떨쳐 일어나
봄기운이 생동한다.
생명력에 가득 찬 것은 시간가는 줄을 모른다.

---

1) 徹曉(철효): 밤을 지새움.

붓을 들면 가로 세로 걸릴 것 없고
일 꾀하면 두루 통해 뛰어나더니,
살아서 기껏 백년을 넘었던가?
죽어서 또한 이름 없는 귀신 되네.
예부터 이러한 일 많았으니
그대여, 그대는 지금 어찌하려나.
오라, 여기, 이 구름 속으로 오라……
내 그대에게 자지가 가르치리.

手筆太縱橫 身才極瓌瑋1) 生爲有限身 死作無名鬼
自古如此多 君今爭奈何 可來白雲裡 敎你紫芝歌2)

[해설] 진(秦)나라 시황제(始皇帝)의 학정이 심해 도의(道義)
가 땅에 떨어지고 학자(學者)들이 참살되었을 때, 눈썹도 수염
도 하얀 네 명의 덕망 있고 청렴한 노인들이 "아득한 높은 산,
골은 깊어 둘러 있다. 빛나는 자지(紫芝)로 주림을 달래 주자.

---

1) 瓌瑋(괴위): 훌륭한 옥(玉). 여기서는 뛰어나게 잘한다는 뜻.
2) 紫芝歌(자지가): 秦(진)날 때 수염도 눈썹도 하얀 네 사람의 노인이 불렀
   다는 노래. 紫芝는 靈草(영초)로, 먹으면 신선이 된다고 하는 풀.

당·우(唐·虞) 세상 멀었거니, 나는 장차 어딜 가리. 큰 부자 높은 벼슬 그 걱정 많아라. 차라리 빈천하여 뜻대로 살리라” 하는 노래를 부르고 상산(商山)이라는 곳으로 도망갔다 함. 이 노래가 「자지가(紫芝歌)」이다.

이 몸 편히 간직할 곳 얻으려거든
이 한산 길이 가져 버리지 말라.
그윽한 소나무에 실바람 일어
가까이 들으면 그 소리 더욱 좋네.
그 밑에 어인 반백 노인이 있어
황로(黃老)를 중얼거려 읽고 있나니,
깃든 지 십 년, 돌아갈 줄을 몰라
들어올 때의 길을 이미 잊었네.

欲得安身處 寒山可長保 微風吹幽松 近聽聲愈好
下有斑白人 喃喃讀黃老1) 十年歸不得 忘却來時道

[해설] 제2구의 한산은 자기 자신 고유의 삶을 뜻한다. 즉 편히 살려거든 자기 자신이 선택한 고유의 삶을 가져서 버리지 말고 살아야 한다는 뜻. 한산의 시에는 도가(道家)의 불로불사 사상(不老不死思想)을 비판하고 있는 것도 있지만 전체적으로 는 도가사상과 깊이 접맥되어 있다.

---

1) 黃老(황로): 보통 말하는 老子·莊子. 여기서는 老子의 『道德經(도덕경)』 을 말한다.

헌칠하구나, 말 위의 저 사나이,
채찍을 들어 버들촌을 가리키네.
스스로 일러 '나는 죽지 않는다'고,
끝내 건널 배를 모으지 않는구나.
사철을 따라 꽃은 스스로 예쁘지만
하루아침에 병들어 이우나니,
저 아름답고 맛난 제호와 석밀
죽을 때까지 맛보지 못하는구나.

俊傑馬上郞 揮鞭指柳楊1) 謂言無死日 終不作梯航2)
四運花自好 一朝成萎黃 醍醐3)與石蜜4) 至死不能嘗

[해설] 제호(醍醐)와 석밀(石蜜)은 불법(佛法)에 비유된 것
이다. 사람들이 쾌락이나 부귀영화를 좇아 부처의 참뜻을 알지
못한다는 시.

---

1) 乳養(유양): 창기들이 있는 거리.
2) 梯航(제항): 생사의 바다를 건너갈 배.
3) 醍醐(제호): 우유에 갈분을 타 미음같이 쑨 아주 맛이 있는 죽. 세상 제일
   의 맛.
4) 石蜜(석밀): 산속에 나무나 돌 사이에 석벌이 친 꿀. 꿀 중에 가장 맛있음.

안개 마시며 사는 신선이 있어
사는 곳 세상 일 멀리 꺼렸다.
그의 사철 이야기는 실로 시원해
한여름에 있어서도 가을 같았다.
그윽한 시내에는 물방울 항상 차고
높은 소나무에는 바람이 서늘했다.
그 속에 반나절 앉아 있으면
백년 시름을 언제 잊는다.

有一餐霞子1)　其居諱俗遊　論時實蕭爽2)　在夏亦如秋
幽澗常瀝瀝3)　高松風颼颼4)　其中半日坐　忘却百年愁

[해설] 안개 마시며 사는 신선의 삶이란 언제나 시원하다.
그에게 인생살이 백년의 시름이 있을 수 있겠는가.

---

1) 餐霞子(찬하자): 신선. 여기서는 寒山 자신을 이름.
2) 蕭爽(소상): 시원함.
3) 瀝瀝(역력): 물 흐르는 소리.
4) 颼颼(수수): 바람소리.

첩은 한단 땅에 살고 있나니
노랫소리도 곡조가 곱습니다.
미뻐라, 내 여기 편히 쉬는 곳
이 곡조도 예부터 울리고 있다.
이미 취했음에 여기 떠나지 않네.
머뭇거려 해는 아직 한낮이 못 되었네.
내 아이 집, 내 여기 자는 곳은
비단 요·이불 침대에 가득하네.

妾在邯鄲1)住 歌聲亦抑揚 賴我安居處 此曲舊來長
旣醉莫言歸 留連日未央 兒家寢宿處 繡被滿銀床

[해설] 제1구와 2구는 세상의 염정(艶情)을 말한 것. 제4구
의 차곡(此曲), 즉 이 곡조는 한산의 노랫소리를 한단(邯鄲)의
그것에 비유한 것. 제3구에서 6구까지의 뜻은 한산이 사는 세상
이 뛰어난 도정(道情)이라는 것. 7句의 아가(兒家)는 본래의 고
향, 즉 '보리(菩提)'의 집이라는 뜻.

---

1) 邯鄲(한단): 戰國時代 趙나라의 서울. 河北省(하북성) 남부에 있는데 미녀
  가 많고 歌曲(가곡)이 유명했다 함.

세 날개 배를 날쌔게 젓고
천리마를 타고 채찍질해 달려도,
내 집에는 감히 이르지 못하리라.
내 집은 가장 그윽한 곳이거니
우뚝한 바위산, 겹겹이 싼 골짝
구름 속 천둥은 온종일 내리나니,
저 늙은 공구님 만나기 전에는
서로 더불어 구해 줄 이 없나니.

快拕三翼舟1) 善乘千里馬 莫能造我家 謂言最幽野
巖岫深嶂裏 雲雷竟日下 自非孔丘2)公 無能相求者

[해설] 누가 한산의 집에 이를 수 있겠는가.
진정한 삶을 사는 사람의 집에는 아무나 도달할 수 없다.
공자만이 한산과 이야기할 수 있으리라.

---

1) 三翼舟(삼익주): 옛날 바다 싸움 때 쓰던 가볍고 빠른 배.
2) 孔丘(공구): 孔子(공자)의 본명.

지혜로운 그대는 나를 버리고
어리석은 나는 그대를 버리나니,
지혜롭지도 않고 어리석지도 않은
저이와는 이제부터 소식 막히네.
밤이면 밝은 달에 노래 부르고
새벽에는 흰 구름에 춤을 추나니,
어찌 좋이 입과 손을 모두 거두어
단정히 앉아 귀밑털을 세울 것인가.

智者尹1)抛我　愚者我抛君　非愚亦非智　從此斷시聞
入夜歌明月　侵晨舞白雲　焉能拱口手　端坐鬢紛紛

[해설] 불교의 시각에서 보면 지자(智者)는 유(有)를 가리키
고 우자(愚者)는 무(無)를 가리키며 비우비지(非愚非智)는 중도
(中道)를 말한다. 지혜를 구하거나 중도를 찾는 것은 모두 부질
없는 것. 유를 버리고 무를 얻는 절대적 자유의 세계를 노래한
것이다.

---

1) 尹(윤): 벼슬. 벼슬 이름. 관리. 관직.

여기 새 한 마리, 오색 문채 지니고
오동나무에 깃들고 대 열매 먹으며,
조용한 몸가짐은 예의에 맞고
부드러운 소리는 음률에 맞네.
어제 온 그는 무엇하러 왔던가,
나를 위해 잠시 나타났나니.
가끔 거문고나 노랫소리 들으면
춤을 추면서 오늘을 기뻐한다.

有鳥五色1)文 棲桐食竹實 徐動合禮儀 和鳴中音律
昨來何以至 爲吾暫時出 儻聞絃歌聲 作舞欣今日

[해설] 여기서의 새는 봉황(鳳凰)을 말한다. 『산해경(山海經)』
에 "단혈(丹穴)의 산새가 있어 그 모양은 학과 같고 몸은 오색,
이름은 봉황이라 한다"고 했다. 또 『장자』 추수편(秋水篇)에 장
자가 양(梁)나라 재상으로 있는 친구인 혜자(惠子)를 만나려고
양나라에 갔을 때의 일화가 있다. 혜자는 장자가 자신의 재상자

---

1) 五色(오색): 다섯 가지의 정색(正色). 청(靑) · 황(黃) · 적(赤) · 백(白) · 흑
(黑).

리를 탐내어 온 줄 알고 장자를 찾았다. 이에 장자가 홀연히 혜자에게 나타나 "남방에 원추(鵷鶵)라는 새는 오동나무가 아니면 쉬지 않고, 대나무 열매가 아니면 먹지 않고, 예천(醴泉)의 물이 아니면 마시지 않는다. 그런데 우연히 썩은 쥐를 주운 솔개가 원추가 지나가는 것을 보고 먹이를 빼앗길까 봐서 큰소리로 위협을 했다. 자네가 솔개처럼 양나라라는 먹이를 빼앗기지 않으려고 나를 위협하는 것인가"라고 했다 한다. 여기서 원추란 곧 봉황.

들사람 사는 오막살이집이라
문 앞에는 수레바퀴의 시끄러움 없네.
숲이 깊숙해 한낱 새만 모으고
시내가 넓어 본래 고기 있었다.
산과실은 아이 데려 나가 따고
물가의 밭은 아내와 함께 맨다.
이 집 가운데 무엇이 또 있는가?
오직 한 책상, 책이 있을 뿐이네.

茅棟1)埜人居 門前車馬疎 林幽偏聚鳥 谿闊本藏魚
山果携兒摘 皐田2)共婦鋤 家中何所有 唯有一牀書

[해설] 한 폭의 꾸밈없는 서경시. 시내에서 물고기를 잡고
산에서 과일을 딴다. 아내와 함께 밭을 매니 그 외에 또 무엇이
있을 수 있겠는가. 돌이켜보니 집에는 책상이 하나 있고 그 위
에는 책이 있다. 진리를 적은 책을 읽는 것이야 말로 은자(隱者)
의 전원생활에서 빼놓을 수 없는 기쁨이다.

---

1) 茅棟(모동): 띠로 지붕을 이은 보잘것없는 집.
2) 皐田(고전): 물가에 있는 밭.

한산시 · 28

한산을 올라가니
한산길 끝이 없다.
골짜기 길어 바윗돌 모여 있고
시내가 넓어 풀이 더욱 파랗다.
이끼 미끄러움 비 온 탓 아니거니
바람 없어도 소나무 절로 운다.
누가 이 세상 번뇌를 멀리 떠나
이 흰 구름 속에 함께 앉을꼬.

登涉寒山道 寒山路不窮 谿長石磊磊1) 澗闊草濛濛2)
苔滑非關雨 松鳴不假風 誰能超世累 共坐白雲中

[해설] 끝없는 한산의 길을 올라가니, 풀은 푸르고 바위의 이끼는 미끄럽다. 바람 불지 않아도 소나무는 저절로 운다. 세속의 번뇌를 멀리 떠난 초탈한 삶의 세계에서 흰 구름과 나는 하나이다.

---

1) 磊磊(뇌뢰): 돌무더기가 모여 있는 모습.
2) 濛濛(몽몽): 비·구름·안개 따위로 어두운 모양.

여섯 흉한 일은 항상 덮치고
아홉 조목 큰 법은 한갓 떠들어,
지혜 있어도 초야에 묻혀 있고
기술 없음에 가시문 닫혀 있네.
해는 올라도 바위굴은 침침하고
연기 사라져도 골은 어둡네.
그 가운데 사는 어진 이들은
낱낱이 모두 속잠방이 하나 없다.

六極1)常攖困 九維2)徒自論 有才遺草澤 無藝閉蓬門
日上巖猶暗 烟消谷尚昏 其中長者子 箇箇總無褌

[해설] 세상을 다스리는 아홉 가지 큰 법이 있어도 초야에
묻혀 은둔하는 어진 사람이 있다. 속잠방이 하나 걸치지 않고
살아도 그들은 스스로 세상에 드러내지 않는다.

---

1) 六極(육극): 여섯 가지의 대단히 불길한 일. 목숨 짧음[凶短折]·병[疾]·
   걱정[憂]·가난[貧]·죄악[惡]·쇠약[弱].
2) 九維(구유): 『書經(서경)』 洪範篇(홍범편)에 기록되어 있는, 禹(우) 임금이
   정한 정치도덕의 아홉 가지 원칙.

한산시 · 30

흰 구름 높은 산에 걸려 있고
푸른 물 맑은 못에 출렁인다.
그 가운데 가끔 고기잡이들
돛대 치며 부르는 노래 들나니,
구슬픈 그 소리 차마 듣지 못하네.
가뜩이나 시름에 겨운 내 마음
누가 일러 참새를 뿔이 없다 하는고.
저 지붕 추녀를 뚫지 않는가.

白雲高嵯峨1) 綠水蕩潭波 此處聞漁父 時時鼓棹歌
聲聲不可聽 令我愁思多 誰謂雀無角 其如穿屋何

[해설] 뿔이 없어도 참새는 초가지붕을 뚫어 집을 짓고 산
다.
어부의 노래도 뜻이 없으면서 나를 슬프게 한다.
뜻 없는 그 노래는 삶의 진실을 깨닫게 해준다.

---

1) 嵯峨(차아): 산이 높고 험함.

멀고 멀어[杳杳] 아득한 한산길이여!
쓸쓸한[落落] 차가운 시냇가로다.
재재거리는[啾啾] 새는 늘 있는데
괴괴히[寂寂] 사람은 다시없구나.
으스스한[浙浙] 바람은 얼굴 스치고
펄펄펄[紛紛] 흰 눈은 몸에 쌓인다.
아침 아침에[朝朝] 해를 못 보고
해마다 해마다[歲歲] 봄을 모른다.

杳杳1)寒山道 落落冷澗濱 啾啾常有鳥 寂寂更無人
浙浙風吹面 紛紛雪積身 朝朝不見日 歲歲不知春

[해설] 한산의 길은 인생길 혹은 득도의 길.
득도의 길은 멀고도 멀고 혼자서 가야 하는 외로운 길이다.
杳杳, 落落 , 寂寂, 朝朝
몸에 쌓인 흰 눈을 보라.

---

1) 杳杳(묘묘): 어두운 모양. 또는 깊은 모양.

저 젊은이들은 무엇을 시름하나?
머리털 세는 것 보기를 시름한다.
머리털 세어서는 또 무엇 시름하나?
닥쳐오는 그날 보기를 시름한다.
저 동대산으로 옮겨가 살게 하라.
저 북망산으로 보내어 있게 하라.
내 이 말을 어이 차마 하랴만,
노인은 듣지 말고, 청년 들으랴.

少年何所愁 愁見鬢毛白 白更何所愁 愁見日逼迫
移向東岱1)居 配守北邙2)宅 何忍出此言 此言傷老客

[해설] 노인에게 어찌 다가오는 죽음을 말하랴.
청년들이여, 늙어가고 죽는 그날을 미리미리 생각해 보라.
진정한 시름이 무엇인가를. 필연코 죽음이 머지않다.

---

1) 東岱(동대): 東嶽(동악)의 대산(岱山). 이 산은 사람의 생사를 맡아서 사람
   이 죽으면 영혼이 이 산으로 돌아간다고 한다(『後漢書』).
2) 北邙(북망): 洛陽(낙양) 교외에 있는 산. 後漢의 성양왕(城陽王)을 이 산에
   장사지낸 뒤로 王侯公卿(왕후공경)을 모두 여기에 장사지냈다. 후에는 묘
   지의 뜻으로 쓰임.

들으니 '시름은 보내기 어렵다'고,
그러나 이 말은 진실이 아니라고?
어제 아침에 쫓아 보내었더니
언제 또 오늘 와서 내 몸을 감네.
달이 다 가도 다할 줄 모르더니
해가 새로움에 그 또한 새롭구나.
누가 아는가, 저 석모(席帽) 밑의 사람,
그도 원래는 시름하는 사람이네.

聞道愁難遣 斯言謂不眞 昨朝會趁却 今日又纏身
月盡愁難盡 年新愁更新 誰知席帽1)下 元是昔愁人

[해설] 인생에서 시름은 떨치기 어렵다.
어제 아침에 쫓아 보낸 줄 알았더니 오늘 또 시름이 있고,
달이 가고 해가 가도 날로 시름은 새로워진다.
시름을 떨치기 힘듦을 노래한 시.

---

1) 席帽(석모): 모자 이름. 당나라 때부터 선비들은 다 이 모자를 썼다. 이
   모자는 원래 염소 털로 만들어졌는데 秦·漢 때에는 헌 자리로 만들었고
   여자가 썼다 함(『靑箱雜記』).

두 거북이 송아지 수레 타고
거리에 뛰어나와 놀고 있었다.
어디서 전갈 한 마리 곁에 다가와
태워 주기를 간절히 청했었다.
태워 주지 않다가 정에 차마 못 이겨
태워 주자 이내 쏘아 죽였다.
태우다니 애당초 말이 아닌걸,
은혜를 베풀다 도리어 쏘이었다.

兩龜1)乘犢車2)　驀出路頭戲　一蠆3)從傍來　苦死欲求寄
不載爽人情　始載被沈累　彈指不可論　行恩却遭刺

[해설] 두 거북은 지혜와 禪定(선정)의 두 법을 비유.
송아지수레는 成佛(성불)의 수레.
一蠆(일채)는 번뇌를 비유한 것.
정진하는 자가 전갈을 제거하지 않는다면 성불하기 어렵다.

---

1) 兩龜(양구): 지혜와 禪定(선정)의 두 법에 비유한 것.
2) 犢車(독거): 成佛(성불)의 수레.
3) 蠆(채): 전갈. 꼬리 끝에 독침이 있어 쏘면 劇毒(극독)을 일으킴.

삼월 누에가 아직 철 이르나
색시들 나와 꽃놀이 즐긴다.
담장을 따라 돌아 나비를 희롱하고
물가에 나아가 두꺼비를 던진다.
비단 소매에 매화 열매 따 넣고
금 빗치개로 죽순을 꺾는다.
이런 풍경 이리저리 따지지 말라.
이 땅은 실로 내 집보다 나으니라.

三月蠶猶小 女人來采花 隈牆弄蛺蝶 臨水擲蝦蟆
羅袖盛梅子 金篦¹⁾挑筍芽 鬪論多物色 此地勝余家

[해설] 매화 열매를 따거나, 죽순을 꺾지 마라.
집으로 이것들을 가져가려는 것보다
이런 풍경의 아름다움을 진정으로 즐기라.

---

1) 金篦(금비): 금 빗치개. 빗치개는 빗살 틈에 긴 때를 빼는 제구. 뿔·뼈
   혹은 쇠붙이로 만드는데 한끝은 둥글고 얇아서 빗을 치게 되어 있고 다
   른 한끝은 가늘고 뾰족하여 가르마를 타는 데에 쓰게 되어 있음.

한산시 · *36*

동쪽 이웃에 한 늙은 할머니
십오 년 동안 부자로 살아 왔다.
옛날에는 나보다 구차했더니
오늘에는 돈 없는 나를 웃는다.
그가 나를 웃는 것은 뒤의 일이요,
내가 그를 웃은 것은 앞의 일이다.
만일 서로 웃기를 그치지 않으면
동쪽이 서쪽, 서쪽이 동쪽이다.

東家一老婆 富來三五年1) 昔日貧於我 今笑我無錢
渠笑我在後 我笑渠在前 相笑儻不止 東邊復西邊

[해설] 부자라고 자랑 말고,
구차하다고 부끄러워 말라.
가난한 자나 부자나 무슨 차이가 있겠는가.
어제는 내가, 오늘은 그대가
부질없는 재물을 가질 뿐이다.

---

1) 三五年(삼오년): 15년.

부잣집 아들 세상일에 허덕이며
일마다 남의 말 믿지 않는다.
창고의 쌀은 좀먹고 썩어 가도
남에게 한 말 한 되 꾸어 주지 않는다.
그 위에 속으로 낚시 마음을 가져
비단을 사도 먼저 문채비단 가린다.
이 사람 한 번 숨 거둔 뒤에는
조상꾼이란 다만 쉬파리 있으리라.

富兒多鞅掌1) 觸事難祇承 倉米已赫赤 不貸人斗升
轉懷鉤距2)意 買絹先揀綾 若至臨終日 弔客有蒼蠅

[해설] 『장자』 외물편(外物篇)에 다음과 같은 이야기가 있
다. 장자가 집이 가난해서 위문후(魏文侯)를 찾아가 쌀을 꾸려
고 했다. 위문후는 세금을 거둔 후에 300금을 빌려주겠다고 했
다. 이에 장자가 노해서 붕어의 이야기를 들려주었다. 장자가

---

1) 鞅掌(앙장): 매우 바쁘고 건거로움. 鞅은 짊어짐, 掌은 떠받침의 뜻.
2) 鉤距(구거): 갈고랑이로 걸어 물건을 끌어당기듯이, 사람을 함정에 빠뜨려
   벗어날 수 없게 하여 깊이 그 內情(내정)을 탐색하는 일.

길을 지나가는데 길바닥의 물고랑에서 붕어 한 마리가 그를 불러 몇 되의 물로 자신을 살려주기를 간청했다. 이에 장자는 오나라와 월나라로 가는 길인데 그곳에 도착해서 양쯔강의 물을 범람시켜 붕어를 살려주겠다고 했다. 붕어는 화가 나서 차라리이 다음에는 건어물가게에서나 자신을 찾으라고 했다. 이 시나 장자의 일화 모두 부자의 욕심을 훈계하는 것. 또는 허욕에 눈이 어두워 해탈의 경지에 이르지 못하는 인간을 훈계하는 것.

흰 학이 쓴 복숭아 물고
천리를 가서 숨 한 번 쉰다.
저 봉래산으로 가고자 해
이것으로써 양식을 삼았다.
가기도 전에 날개깃 빠지고
동무를 떠나 마음은 슬펐다.
다시 돌이켜 옛집에 오니
처자도 서로 알아보지 못한다.

白鶴銜苦桃3) 千里作一息 欲往蓬萊山4) 將此充糧食
未達毛摧落 離群心慘惻 却歸舊來巢 妻子不相識

[해설] 이 시는 여러 가지 해석이 가능하다. 신선수업(神仙
修業)이 애당초 좌절할 수밖에 없는 내적 요인을 가진 불가능의
일이다, 도를 얻는 것이 어렵고도 험난하다, 또는 어떤 목적을
가진다는 것 자체가 성취할 수 없다는 등등의 해석이 그것이다.
한산시의 특징의 하나가 바로 이처럼 다의적이라는 점이다.

---

3) 고도(苦桃): 쓴 복숭아.
4) 봉래산(蓬萊山): 중국에서 상상하던 삼신산(三神山)의 하나. 동쪽 바다 가
운데에 있으며, 신선이 살고 불로초와 불사약이 있다는 영산(靈山).

그윽한 곳에 숨어 살기 길들어
잠깐 국청사로 찾아가 본다.
때로는 풍간 노인 찾아도 보고
이내 습득의 청소도 찾아본다.
홀로 돌아와 찬 바위에 오르니
마음 털어 이야기할 아무 없구나.
근원 없는 물 깊이 찾으니
근원은 끝이 나도 물은 끝이 없어라.

慣居隱幽處 乍向國淸1)中 時訪豊干2)老 仍來看拾公3)
獨廻上寒巖 無人話合同 尋究無源水 源窮水不窮

[해설] 풍간(豊干)은 한산과 습득을 이해한 명승. 그는 한산을 문수(文殊)보살, 습득을 보현(普賢)보살이라고 했다. 습득은 한산의 친구로, 국청사 부엌에서 아궁이 불을 땔 때 중. 음식을 준비해 두었다가 한산이 오면 주기도 했다고 한다.

---

1) 國淸(국청): 國淸寺를 말함. 天台山(천태산)에 있는 유명한 절. 浙江省(절강성)에 있는 1,094m의 명산으로 중국 불교의 중심지이며 天台宗의 본거지.
2) 豊干(풍간): 寒山이 살 당시 국청사의 중.
3) 拾公(습공): 拾得(습득)을 이름.

내 전생에 너무 어리석었기에
오늘 이렇게 깨치지 못했다.
또 오늘 이렇게 구차한 것은
모두 이 전생에 지은 것이다.
그런데 오늘 또 닦지 않으면
내생에 또한 본래와 같으리.
양쪽 언덕에 모두 배가 없으면
아득한 저 바다 어이 건너리.

生前太愚癡 不爲今日悟 今日如許貧 總是前生作
今日又不修 來生還如故 兩岸名無船 渺渺1)難濟度

[해설] 양안(兩岸)은 차안(此岸)과 피안(彼岸)을 말한다. 차
안은 생사의 경계. 피안은 도피안(到彼岸)의 준말로서 이승의
번뇌를 해탈하여 열반의 세계에 도달하는 일, 또는 그 경지. 이
시에서는 이승의 번뇌에서 열반의 세계로 들어가기 위한 수행
(修行)을 배로 비유하고 있다.

---

1) 渺渺(묘묘): 아득히 먼 모양. 멀고 아득한 모양.

노가 집 딸 몸치레 아름다워라.
그 이름 본래부터 막수(莫愁)라 했다.
자랑스레 말을 몰아 꽃놀이에 나가고
신나게 배를 저어 연꽃 따는 뱃놀이.
파르슴한 곰 가죽 방석에 편히 앉아
푸른 봉새 털옷에 추위 모르네.
그러나 가엾어라 기껏 백년을,
마침내 무덤으로 돌아가는구나.

璨璨1)盧家女　舊來名莫愁2)　貪乘摘花馬　樂捞采蓮3)舟
膝坐綠熊席　身披靑鳳裘　哀傷百年內　不免歸山丘

[해설] 노가녀(盧家女)는 위진(魏晋)시대 귀족의 딸로 그 아름다움이 유명했다 함. 그러나 아름다움과 부귀영화도 백년도 못되어 무덤으로 간다. 눈에 보이는 아름다움이나 물질적인 영락은 잠깐의 세월로 부질없는 것임을 노래하고 있다.

---

1) 璨璨(찬찬): 밝고 환한 모양.
2) 莫愁(막수): 시름하지 않음.
3) 采蓮(채련): 배를 타고 연꽃을 따는 소녀들의 놀이.

저안 땅 추공의 아내와
한단 땅 두생의 어머니.
그들은 어릴 적부터 사이좋게 살아왔으며
얼굴이나 태도 또한 무던했었다.
어제는 어떤 잔치 자리에서 만났는데
저고리가 허술하다 해 뒷자리로 밀렸고,
다만 해어진 치마 입었다 해서
남이 먹다 남은 떡 얻어먹었다.

氏眼1)鄒公妻 邯鄲杜生母 二人同老少2) 一種好面首3)
昨日會客場 惡衣排在後 祇爲著破裙 喫佗殘餢飳4)

[해설] 추공의 아내나 두생의 어머니 모두 똑같은 여인이지만, 그 겉치레에 따라 사람 대접이 다르네. 의복이 남루하다 하여 이리저리 밀리고 먹다 남은 떡이나 먹어야 하네.

---

1) 氏眼(저안): 低眼(저안)의 잘못으로 보이며, 정확한 고사는 확인되지 않는다. 눈을 내리뜨는 순종의 태도를 말한다고 해석하는 것이 좋겠다.
2) 同老少(동노소): 어린 시절부터 사이좋게 살아왔다.
3) 好面首(호면수): 용모가 좋다는 뜻.
4) 餢飳(부루): 밀가루로 만든 둥근 떡.

한산시 · *43*

겹겹 바위 밑에 홀로 누웠네.
더운 구름 낮에도 걷히지 않는구나.
방안은 비록 흐리고 어두워도
마음속에는 번거로움 끊어졌네.
꿈은 달려가 금궐에 놀고
혼은 돌아가 돌다리를 건너나니,
나를 성가시게 하는 나뭇가지에 달린
표주박마저 떼어 팽개치노라.

獨臥重巖下 烝雲晝小消 室中雖曨曖1) 心裡絶喧囂
夢去遊金闕2) 魂歸度石橋3) 抛除鬧我者 歷歷樹間瓢

[해설] 『일사전(逸士傳)』에 다음과 같은 고사가 있다. "허유(許由)가 기산(箕山)에 은거하여 살 때 손으로 물을 떠서 먹었다. 어떤 사람이 이것을 보고 표주박 하나를 주었다. 물을 떠먹고 나뭇가지에 걸어 두었더니, 바람에 불려 딸각거리는 소리가

---

1) 曨曖(옹애): 흐리고 어두움.
2) 金闕(금궐): 신선이 사는 집.
3) 石橋(석교): 돌다리. 여기서 金闕과 石橋는 모두 天台山을 가리킨다.

났다. 허유는 그 소리가 귀찮다 해서 표주박을 떼어 팽개쳐 버렸다." 은둔생활의 즐거움을 노래한 시.

대개 물건은 쓸 곳이 있고
그것을 씀에는 마땅함이 있나니,
그 쓸 곳을 잃으면
하나는 놀고 하나는 모자란다.
둥근 구멍에 모난 말뚝 박는 것,
아아, 그것은 부질없는 일이어라.
준마가 쥐를 잡으려 해도
그것은 고양이에 미치지 못하니라.

夫物有所用　用之各有宜　用之若失所　一闕復一虧
圓鑿而方柄　悲哉空爾爲　驊騮1)將捕鼠　不及跛猫兒

[해설] 세상의 모든 물건은 쓸 곳이 있고 쓰일 곳이 있다. 쓰일 곳에 알맞게 쓰이지 않으면 둥근 구멍에 모난 말뚝을 박는 것과 같이 남음과 모자람이 있다. 쥐를 잡는 데는 고양이가 필요할 뿐이지 준마가 필요한 것은 아니다.

---

1) 驊騮(화류): 준마의 이름. 周나라 武王이 천하를 주유할 때 탔다는 8준마의 하나.

어느 집의 누구인들 죽지 않으리,
죽은 일은 예부터 공평한 것이니라.
처음에 팔 척 사내로 알았더니
어느새 한 줌 티끌이 되었구나.
저승에는 다시 새벽이 없는가?
푸른 풀은 때 있어 봄이 오는데
가는 곳마다에 무덤이 있어
솔바람이 마음을 아프게 하네.

誰家長不死 死事舊來均 始憶八尺漢 俄成一聚塵
黃泉無曉日 靑草有時春 行到傷心處1) 松風愁殺人

[해설] 한산도 파랗게 풀이 돋아나는 봄에 길 가다가
언뜻 무덤을 보면 수심에 잠길 때가 있다.
하물며 범인(凡人)이야
어찌 그 수심에서 벗어날 수 있으리.

---

1) 傷心處(상심처): 여기서는 무덤을 말한다.

천리 준마에 산호 채찍으로
낙양 큰길을 휘몰아 다니나니,
스스로 자랑스러운 아름다운 소년이여
늙고 병드는 것을 믿으려 않는구나.
때 있어 흰 털이 닥쳐오리니
언제고 붉은 얼굴 지닐 것인가?
보라, 저 북망의 높고 낮은 무덤을
저기야 말로 봉래산 섬이니라.

驕馬珊瑚鞭 驅馳洛陽道 自衿美少年 不信有衰老
白髮會應生 紅顔豈長保 但看此北邙[1] 箇是蓬萊島[2]

[해설] 화려한 삶은 부질없도다.
늙음과 죽음이 기다리고 있구나.
북망 언덕에 작은 섬들은 천리준마를 타고 간 길이 아니었던가.

---

1) 北邙山(북망산): 원래는 중국 하남성 낙양의 북쪽에 있는 구릉을 통틀어 일
  컬음. 전체가 황토로 이루어짐. 한나라·수나라·당나라의 역대 제왕의 능
  이 많았음. 이후는 보통 명사화되어 죽어서 묻히는 곳이라는 의미로 쓰임.
2) 蓬萊島(봉래도): 봉래산이 있다는 섬. 봉래산은 중국에서 상상하던 三神山
  의 하나. 동쪽 바다 가운데에 있으며 신선이 살고 불사약이 있다는 영산.

하루 종일 늘 취한 듯 지낼 적에
잠깐도 멎지 않고 세월은 흐르나니,
잡초 우거진 곳에 한번 묻히면
새벽달은 어이 아득히 차가운가.
뼈와 살은 허물어 썩어 다하고
혼과 넋은 얼마나 외로이 쓸쓸한고.
그는 그렇고, 쇠를 씹는 그 입은
노경을 읽을 인연 다시없으리.

竟日常如醉 流年不暫停 埋著蓬蒿下 曉月何 冥冥
骨肉消散盡 魂魄1)幾凋零 遮莫齩鐵2)口 無因讀老經3)

[해설] 흘러가는 세월 누가 잡을 수 있으랴.
부질없이 살다가 한번 죽고 나면 축생(畜生)이 되고 마니, 언
제 다시 노자의 『도덕경(道德經)』 읽어 볼 수 있으리.

---

1) 魂魄(혼백): 고대 중국인들은 영혼에 두 종류가 있다고 믿었다. 죽은 뒤
하늘로 오르는 것을 魂이고 지상에 남는 것을 魄이라 생각했다. 이 둘은
불멸이 아니라 시간이 갈수록 점점 약화되어 결국은 소멸된다고 믿었다.
2) 齩鐵(교철): 쇠를 씹음. 입에 자갈을 문다는 것으로 畜生이 된다는 뜻.
3) 老經(노경): 노자의 경전. 곧 『道德經』을 이름.

한번 한산에 들어가 앉아
어느덧 삼십 년 흘러 지났네.
이제 돌아와 친구들 찾았더니
거의 반이나 황천의 손이 됐네.
차츰 줄어들어 남은 촛불 같거니
길이 흘러가는 강물 같구나.
새삼 외로운 그림자 마주 앉으니
두 줄기 눈물 절로 흘러내리네.

一向寒山坐 淹留三十年 昨來訪親友 太半入黃泉
漸減如殘燭1) 長流似逝川 今朝對孤影 不覺淚雙懸2)

[해설] 줄어드는 촛불이나 흘러가는 강물은 모두 사라져 없
어지는 인생의 덧없음이라.
한산에 들어온 지 어느덧 삼십 년, 옛 친구들 다 황천으로 가고
외로운 그림자와 홀로 마주 앉으니, 진정 깨달음의 길은 멀
고멀구나.

---

1) 殘燭(잔촉)·逝川(서천): 모두 인생의 덧없음을 말함.
2) 淚雙懸(누쌍현): 두 줄기 떨어지는 눈물.

서로 불러 모아 꽃놀이 나가니
맑은 강물 속에 곱게 핀 부용꽃들.
즐거운 놀이에 해 저문 줄 모르고
미친 바람 이는 것 자주 보았네.
원앙새 물결 따라 흘러내리고
계척새는 물굽이에 흔들려 노네.
내 이제 배에 맡겨 노질을 그치나니
무언가 호탕한 정 거둘 길 없네.

相喚採芙蓉　可憐淸江裏　遊戲不覺暮　屢見狂風起
浪捧鴛鴦兒　波搖鸂鶒子1)　此時居舟楫2)　浩蕩情無已

[해설] 원앙과 계척은 모두 남녀의 정교(情交)를 상징하는
새. 계척에 대해서는 다음과 같은 이야기가 『천보유사(天寶遺
事)』에 전한다. 당나라의 현종이 오월 단옷날 흥경지(興慶池)란
곳으로 놀러가서 비(妃)와 함께 물 근처 누각에서 낮잠을 즐기

---

1) 鸂鶒子(계척자): 계척새. 비오리. 紫鴛鴦(자원앙). 오리과에 딸린 물새로,
   원앙새처럼 암수가 항상 함께 놀며 물가에서 삶.
2) 舟楫(주즙): 배와 노, 즉 배를 이름.

고 있었다. 이때 시녀들이 한 쌍의 계척을 서로 구경하려고 소
란이 있었다. 이에 현종이 비를 껴안은 채로 시녀들에게 "너희
들은 물속의 계척이 좋다고 하지만 지금 내 이부자리의 원앙에
는 도저히 미치지 못할 것이다"라고 말했다 한다.

내 마음은 가을 달인가.
내 마음은 맑은 물인가.
어느 것에도 비할 수 없거니
어떻게 말하라 하는가?

吾心似秋月 碧潭淸皎潔 無物堪比倫1) 敎我如何說

[해설] 내 마음은
가을 달도 아니요,
맑은 물도 아니다.
말할 수 없는 것을 말하라 하니
답답하기만 하구나.

---

1) 倫(윤): 가리고 선택함.

늘어진 버들은 연기처럼 어둡고
나는 꽃은 눈처럼 나부낀다.
남편은 '아내 떠난 고을'에 살고
아내는 '남편 그리는 고을'에 살아
제각기 하늘가에 갈려 있거니
서로 만나 볼 기약 아득하구나.
사람들아, 부디 달 밝은 다락집에
쌍쌍이 노는 제비 기르지 말라.

垂柳暗如烟 蜚[1]花飄似霰 夫居離婦州 婦住思夫懸
各在天一涯 何時得相見 寄語明月樓 莫貯雙蜚鷰

[해설] 쌍쌍이 노는 제비는 남편 없는 아내에게 더 큰 슬픔
이다. 그런 슬픔을 던져주는 제비를 기르지 말라고 한다. 이 시
에서 이부주(離婦州)는 피안(彼岸)의 세계, 사부현(思夫懸)은 차
안(此岸)의 세계를 상징한다.

---

1) 蜚(비): 바퀴나 쌕쌕이. 또는 飛와 같은 뜻.

술이 있거든 서로 불러 마시고
고기 있거든 서로 청해 먹으라.
앞서고 뒤서 황천으로 갈 사람들
젊어서 모름지기 힘써 일하라.
아름다운 옥띠도 잠시의 영화
빛나는 금비녀도 오랜 치레 아니니라.
저 장가 첨지도 정가 노파도
한번 가고 나니 소식 없더라.

有酒相招飮 有肉相呼喫 黃泉前後人 少壯須勞力
玉帶暫時華 金釵非久飾 張翁與鄭婆 一去無消息

[해설] 있는 대로 마시고 있는 대로 먹어도
모두가 황천으로 갈 사람들.
가고 나면 돌아올 소식이 없나니,
모름지기 젊어서 게을리 하지 말고 수행에 힘쓰라.

한산시 · 53

헌칠하여라 좋은 장부여.
그 체격 아주 늠름하구나.
나이는 아직 삼십이 못 됐어도
재주와 기술은 백 가지를 통했구나.
황금 말굴레로 협객과 친하고
백옥 음식으로 좋은 벗들 모으네.
오직 한 가지 모자란 것 있나니
'다함없는 등불'을 전하지 못하는구나.

可憐好丈夫　身體極稜稜1)　春秋未三十　才藝百般能
金羈逐俠客　玉饌集良朋　唯有一般惡　不傳無盡燈2)

[해설] 무진등(無盡燈)은 『유마경(維摩經)』 보살품(菩薩品)
에 나오는 말이다. 『유마경』에서 "자매들이여, 법문(法門)에 무
진등이라는 것이 있다. 너희들은 마땅히 그것을 배워야 한다.
무진등이라는 것은 이를테면 한 개의 등이 백·천의 등을 켜는

---

1) 稜稜(능릉): 유달리 거칠고 세력이 있는 모양.
2) 無盡燈(무진등): 佛法(불법). 한 사람의 힘으로 백 사람, 천 사람을 인도하
　여도 다함이 없음을, 한 등불로 백·천의 등불을 켜는 데 비유한 말.

것과 같다. 어두운 것이 모두 밝게 될 때까지 멈추지 않는다. 이와 같이 한 보살이 백·천의 중생을 개도(開導)하며 아뇩다라삼막삼보리심(阿耨多羅三藐三菩提心)을 열게 하고 그 도의(道意)를 시종 멸하지 않게 한다. 이 이야기의 법(法)에 따라 자신에게 모든 선법(善法)을 증익(增益)시킨다. 이것을 무진등이라고 말한다"고 하였다.

한산시 · 54

복숭아꽃이 여름을 지내자 해도
시절이 재촉해 기다리지 않나니,
한나라 때 사람을 찾고자 한들
지금 어디에 한 사람 있으리.
꽃은 아침마다 시들어 떨어지고
사람은 해마다 변해서 늙어 가네.
지금에 먼지 이는 저곳도
옛날에는 일찍이 큰 바다였느니라.

桃花欲經夏　風月催不待　訪覓漢時人　能無一箇在
朝朝花遷落　歲歲人移改　今日揚塵處　昔時爲大海

[해설] 시간은 모든 것을 그냥 두지 않는다.
바다가 변해 먼지 이는 땅으로 되었는데
한철 피는 복숭아꽃은 일러 무엇하리.
누구도 외면할 수 없는 생의 진실은
날마다 시드는 꽃과
해마다 늙어가는 인간이다.

우리 이웃의 동쪽 집 처녀,
나이는 이제 열여덟 한창
사방에서 모두 다투어 찾아와
'내 아들과 결혼시켜 사돈 되자'고,
염소를 잡고, 온갖 고기 볶고 지지고
머리를 모아 음살계를 범하는구나.
즐거움에 겨워 희희낙락하다가
눈물 흘려 울면서 그 갚음 받으리.

我見東家女 年可十有八 西舍競來問 願姻夫妻恬
烹羊煮衆命1) 聚頭作婬殺2) 含笑樂呵呵 啼哭受殃抉

[해설] 세속을 떠나지 않는 한
누가 인생사에서 결혼하고 즐거이 살아가는 것을 탓하랴.
그러나 진정 눈물 흘려 울 날은 그 언제인가.
너무 즐거워하지 말라.

---

1) 衆命(중명): 생명 있는 것들. 여기서는 여러 가지 짐승.
2) 婬殺(음살): 불교에서 금하는 다섯 가지 계율 중 음행하지 말 것과 중생
   을 죽이지 말라는 것을 이름. 五戒에는 위의 두 가지에 훔치지 말 것, 거
   짓말하지 말 것, 술 마시지 말 등이 포함됨.

시골집에는 뽕나무밭이 많고
큰 소와 송아지는 외양간에 가득하고,
진실로 인과를 믿을 양이면
'질긴 가죽도 언젠가는 찢어지리'.
모두 다 사라짐을 눈으로 보고
부디 제각기 살아날 길 찾으라.
종이 중의에 기와 잠방이
마침내 굶주리고 얼어 죽으리.

田舍多桑園 年犢滿廐轍(1) 肯信有因果 頑皮早晚裂
眼看消磨盡 當頭各自活 紙袴(2) 瓦作褌(3) 到頭凍餓殺

[해설] 눈앞의 풍요나 부귀도 언젠가는 사라지는 것이다.
사람들은 그 사라짐을 눈으로 보고 난 뒤에야 제 살길을 찾
으려 한다. 그러나 그때는 이미 부귀는 사라지고 난 다음이다.
미리 법에 귀의하여 굶주리고 얼어 죽지 않아야 한다.

---

1) 廐轍(구철): 외양간.
2) 紙袴(지고): 종이로 만든 바지.
3) 瓦作褌(와작곤): 기와로 만든 잠방이.

내 보니, 열 마리 백 마리 개들
그들은 모두 털이 어지러웠다.
눕는 놈은 제각기 누워 있고
다니는 놈은 제각기 다니다가,
그러다가, 고기 뼈다귀 한 개 던지면
그들은 이빨을 드러내 서로 싸웠다.
그것은 오로지 개는 많고 먹이는 적어
나누기에 공평할 수 없었기 때문이다.

我見百十狗　箇箇毛♣♣　臥者渠自臥　行者渠自行
投之一塊骨　相與嘖嘖爭　良由爲骨少　狗多分不平

　[해설] 제3—6구까지는 『전국책(戰國策)』의 진책(秦策)의 고사에서 연유된 것이다. 육국(六國)이 합종(合從)하여 진(秦)을 공격하려 했을 때 진의 재상 범수(范雎)는 소양왕(昭襄王)에게 "왕이시여, 왕의 개를 보십시오. 누워 있는 놈은 누워 있고 다니는 놈은 다니고 가만히 있는 놈은 가만히 있어 서로 싸우는 놈들이 없습니다. 여기에 뼈다귀 한 개를 던지면 서로 물어뜯고 싸우게 되는 것입니다"라고.

끝없이 눈을 놓아 멀리 바라다보니
사방에 흰 구름만 아득하여라.
올빼미 까마귀는 배불러 늘어지고
난새 봉새는 굶주려 헤매네.
준마는 자갈밭에 버려진 채 있는데
여윈 나귀 어느새 높은 당에 올라 있네.
하늘은 높아 호소할 길 없어
뱁새는 아직 바닷가를 돌고 있다.

極木兮長望　白雲四茫茫　鴟鴉1)飽腴膜　鸞鳳2)飢徬徨
駿馬放石磧　蹇驢3)能至堂　天高不可問　鷦鷯4)在滄浪

---

1) 鴟鴉(치아): 올빼미와 갈까마귀.
2) 鸞鳳(난봉): 난새와 봉황. 난새는 닭을 닮은 오색 빛의 신령스러운 새. 둘
   다 상상속의 새.
3) 蹇驢(건려): 발을 저는 나귀.
4) 鷦鷯(초료): 뱁새. 『莊子』 逍遙遊篇(소요유편)에 "뱁새는 넓은 숲 속에 집
   을 짓고 살지만 한 개의 나뭇가지를 필요로 할 뿐"이라는 말이 있다.

한산시 · 59

장안의 그 많은 계집아이들
봄날에 서로 고움을 자랑한다.
길가의 꽃을 다투어 꺾어
높은 상투에 제각기 서로 꽂네.
높은 상투에 꽃은 죽 둘러 있어
사람들 모두 부러운 듯 바라보네.
따로 누구의 사랑을 구할 것인가?
그대로 돌아가 집의 남편 보여라.

洛陽多女兒　春日逞華麗　共折路邊花　各持揷高髻

髻高花匼匝1)　人見皆睥睨2)　別求참참憐3)　將歸見夫壻

[해설] 높은 상투에 아름다운 꽃 꽂고 다니며 사람들의 시선을 끄는데 연연하지 말고, 집으로 돌아가 남편에게서 참다운 사랑을 구하라.

---

1) 匼匝(암잡): 빙 둘러 있는 모양.
2) 睥睨(비예): 곁눈질하여 봄.
3) 참참憐(참참린): 애정을 뜻함.

봄날에 계집애들 몸단장하고
서로 손 마주잡고 들길을 노닐 적에,
꽃을 구경하다 짧은 해 한탄하고
나무에 숨어서는 바람 불까 저어하네.
황금 굴레에 흰말을 꾸며 타고
가까이 따라 서는 젊은 사내들,
구태여 긴 시간을 장난할 것 없나니
우리 집 그이 혹시 알까 두렵구나.

春女衒客儀 相將南陌陲1) 看花愁日晚 隱樹怕風吹2)
年少從傍來 白馬黃金羈 何須久相弄 兒家夫壻知

[해설] 남편의 눈을 속이며 사랑을 구하지 말라. 젊음은 아름답지만 얼마나 허망한 것인가.

사랑하는 사람을 가지지 말라. 미운 사람도 가지지 말라.
사랑하는 사람은 만나지 못해 괴롭고 미운 사람은 만나서 괴롭다.
—— 『법구경』

---

1) 陌陲(맥수): 밭 두렁길 부근. 들길.
2) 怕風吹(파풍취): 바람이 불까 두려워함.

계집애들 떼 지어 석양에 노니
길에 가득 바람결에 향기로워라.
중의에 팔랑팔랑 황금 나비들,
상투에 헤엄치는 벽옥 원앙새.
종년은 줄 있는 붉은 비단 옷,
내시는 자줏빛 비단 치마에……
보라, 그러므로 도를 잃은 사람들,
머리털 희어지자 그 마음 허둥댄다.

群女戲夕陽 風來滿路香 綴裙金蛺蝶 挿髻玉鴛鴦
角婢紅羅縝 閹奴紫錦裳 爲觀失道者 鬢白心惶惶1)

[해설] 한산시는 대개가 오언율시(五言律詩)이다. 율시의 큰
특징 중의 하나가 제3구와 제4구 그리고 제5구와 제6구가 대구
라는 것이다. 이 시에서도 3구와 4구, 5구와 6구는 완벽한 대구
를 이룬다. 뒤늦게 도를 찾으려 허둥대지 말고, 젊은 시절부터
참다운 진리를 찾아 노력하라.

---

1) 惶惶(황황): 몹시 두려워하는 모양.

한산시 · 62

비록 그대 귀신을 만나더라도
첫째로 놀라거나 두려워하지 말라.
그를 꼭 잡으려고 하지도 말라.
그 이름 부르면 스스로 떠나리라.
향불을 살라 부처님 힘을 빌고
예배를 드려 중의 도움 구하라.
마치 모기가 쇠소를 무는 듯
거기 주둥이 붙일 곳 없으리라.

若人逢鬼魅1) 第一莫驚懼 捺哽莫采渠 呼名2)自當去
燒香請佛力 禮拜求僧助 蚊子釘鐵牛 無渠下觜處

[해설] 귀신을 쳐부수라.
부처님을 믿고, 열심히 예배하라.
망상을 망상으로 바로 알면 망상은 사라진다.
미혹한 것에 현혹되지 말고 참된 불도를 닦으라.
쇠소처럼 나아가면 귀신이 사라지리라.

---

1) 鬼魅(귀매): 도깨비. 요괴. 귀신.
2) 呼名(호명): 귀신의 이름을 부르는 것.

넓고넓어라 황하 물이여,
동으로 길이 흘러 쉬지 않으며
유유히 흘러 맑아질 때 없거니,
어이 사람 목숨은 끝이 있는가!
진실로 흰 구름 타고자 한들
무엇으로써 날개를 나게 하리.
오직 머리털 검을 때에 있어서
모름지기 밤낮을 쉼 없이 노력하라.

浩浩黃河水　東流長不息　愁愁不見淸　人人壽有極
苟欲乘白雲　曷由生羽翼　唯當鬢髮時　行住須努力

[해설] 황하의 물은 쉼이 없이 흐르지만 인간의 목숨은 잠깐
일 뿐이다.

　신선이 되어 흰 구름을 타고자 하나 날개를 돋게 할 방법이
없구나.

　모름지기 살아 있을 때 수행을 게을리 말아 진성(眞性)에 이
르자.

한산시 · 64

이미 다 썩어진 나무배 타고
저 임바나무 열매를 따려 하는 사람들
나아가 큰 바다 복판에 이르자
물결조차 또한 그치지 않는구나.
오직 하룻밤 양식 가져왔는데
바다 언덕 떠나기 이미 삼천 리.
번뇌는 무얼 좇아 일어나는가?
아아, 어쩌리, 괴로움 좇아 일어나네.

乘玆朽木船 采彼紅婆子1) 行至大海中 波濤復不止
唯齎一宿糧 去岸三千里 煩惱從何生 愁哉緣苦生

[해설] 임바나무의 열매를 따려고 하는 사람이란 오욕을 탐하는 사람들이란 뜻이다. 오욕(五欲)은 재물(財物)·색사(色事)·음식(飲食)·명예(名譽)·수면(睡眠)의 다섯 가지에 대한 욕심. 이 오욕을 탐함은 결국 고통의 원인이 된다.

---

1) 紅婆子(임바자): 임바는 인도에서 나는 열매 맛이 쓴 나무. 임바자는 그 열매.

길이 잠자코 말이 없으면
뒷사람 무엇으로 진리를 펴랴.
숲 속에 숨어 살기만 하면
지혜의 경지는 어디서 생기랴.
몸을 말리는 것 굳은 막음 아니다.
바람 서리가 하늘의 병을 만드나니
흙소로 아무리 돌밭을 갈아도
영원히 곡식을 얻을 수 없느니라.

默默永無言 後生何所述 隱居在林藪 智境何由出
枯槁非堅衛 風霜成天疾 土牛耕石田 未有得稻日

[해설] 이 시에서 한산은 공자와 장자를 한꺼번에 비판하고
있다. 『논어(論語)』 양화편(陽貨篇)에서 공자는 “나는 이제 앞
으로 말로써 가르치는 일은 그만둘까 한다”고 했다. 이에 제자
자공이 놀라 “스승님께서 말씀을 안 하시면 저희들은 무엇을
전해들을 수가 있겠습니까?”했다. 공자는 “하늘을 보아라. 하늘
이 말을 하더냐. 그래도 제철이 되면 만물이 제대로 자라나지

않느냐. 하늘은 말을 않는다"라고 답했다. 한산은 공자의 이 말을 비판한 것이다. 말이 없으면 진리를 펼 그릇이 없다. 제5句의 고고(枯槁)는 몸을 말린다는 뜻으로『장자(莊子)』의「제물론(齊物論)」에서 유래하는 말. 몸을 말린다는 것은 자신을 비워야 무한한 조화의 세계로 들어가 땅과 하늘의 소리를 듣는다는 것. 한산은 그러한 행위도 쓸모없는 것으로, 흙으로 만든 소가 돌밭을 가는 것과 같다고 하면서 장자를 비판하였다.

이 산중이 어이 이리 차가우뇨?
금년 만이 아니요 예부터 그러했네.
둘린 겹산은 항상 눈[雪]을 얼리고
그윽한 숲은 매양 안개 토하고,
풀은 겨우 망종(芒種) 뒤에 비로소 나고
잎은 이미 입추(立秋) 전에 떨어지나니,
여기 어둠 속에 길 잃은 사람 있어
아무리 찾아봐도 하늘이 안 보이네.

山中何太冷 自古非今年 香嶂恆凝雪 幽林每吐烟
草生芒種1)後 葉落入秋前 此有沈迷客 窺窺2)不見天

[해설] 어둠 속에 길 잃은 사람은
어리석은 중생이니,
아무리 찾아봐도
나아갈 길이 보이지 않는다.

---

1) 芒種(망종): 절기의 이름. 보리를 베어 내고 벼를 심는 시기. 양력으로는
6월 5일경.
2) 窺窺(규규): 애타게 찾음.

산 사람 마음 조바심에 허둥이며
네 계절 옮아감을 항상 슬퍼하나니,
영지와 산계 애써 구해 보지만
그것으로 어이 신선이 된다 하랴!
뜰이 넓었는가 구름이 걷히었고
숲이 밝았는가 달이 둥글었구나.
나는 왜 돌아가지 않고 있는가?
계수 향기가 나를 매어 두는구나.

山客心悄悄 常嗟歲序遷 辛勤采芝朮1) 徒斥詎成仙
庭廓雲初卷 林明月正圓 不歸何所爲 桂樹相留連

[해설] 조바심하지 마라.
어찌 선약(仙藥)을 애써 구한다고 신선이 될 것인가.
둥근 달 하늘에 떠 있고,
계수나무 향기에 취해 참다운 깨달음을 구할 뿐이다.

---

1) 芝朮(지출): 영지와 산계. 모두 선약으로서, 오래 먹으면 몸이 가벼워지고
주림을 모르며 오래 산다고 한다.

한산시 · 68

여기 한 사람 산길에 앉았나니
구름이 사라지자 안개 감도네.
이 고운 꽃을 꺾어 보내고자 하건만
길이 멀고멀어 가기 어렵네.
시름에 잠긴 마음 망설이다 보니
어느새 나이 늙고 이룬 것 없네.
모두들 이 삶의 어리석음 비웃지만
그러나 나는 홀로 꼿꼿이 서 있노라.

有人坐山陘 雲卷兮霞縈 秉芳兮欲寄 路漫兮難征
心惆悵狐疑 年老已無成 衆喔咿1)斯蹇 獨立兮忠貞

[해설] 젊은이는 늙기 쉽고,
깨달음은 이루기 어렵다.
어느새 늙어 아무것도 이룬 것 없지만,
나의 이 삶을 비웃지 말라.
누가 무어라 해도 꼿꼿이 이 길을 걸어갈 것이다.

---

1) 喔咿(악이): 비웃는 모양.

한산시 · 69

돼지는 죽은 사람의 살을 먹고
사람은 죽은 돼지 창자 먹는다.
돼지는 송장 냄새 꺼리지 않고
사람은 돼지 냄새 구수하다 하네.
돼지가 죽으면 물에 던져 버리고
사람이 죽으면 흙 속에 파묻는다.
사람과 돼지 서로 먹지 않으면
끓는 물속에서 연꽃이 피어나리.

豬喫死人肉　人喫死豬腸　豬不嫌人殤　人返道豬香
豬死抛水內　人死掘土藏　彼此莫相噉　蓮花生沸湯

[해설] 오욕으로 인한 사람들끼리의 다툼으로 인해 불법의
세계로 들어감은 요원한 것이다. 사람과 돼지가 탐욕을 다툼에
있어서 다를 것이 무어 있으랴.

상쾌했어라 혼돈의 이 몸이여!
마시지도 않고 오줌도 안 누었네.
그 누가 있어 파고 뚫고 하여
여기에 이미 아홉 구멍 생겼나니
날마다 날마다 먹고 입기 걱정하고
해마다 해마다 세금 내기 걱정하네.
천 사람이 한 푼을 서로 다투어
머리를 모아 달아나며 부르짖네.

快哉混沌身 不飮復不尿 遭得誰鑽鑿 因玆立九竅[1]
朝朝爲衣食 歲歲愁租調 千箇爭一錢 聚頭亡命叫

[해설] 제1구의 혼돈(混沌)은 『장자(莊子)』의 「응제왕편(應帝王篇)」에 나오는 우화에서 유래한다. 남해의 임금이 숙(儵), 북해의 임금이 홀(忽), 중앙의 임금이 혼돈이다. 숙과 홀이 혼돈의 땅에서 모인 일이 가끔 있었는데 그때마다 후대를 받았다. 이에 감사한 두 임금은 무엇인가 보답을 하려고 서로 상의했다.

---

1) 九竅(구규): 사람 몸의 아홉 구멍. 즉 얼굴에 있는 일곱 개와 두 개의 배설구.

“인간은 누구나 눈과 귀와 입과 코의 일곱 구멍으로 보고 듣고 먹고 숨을 쉰다. 그런데 혼돈에게만 구멍이 없으니 뚫어 주는 것이 어떨까?” 그래서 숙과 홀이 매일 한 구멍씩을 뚫었더니 혼돈은 7일을 넘기지 못하고 죽어 버렸다.

무엇 때문에 저리 슬피 우는가?
보라, 저 눈물 염주알 같구나.
아마 누구와 이별한 것이로구나.
그렇지 않으면 누가 죽은 것인가?
아니, 모두 구차한 탓이라 하면서
원인 결과의 법칙을 모르나니,
높고 낮은 묘지의 저 무덤을 보라.
육도는 이 눈물 알은체 않느니라.

啼哭緣何事 淚如珠子顆 應當有別離 復是遭喪禍
所爲在貧窮 未能了因果 塚間瞻死屍 六道1)不干我

[해설] 내생에 무엇이 되는가는
현생의 업(業)에 따라 정해진다.
이 육도(六道)의 윤회에서 벗어나 해탈을 구하라.

---

1) 六道(육도): 중생이 業因(업인)에 따라 필연적으로 이르는 여섯 가지의 迷
   界(미계). 곧 지옥·아귀·축생·修羅(수라)·인간·天上(천상).

한산시 · *72*

계집은 베틀에 오르기 싫어하고
사내는 밭 갈기 게을리하면서,
새총 알 재기에는 신나 까불고
활줄 겨루기에 신을 끄네.
헐벗은 몸에는 옷이 우선 급하고
주린 창자에는 밥이 먼저 앞서네.
오늘에 누가 그대 생각했으리
고통에 못 이겨 하늘에 곡(哭)할 줄을.

婦女慵經織1) 男夫嬾耨田2) 輕浮耽挾彈 跕躧3)拈抹絃
凍骨衣應急 充腸4)食在先 今誰念於汝 苦痛哭蒼天

[해설] 사람들은 보통 일을 싫어하고, 놀기를 좋아한다.
당장에 눈앞의 일에 급급하니, 누가 죽음을 생각하랴.
고통에 못 이겨 통곡하는 그날, 참다운 진실을 알리라.

---

1) 經織(경직): 베를 짬.
2) 耨田(누전): 김을 매고 밭을 갊.
3) 跕躧(접사): 신을 끌고 바삐 걸음.
4) 充腸(충장): 음식으로 배를 불림.

참되고 바른 길을 행하지 않고
바자의 삿된 길을 행하는 사람
입에는 부처에의 부끄럼 적고
마음에는 시기·질투 생각이 많다.
등 뒤로는 고기·육미 함부로 먹고
남 앞에선 부처를 짐짓 염(念)한다.
이렇게 몸을 닦아 행하는 사람
그는 '나라카' 면하기 어려우리.

不行眞正道 隨邪號行婆1) 口慙神佛少 心懷嫉妬多
背後噇魚肉 人前念佛陀 如此修身處 難應避奈河2)

[해설] 입으로만 부처를 말하는 자,
남 앞에서만 부처를 내세우는 자
모두가 지옥에 떨어지리라.

---

1) 行婆(행바): 禪書(선서) 중에서 말하는 婆子(바자)의 道를 행함.
2) 奈河(내하): 나락(奈落). 나락은 梵語(범어) Naraka의 音譯. 지옥을 뜻함.

세상에 제일 어리석은 사람 있어
짐짓 멍청하기 마치 나귀와 같네.
사람의 말을 곧잘 알아들으면서
색을 탐하기는 돼지와 같구나.
그 마음 음흉하기 헤아릴 수 없어
참말이 어느새 거짓으로 변하나니.
그 누가 능히 그와 이야기하랴!
차라리 그를 여기 살지 못하게 하라.

世有噇等愚　茫茫恰似驢　還解人言語　貪婬狀若豬
險巇1)難可測　實語却成虛　誰能共伊語　令敎莫此居

[해설] 말을 알아듣기는 하나
실천하지 못하는 자와
어찌 인생을 논할 것인가.

---

1) 險巇(험희): 험하고 위험한 모양.

여기 한 놈이 있으니 성은 ‘오만’,
이름은 ‘탐’이요, 자는 ‘염치없음’,
저로서는 한 가지 아는 것 없고
일마다에 남의 꺼림 받는다.
죽어서는 황천의 쓴맛을 미워하고
살아서는 흰 꿀의 단맛을 사랑하네.
생선을 먹어 보아 맛을 들이고
육미를 먹어 보아 더욱 즐긴다.

有漢姓傲慢 名探字不廉 一身無所解 百事被他嫌
死惡黃連1)苦 生怜白蜜恬 喫魚猶未止 食肉更無厭2)

[해설] 오만한 자와 탐(貪)하는 자와 염치없는 자를 훈계하는 시. 달면 삼키고, 쓰면 뱉는다. 모든 것이 제게 이로운 것만 택한다. 그대는 어찌할 것인가.

---

1) 黃連(황련): 黃蓮(황련)의 誤字(오자)인 듯. 황련은 깽깽이 풀. 맛이 아주 쓰다고 함.
2) 無厭(무염): 싫어하지 않음. 좋아함.

한산시 · *76*

비록 그대 물소 뿔을 항상 가지고
호랑이 눈동자를 차고 있어도,
복숭아나무 가지로 재앙을 쫓고
마늘 껍질로 영락을 만들어도,
수유 술로써 배를 덥히고
구기 국으로 울기를 씻어내도
마침내 죽음으로 돌아가나니,
부질없이 길이 살기 찾아 헤매네.

縱你居犀角1) 饒君帶虎睛2) 桃枝3)將辟穢 蒜殼4)取爲瓔
暖腹茱萸酒5) 空心枸杞羹 終歸不免死 浪自覓長生

[해설] 서각(犀角)이나 호정(虎睛)은 모두 부귀를 나타낸다.
도지(桃枝)와 산각(蒜殼)은 재앙을 몰아내고 복을 구한다는 것.

---

1) 犀角(서각): 물소의 뿔. 가루로 만들어 해독, 해열제로 씀.
2) 虎睛(호정): 호랑이의 눈. 역시 약재로 쓰임.
3) 桃枝(도지): 복숭아나무 가지. 재앙을 막는 데 효험이 있다고 함.
4) 蒜殼(산각): 무엇을 말하는지는 확실치 않다. 아마 마늘 껍질을 말하는
   듯.
5) 茱萸酒(수유주): 수유나무 열매로 담근 술. 약용으로 쓰인다 함.

한산시 · *77*

그윽이 살 만한 땅 가려잡으니
천태가 제일 마음에 들었다.
잔나비 울음 골짝 안개에 차갑고
둘레 산 빛은 싸리문에 와 닿는다.
나뭇잎 꺾어 소나무 지붕 덮고
연못 만들어 시냇물 끌어 온다.
이미 모든 일 쉬어서 만족해라.
고사리 캐며 남은 삶을 보내리라.

卜擇幽居地 天台更莫言 猿啼谿霧冷 嶽色草門連
折葉覆松室 開池引澗水 已甘休萬事 采蕨度殘年

[해설] 점을 쳐서 살 곳을 정하니
천태산이 제일이라
소나무 지붕을 덮고 시냇물 끌어와
번다한 일을 멈추니
고사리 캐며 여생을 보내리라.

한산시 · *78*

'더함'이란 그 정을 더하는 것이니
그래서야 더함이 있다 할 수 있고,
'바꿈'이란 그 형을 바꾸는 것이니
그래서야 바꿈이 있다 할 수 있나니,
능히 더하고 또 능히 바꾸면
신선의 장부에 실릴 수 있지만,
더함도 없고 또 바꿈도 없으면
마침내 죽음의 화를 면치 못하리.

益者益其精　可名爲有益　易者易其形　是名爲有易
能益復能易　當得上仙籍　無益復無易　終不免死厄

[해설] 제1구의 익자(益者), 즉 더함이란 본래의 타고난 기운을 길러서 정신을 충실케 하는 것이니, 이를 정(精)을 더한다고 한다. 제3구의 역자(易者), 즉 바꿈이란 곡식을 물리치고 안개를 마시는 따위의 방법으로 형(形)체를 바꾸는 것이다. 이 익(益)과 역(易)이 없으면 곧 죽음을 면치 못한다는 것이다. 이것은 『한무제내전(漢武帝內傳)』에서 서왕모(西王母)가 한 말에서 유래하는 것으로 신선이 되는 단계 중의 하나이다.

헛된 수고로 삼사를 해설하고
부질없이 스스로 오경을 읽네.
늘그막에 이르러 황적을 뒤지면서
변함없는 평민으로 한 생을 지내나니,
점치면 언제나 연건 괘 나고
살아서는 항상 허위의 별을 도맡네.
저 물가의 나무보다 못한 신세여,
나무는 일 년에 한 번씩 푸른 것을!

徒勞說三史 浪自看五經 洎老檢皇籍1) 依前注白丁2)
筮遭連蹇卦3) 生主虛危星4) 不及河邊樹 年年一度靑

[해설] 변함없는 것이여, 해마다 한 번씩 푸르러지는 나무이
다. 고통스러운 것이여, 평민의 삶이니, 어찌 변함없이 푸르러
지는 나무를 우러르지 않겠는가.

---

1) 皇籍(황적): 성인이나 천자의 글.
2) 白丁(백정): 벼슬이 없는 일반 서민.
3) 連蹇卦(연건괘): 일이 제대로 되지 않을 운수.
4) 虛危星(허위성): 고대 천문학에서의 28성좌 중 북방에 있는 두 개. 죽음과
   울음, 기아와 兵亂을 뜻한다고 한다.

한산시 · *80*

푸른 시내에 샘물이 맑고
찬 산에는 달빛이 희다.
가만히 앎에 정신이 절로 밝고
공을 관하매 경이 더욱 고요하다.

碧澗泉水淸 寒山月華白 黙知神自明 觀空境逾寂

[해설] 푸른 시내에 흐르는 물은 맑고,
차가운 산에는 달빛이 희기만 하다.
말없이 지혜를 움직이면
정신은 스스로 맑아지고,
공의 진리를 터득하면 세상은 더욱더 고요해진다.

참으로 그대는 정중동의 고요를 아는가.

내게 잠방이 하나 있으니
나(羅)도 아니요 기(綺)도 아니다.
그러면 또 빛깔은 무엇인가?
붉은빛도 아니요 자줏빛도 아니다.
여름에는 그것으로 적삼 만들고
겨울에는 그것으로 덮개 삼는다.
여름 겨울로 바꿔 지어 쓰지마는
언제고 내게는 그게 그거다.

我今有一襦1) 非羅復非綺2) 借問作何色 不紅亦不紫
夏天將作衫 冬天將作被 冬夏遞互用 長年祇這是

[해설] 오로지 단벌 옷,
그것이 전부이다.
참다운 삶을 사는 이에게는 그 외에 무엇이 필요하겠는가.
덕지덕지 모은 재물, 그것이 그대를 괴롭힌다.

---

1) 一襦(일유): 저고리 하나.
2) 非羅復非綺(비라부비기): 좋은 옷이 아니라는 것. 羅는 얇은 비단, 綺는
    무늬 있는 비단을 뜻한다.

흰 불자의 전단나무 자루여,
그 향기 언제나 그윽이 풍기네.
부드러워라 감도는 안개이런가.
나부끼어라 떠가는 구름 같네.
예답게 받들어 더위를 물리치고
높이 휘둘러 먼지를 떨어내네.
또 때때로 십 홀 방장 안에서는
어리석은 이들의 갈 길을 가리키네.

白拂1)栴檀柄 馨香竟日聞 柔和如卷霧 搖拽似行雲
禮奉宜當暑 高提復去塵 時時方丈2)內 將用指迷人

[해설] 흰 불자여, 번뇌의 먼지 다 떨어내니 방장 안에는 그
윽한 향기 풍기네. 감도는 것이 안개이런가 떠가는 구름이런가,
세속의 번뇌 다 물리치고 어리석은 이들에게 갈 길을 알려주네.

---

1) 白拂(백불): 흰 拂子(불자). 불자는 삼이나 짐승의 털을 자루 한 끝에 매
   어 달은 기구로, 중이 번뇌나 장애를 물리치는 표지로 쓰는 총채.
2) 方丈(방장): 고승들이 거처하는 처소. 維摩居士(유마거사)가 一丈四方(일
   장사방)의 작은 방에서 수행한 데서 유래되어 禪室(선실)을 방장이라 이
   르게 되었음.

한산시 · 83

많거나 적거나 사람은 모두
백 가지 계획으로 명리를 구하나니,
탐욕에 빠진 마음 영화를 찾고
경영하는 일마다 부귀를 꾀하는구나.
마음은 잠깐도 쉬는 때 없어
굴뚝에서 치솟는 연기와 같네.
그 가족들은 진실로 화락하여
한 번 부름에 백 대답이 한꺼번에 온다.
그러나 기껏 칠십을 못 넘기어
얼음이 녹듯, 기왓장이 부서지듯,
한 번 죽고 나면 만사가 그만인걸,
누가 있어 그 뒤를 이을 것인가!
진흙 총알을 물에 넣어 본 뒤라야
하잘것없는 것을 비로소 알리라.

多少般數人 百計求名利 心貪覓榮華 經營圖富貴
心未片時歇 奔突如烟氣 家眷寔團圓[1] 一呼百諾至

---

1) 團圓(단원): 가족이 화목함.

不過七十年 氷消瓦解置 死了萬事休 誰人承後嗣
水浸泥彈丸 方知無意智

[해설] 진흙으로 만든 총알은 물에 넣으면 형체도 없이 풀어
져 버린다. 명리와 영화도 이와 같다. 기껏 칠십을 넘기지 못한
다. 한산시에서 드물게 보이는 오언배율(五言排律). 배율은 보
통 대련(對聯)을 6개 이상 늘어놓는 당나라 때 발달한 한시체의
하나.

한산시 · 84

탐욕 많은 사람 재물을 모으는 것은
올빼미 그 새끼를 사랑하는 것 같아,
그 새끼 자라 어미를 먹는 것처럼
재물 많아지면 도로 내 몸 망치나니,
재물을 흩으면 복이 생기고
재물을 모으면 화가 생기나니,
진실로 재물도 없고 또 화도 없으면
저 푸른 구름 속에서 날개를 치리.

貪人好聚財　恰如鴞1)愛子　子大而食母　財多還害己
散之卽福生　聚之卽禍起　無財亦無禍　鼓翼靑雲裡

[해설] 재물은 모든 것의 병통(病痛)이다.
재물은 욕심을 낳고, 욕심은 인간을 속박한다.
재물을 버리라.
그러면 푸른 구름 속에서 날개를 치듯 자유를 얻으리라.

---

1) 鴞(효): 올빼미. 올빼미는 그 어미를 잡아먹는 불효의 새라 한다.

한산시 · 85

집을 떠나 일만 리 밖에 나와
검을 높이 들어 되놈을 친다.
네가 승리하면 그는 곧 죽을 것을,
그가 승리하면 네가 곧 죽으리라.
이미 그의 목숨을 아끼지 않는 너,
또 너의 목숨인들 무슨 허물 있는가!
너에게 언제나 이길 꾀 가르쳐 줄까?
탐하지 않는 것이 최상의 꾀이니라.

去家一萬里 提劍擊匈奴[1] 得利渠卽死 失利汝卽殂[2]
渠命旣不惜 汝命有何辜 敎汝百勝術 不貪爲上謀

[해설] 남의 목숨을 아끼지 않는 자가
어찌 자신의 목숨을 아낄 것인가.
남을 죽이고 승리한다는 것이 과연 진정한 승리인가 생각해
보라. 남이 아니라 자기 자신을 위해서……

---

1) 匈奴(흉노): 기원전 4세기에서 1세기까지 몽고지방에서 세력을 떨쳤던 유
   목민족.
2) 卽殂(즉조): 즉시 죽음.

성내는 마음은 마음속의 불,
공덕의 숲을 살라 버린다.
보살의 길을 행하고자 하거든
욕을 참으며 곧은 마음 지녀라.

瞋1)是心中火 能燒功德林 欲行菩薩道 忍辱2)誰直心

[해설] 마음속에서 타오르는 불이 공덕의 숲을 불사르니,
남은 것이 무엇이냐.
아무리 곤욕을 당하여도 참고 견디는 자만이
보살의 길을 성취하리라.
마음속에서 타오르는 어떤 맹렬한 불길보다
더 맹렬한 인욕의 견딤이여,
진정 아름답구나.

---

1) 瞋(진): 성내는 마음[瞋毒]으로 三毒(삼독)의 하나. 『遺敎經(유교경)』에
 "瞋心(진심)은 맹렬한 불보다 심하다"고 했다.
2) 忍辱(인욕): 六波羅密(육바라밀)의 하나. 육바라밀은 布施(보시)·持戒(지
 계)·忍辱(인욕)·精進(정진)·禪定(선정)·智慧(지혜)를 통틀어 이르는 말.
 이것을 잘 수행하면 보살의 淨土(정토)에 이른다고 한다.

한산시 · *87*

돌고도는 악취의 길 아득하니라.
깜깜한 거기에는 햇빛도 없느니라.
인간의 오래 사는 팔백 나이도
거기의 밤 길이의 반밖에 못 미치니라.
그 길로 들어가는 어리석은 사람들
그 정을 말하자면 진정 불쌍하네.
그대여, 부디 그 길 떠나기 위해
모든 법 중의 왕을 알아 섬겨라.

惡趣1)甚茫茫 冥冥無日光 人間八百歲2) 未抵半宵長
此等諸癡子 論情甚可傷 勸君求出離 認取法中王

[해설] 법중왕(法中王)은 곧 부처를 말함. 『법화경(法華經)』
에 “我爲法王, 於法自在”라는 말이 있다. 이 시의 뜻은 인간은
인과(仁果)의 업(業)에 의해 육취(六趣)를 돌고도니 이 육취를
벗어나는 길은 오로지 부처를 섬기는 것밖에 없다는 것이다.

---

1) 惡趣(악취): 윤회의 六趣를 말함. 곧 지옥·아귀·축생·아수라·인간·천
상.
2) 八百歲(팔백세): 彭祖(팽조)라는 신선은 팔백 세를 살았다고 함(『열자』).

세상에 많이 안다는 사람들
어리석게 한갓 고통만 따르네.
미래의 착한 복은 구하지 않고
다만 악한 일만을 지을 줄 아는구나.
오역죄와 또 십악을 짓는 무리
삼독과 더불어 친히 지낸다.
한 번 죽은 뒤 지옥에 떨어지면
영원히 진고은(鎭庫銀)과 같이 되리라.

世有多解人 愚癡徒苦辛 不求當來善 唯知造惡困
五逆1)十惡2)輩 三毒3)以爲親 一死入地獄 長如鎭庫銀4)

[해설] 쓸데없이 많이 아는 것, 그것이 문제다.
아는 것을 잊어버려라.
그러면 참다운 앎을 알게 될 것이다.

---

1) 五逆(오역): 無間地獄(무간지옥)에 떨어질 다섯 가지의 악행.
2) 十惡(십악): 몸·입·뜻의 三業(삼업)으로 짓는 열 가지 죄악.
3) 三毒(삼독): 貪毒·瞋毒·痴毒의 세 가지.
4) 鎭庫銀(진고은): 창고 속에 감추어져 있는, 끝내 쓰일 데 없는 것. 많이
   아는 것을 가리킨 말.

한산시 · 89

하늘은 높아 그 높이 다함없고
땅은 두터워 그 두께 끝이 없네.
모든 동물은 그 가운데 있어서
그 조화의 힘을 의지하나니,
머리를 싸매고 옷·밥을 구해
꾀를 부리어 서로 잡아먹는구나.
그러나 그 인과는 아직 분명치 않아
장님 어린아이가 젖빛을 묻는구나.

天高高不窮 地厚厚無極 動物在其中 憑玆造化力
爭頭覓飽暖 作計相噉食 因果都未詳 盲兒問乳色

[해설] "맹아(盲兒)가 젖빛을 묻는다"는 것은 『열반경』에서
유래한 말. "태어날 때부터 장님인 사람이 젖의 색깔을 물었다.
사람은 하얀 조개와 같다고 했다. 장님은 조개의 색도 몰라 쌀
가루와 같다고 했으나, 쌀가루의 색도 몰라 흰 눈과 흰 학과 같
다고 했다. 이에 장님은 네 가지를 들었으나 도저히 젖의 색을
알 수 없다고 한탄했다"라는 것이 있다. 이와 같이 눈, 즉 진성
(眞性)을 볼 수 없으면 모든 것을 알지 못한다는 것.

이 세상에는 여러 가지 사람이 있다.
말하자면 가지가지 그 수가 많다.
가바는 그래도 그런 남편 있었고
황로는 원래 아내가 없었다.
위씨 딸은 진정 사랑스럽게 예뻤고
종가의 계집은 지극히 추했었다.
만일 제가 서쪽으로 향해 간다면
나는 곧 동쪽으로 달려가리라.

天下幾種人 論時色數有 賈婆1)如許夫 黃老2)元無婦
衛氏兒3)可憐 鍾家女4)極醜 渠若向西行 我便東邊走

[해설] 아내를 얻지 마라. 노자는 아내가 원래 없었다. 얻으
려거든 추한 여자를 택하라. 그 어짊을 택하라.

---

1) 賈婆(가바): 晋의 惠帝의 왕후. 질투가 많고, 아들이 적고, 얼굴이 추하고,
   키가 작고, 빛깔이 검은 등 결점이 있었으나 황후가 되었다.
2) 黃老(황노): 老子(노자)를 가리킴.
3) 衛氏兒(위씨아): 진의 衛瓘(위관)의 딸. 성질이 어질고, 아들이 많고, 얼굴
   이 아름답고, 키가 크고, 빛깔이 희었으나 혜제의 왕후가 되지 못했다.
4) 鍾家女(종가녀): 얼굴이 몹시 추했으나 齊나라의 宣王(선왕)은 그의 어진
   것을 보고 왕후로 삼았다.

어진 사람은 허욕을 내지 않는데
어리석은 저 사람 공리만 좇는구나.
보리밭은 남의 것 모두 차지하고
대밭은 모두 내 소유로 만들었네.
눈을 붉히어 재물과 돈을 찾고
이를 악물고 종과 말을 부리네.
그대 모름지기 저 성 밖을 보라.
우거진 잡초 속의 총총한 무덤.

賢士不貪婪1) 癡人好鑪冶2) 麥地占佗家 竹園皆我者
努膊覓錢財 切齒驅奴馬 須看郭門外 疊疊松栢下

[해설] 보리밭과 대밭은 각기 어리석은 사람과 어진 사람을
나타낸다. 눈을 붉히며 재물을 구했어도 끝내는 잡초 우거진 무
덤 속에 누워 있지 않은가.

---

1) 貪婪(탐람): 욕심을 내어 탐함.
2) 鑪冶(노야): 원뜻은 관산을 개발하여 제련하여 금속을 뽑아낸다는 것. 여
   기서는 재물을 탐한다는 뜻.

분주히 쏘다니며 어육을 사서
집에 돌아가 처자를 먹이는구나.
어이 구태여 남의 목숨 죽이랴!
되는 대로 먹어서 목숨 살아갈뿐.
그것은 천상에 날 인연 아니요
오로지 지옥 길의 찌꺼기일 뿐.
촌 늙은이 깨어진 절구를 달래는 듯
비로소 미칠 길 없음을 알았노라.

嗊嗊買魚肉 擔歸餧妻子 何須殺陀命 將來活汝已
此非天堂緣 純是地獄滓 徐六1) 語破碓2) 始知沒道理

[해설] 현생의 인(因)에 따라 다음 세상에 육취 중의 어느
한곳으로 가게 된다. 살생을 하면 결국 악취(惡趣)에 이를 수밖
에 없지만 사람들은 그것을 모른다. 타일러 보아야 소용이 없
어, 천상에 태어날 인연이 아니라고 탄식하는 것.

---

1) 徐六(서육): 촌 늙은이로 의역됨.
2) 破碓(파대): 부서진 방아. 깨어진 절구.

한산시 · 93

세상 사람들 동백나무 가리켜
흰 전단 향나무라 부르고 있구나.
도를 배우는 이 모래알 같건만
몇 사람이나 니르바나 얻는가?
황금을 버리고 풀 짐을 걸머지고
남을 속이고 또 자기를 속이나니,
모래를 한곳에 모으는 것 같아
한덩이 만들기 진실로 어렵구나.

有人把椿樹 喚作白栴檀 學道多沙數 幾箇得泥洹
棄金却擔草 謾佗亦自謾 似聚砂一處 成團也大難

[해설] 도를 닦는 승려는 많지만
해탈의 경지에 이르기는 참으로 어렵다.
누가 진실로 적멸(寂滅)의 깨달음을 얻을 것인가.

모래를 삶아 밥을 지으려 하고
목이 마르자 비로소 샘을 파네.
아무리 애써 기왓장을 갈아도
끝내 거울은 되지 않나니.
부처님 말씀에, '원래가 평등하여
모두 진여의 본성이 있다'고 하셨네.
다만 안으로 자세히 생각하고
함부로 다투어 밖으로 닫지 말라.

烝砂擬作飯 臨渴始掘井 用力磨녹전1) 那堪將作鏡
佛說元平等 總有眞如性2) 但自審思量 不用閑爭競

[해설] 제3구와 제4구의 기와를 갈아도 거울이 되지 않는다
는 말은 『전등록(傳燈錄): 송나라 고승 道源이 지은 것으로 역
대 고승들의 행적과 禪宗의 道를 기술한 책)』의 회양선사편(懷
讓禪師篇)에서 유래한다. 회양선사가 수도승 도일(道一)을 보니

---

1) 녹전(녹전): 좁고 긴 기와.
2) 眞如性(진여성): 거짓이 아니, 변천하지 않는 것. 우주 만유에 두루한 본
   체.

늘 좌선만 하고 있었다. 선사가 묻기를 “너는 좌선을 하여 무엇을 도모하려 하느냐” 했다. 도일은 “부처가 되려고 합니다” 라고 대답했다. 이에 선사는 기왓장을 주면서 갈아 보라고 했다. 도일이 “이것을 갈아서 무엇을 합니까?” 하고 물었다. “거울을 만드는 것이다” 라고 선사가 대답했다. “이것은 아무리 갈아도 거울이 될 수 없습니다” 라고 도일이 말하자, 선사는 “마찬가지로 좌선만으로 부처가 될 수 없느니라”고 했다.

한산시 · 95

세상 일 두루 따라 샅샅이 살펴
자세히 보면 모두 다 알 수 있다.
대개 일이란 쉬운 것이 아니어서
모두 편의를 찾기를 좋아한다.
그를 기리면 나쁜 것도 좋게 되고
그를 헐뜯으면 옳은 것도 그릇된다.
그러므로 세상의 시끄러운 시비들
주장도 반대도 모두 거기 있나니,
차고 더운 것 스스로 판단하여
저들의 입술 거죽 믿지 말아라.

推尋1)世間事 子細總皆知 凡事莫容易 盡愛討便宜
誰卽弊成好 毀卽是成非 故知雜濫口2) 背面總由伊
冷暖我自量 不信好脣皮

[해설] 입술에 침 바른 남의 말을 쉽게 믿지 말라. 스스로 판단
하라. 자세히 살펴보고 깊이 새겨 보면 세상일 두루 다 알 수 있다.

---

1) 推尋(추심): 챙기어서 찾아 가지거나 받아냄. 또는 밝혀냄.
2) 雜濫口(잡람구): 세상의 시끄러운 떠도는 잡다한 말.

길을 잃고 헤매는 가난한 선비
굶주리고 헐벗음 극도에 이르렀네.
한가한 때는 시 짓기 즐겨하여
낑낑거리며 심력을 다해 하네.
천한 사람의 말 누가 곧이들으랴.
그러나 그대 부디 한숨짓지 말지니,
떡에다 글을 적어 개에게 던져 주면
떡은 먹어도 글은 먹지 않느니라.

蹭蹬1)諸貧士 飢寒成至極 閑居好作詩 札札2)用心力
賤人言孰采 勸君休歎息 題安餬餅上 乞狗也不喫

[해설] 그대를 아무도 알아주지 않아도 낙담하지 말라.
진실로 그대의 마음속의 비밀은 아무도 건드릴 수 없으며,
바로 그것이 진정한 기쁨이 아닌가.

---

1) 蹭蹬(층등): 길을 잃고 비틀거림.
2) 札札(찰찰): 매미 우는 소리나 베짜는 소리. 이 시에서는 힘들여서 낑낑대
   는 소리.

한산시 · *97*

나고 죽음 관계를 알고자 하면
물과 얼음 비유로 설명하리라.
물이 얼면 곧 얼음 이루고
얼음 녹으면 도리어 물이 된다.
이미 죽었으면 반드시 날 것이요
이미 났으면 반드시 죽으리니,
물과 얼음 서로 해치지 않는 것처럼
남과 죽음 모두 다 아름다워라.

欲識生死譬　且將氷水比　水結즉成氷　氷消返成水
已死必應生　出生還復死　氷水不相傷　生死還雙美

[해설] 생과 사는 윤회에 의해 육도를 오가는 것이다.
따라서 죽는 것은 곧 살아나는 것이다.
삶과 죽음의 고리에서 벗어나야 해탈을 할 수가 있다.
이런 경지에 오른 다음에야 삶과 죽음은 다 아름답다.

젊을 때의 일 곰곰이 생각하니
사냥하던 일 그 중에도 새로워라.
나라의 사절 노릇 내 소원 아니거니
더구나 신선이야 말할 것 없었네.
달리는 흰말 위에 늠름히 앉아
토끼를 호통 치며 매를 놓던 일.
아아, 어이 알았으랴 지금 이 신세
머리의 백발, 누가 보고 가엾다 하랴.

尋思少年日 遊獵向平陵 國使職非願 神仙未足稱
聯編獵騎1)白馬 喝兎放蒼鷹2) 不覺大流落 皤皤3)誰見矜

[해설] 젊은 날에는 사냥놀이 즐거워도, 돌이켜보면 허망하
다.
병들고 늙고 나니 이 신세를 그 누가 동정하리.

---

1) 聯編獵騎(연편기): 이어서 끊이지 않고 말을 탐. 곧 말을 달림.
2) 放蒼鷹(방창응): 사냥을 위해 하늘로 매를 날림.
3) 皤皤(파파): 머리털이 하얗게 센 모양.

깊은 숲 속에 비스듬히 누웠나니
나는 천생 날 때부터 한 농부라.
몸을 세움에 이미 곧고 참되었고
말을 내어 아직 거짓 아첨 없었네.
내 몸을 지켜 아예 재물 멀리했고
영화는 영화대로 세상에 맡겨 두네.
어떻게 세상과 함께 떠돌아
물결 위의 오리를 엿볼 것인가?

偃息深林下 從生是農夫 立身旣質直 出語無諂諛
保我不鑒璧 信君方得珠 焉能同汎灩1) 極目波上鳧

[해설] 제5구의 불감벽(不鑒璧)은 천금의 재물을 멀리한다는
뜻. 『장자(莊子)』의 「산목편(山木篇)」에 임회(林回)라는 사람이
도망칠 때 천금의 보배는 버려두고 갓난아이만 업고 도망쳤다는
고사에서 유래. 제8구의 파상부(波上鳧), 즉 물결 위에 떠다니는
오리는 『초사(楚辭)』의 「복거편(卜居篇)」에서 유래하는 것으로,
세상 이익을 좇아 일시적인 방편으로 행동하는 것을 말한다.

---

1) 汎灩(범염): 널리 떠다님.

구태여 남의 악한 일 꾸짖지 말라.
어이 내 착한 일 자랑할 것인가?
행해야 할 일은 곧 행하고
그쳐야 할 일은 곧 그쳐라.
녹이 두터우면 큰 책임 걱정하고
말이 깊으면 옅은 정 염려하네.
만일 이 말을 듣고 또 깊이 생각하면
비록 어린애라도 깨달음 있으리라.

不須攻人惡 何用伐己善 行之則可行 卷之則可卷
祿厚憂責大 言深慮交淺 聞玆若念玆 小兒當自見

[해설] 제1구의 공인악(攻人惡)은 『논어』의 「안연편(顏淵篇)」
에서 유래한 말. 제자가 공자에게 도덕의식을 높이는 것과 결점을
바로잡는 것과 시비를 구별하는 방법을 물었다. 공자가 답하기를
"자기가 해야 할 사회적인 책임이 무엇인가를 결정하고 나서 생
활 방침을 택한다. 이것이 도덕의식을 높이는 것이다. 자기의 잘
못에 대해서는 신랄한 비판을 내리고 남의 잘못에 대해서는 관대
한 마음으로 대하면 결점을 바로잡을 수 있다" 라고 했다.

부자 사람들 높은 다락에 모여
꽃다운 등불 어이 저리 빛나는고!
등불 없는 사람들 그것을 바라보며
그 곁에 살기를 진정 원했다.
갑자기 그 불빛 비쳐 왔다가
어느새 등불 옮겨 어두워졌네.
남을 비춘다고 빛에 무슨 손해인가?
어허, 이상해라, 남은 빛 아끼는 것.

富兒會高堂 華燈何煒煌 此時無燭者 心願處其傍
不意遭排遣 還歸暗處藏 益人明詎損 頓訝惜餘光

[해설] 이 시는 『열녀전(列女傳)』의 서오(徐吾)라는 가난한 여자의 이야기에서 유래한 것이다. 서오는 집이 가난해 등불을 켤 수 없어 이웃 여자들이 등불을 켤 때 옆에 가서 길쌈을 했다. 이에 이웃 여자들은 등불이 서오에 미치지 않도록 돌려 버렸다. 서오가 말하기를 "사람이 더 있어도 등불은 어두워지지 않고 한 사람이 없어도 등불이 밝아지지 않는데 어떠한 연유로 등불을 돌립니까" 라고 했다 한다.

세상에 이르는 총명한 선비들
그윽한 글을 찾아 마음을 괴롭히네.
세 가지 끝은 스스로 외로이 섰고
여섯 재주는 모든 사람 빼어났다.
신령스런 기운은 우뚝해 특별하고
정묘한 기운은 세상을 뛰어났다.
그러나 이 속의 한 뜻을 몰라
경(境)을 따라 어지러이 달리고 있다.

世有聰明士 勤苦探幽文 三端1)自孤立 六藝2)越諸君
神氣卓然異 精彩超衆群 不識箇中意 逐境亂紛紛

[해설] 제7구의 중의(中意)란 본래의 면목 곧 자성(自性)을
말한다. 삼단육예(三端六藝)가 뛰어나도 자성(自性)을 모르면
진정한 곳에 이르지 못하고 그 변방만 헤맨다는 뜻.

---

1) 三端(삼단): 『한시외전(韓詩外傳)』에 나오는 말로, 문사의 붓·무사의
   창·변사의 혀. 군자는 이 세 끝을 피해야 한다고 함.
2) 六藝(육예): 예의, 음악, 활쏘기, 말타기, 글씨, 산수 등의 여섯 가지 재주.

산과 물은 층층이 빼어나고
연기·안개는 산허리를 잠그고 있다.
산바람은 두건의 젖은 기운 떨치고
이슬은 풀 도롱이 옷을 적시네.
발에는 나그네 신 들메끈으로 매고
손에는 등나무 지팡이 들었네.
다시 보라, 저 밖의 티끌세상 일
꿈의 경계를 다시 물어 무엇하리.

層層山水秀 烟霞銷翠微[1] 嵐拂紗巾[2]濕 露霑蓑草衣
足躡遊方[3]履 手執古藤枝 更觀塵世外 夢境復何爲

[해설] 유유자적한 대자연 속에서 인간 세상의 일을 돌이켜
보라.
　　진정한 삶은 어디에 있는가.

---

1) 翠微(취미): 산정에 조금 못 미치는 곳. 산허리.
2) 紗巾(사건): 깁으로 만든 두건.
3) 遊方(유방): 나그넷길. 들메끈은 신을 붙들어 매는 끈.

책에는 가득한 재자의 시가 있네.
항아리에 넘치는 성인의 술이 있네.
나가서는 송아지 떼 사랑스레 바라보고
앉으면 시와 술 좌우에 안 떠나네.
낮은 서리 기운은 띠풀 처마에 들고
푸른 달빛은 '항아리 창'에 밝다.
이럴 때에는 두 항아리 술 마시고
두세 글귀의 시를 읊노라.

滿卷才子詩 溢壺聖人酒[1] 行愛觀牛犢 坐不離左右
霜露入茅簷 月華明瓮牖[2] 此時吸兩甌 吟詩三兩首

[해설] 창에는 달빛 푸르고
항아리 술 마시며 시를 읊조리나니
이외에 또 무엇을 구하리오.

---

1) 聖人酒(성인주): 曹操(조조)는 한때 금주령을 내렸는데 그때 사람들은 淸
   酒는 성인의 술, 濁酒는 賢人의 술이라고 했다 한다.
2) 瓮牖(옹유): 옹기로 만든 窓(창).

시씨의 집에 두 아들 있어
제나라, 초나라에 벼슬을 구할 적에
문무를 각각 스스로 갖추어
몸소 나아가 자리를 얻었다.
이웃집 맹씨 그 방법 물으며
'내 아들에게도 가르쳐 주라'고.
그러나 진나라, 위나라에 모두 뜻을 못 얻어
그만 때를 놓치고 이루지 못했다.

施家有兩兒 以藝干齊楚 文武各自備 託身爲得所
孟公問其術 我子親敎汝 秦衛兩不成 失時成齟齬[1]

[해설] 이 시는 『열자(列子)』 설부편(說符篇)의 고사에서 유래한다. 노나라 시씨(施氏)의 두 아들은 학문과 병법을 즐겨 제나라·초나라에서 각각 벼슬을 얻어 출세했다. 이웃 맹씨(孟氏)의 두 아들도 학문과 병법을 좋아해 진나라·위나라에 찾아갔지만 벼슬은 얻지 못하고 형벌만 받고 돌아왔다. 이에 맹씨가

---

1) 齟齬(저어): 원래는 아래 윗니가 서로 맞지 않는다는 뜻. 변하여 일에 차질이 생김 또는 어떤 일이 달성되지 못함을 뜻한다.

시씨에게 그 원인을 물은즉 시씨가 “사물이 쓰이고 쓰이지 않
는 것은 일정한 옳고 그름이 있어서가 아니라 기회와 시기가 있
는 것이다” 라고 대답했다.

나란히 앉은 정다운 원앙새여!
수컷 한 놈에 또 암컷 한 놈이다.
꽃을 따서는 서로 나누어 먹고
깃을 스치며 매양 서로 따르나니,
때로는 구름 속에 휘날다가
돌아오면 맑은 강 모래밭에 자네.
스스로 제 사는 곳 즐거움 알아
봉황이 사는 못을 뺏지 않는다.

止宿鴛鴦鳥　一雄兼一雌　銜花1)相共食　刷羽每相隨
戱入烟霄裏2)　宿歸沙岸湄　自怜生處樂　不奪鳳凰池

[해설] 제 사는 곳의 즐거움을 스스로
아는 것이 진정한 기쁨이 아니던가.
멀리서 구하지 말라.
참다운 깨달음은 멀리 있는 것이 아니다.

---

1) 銜花(함화): 꽃을 머금음. 즉 꽃을 땀.
2) 烟霄裏(연소리): 하늘 속의 연기, 즉 구름을 말함.

형식만 차리어 수행한다는 사람
그 재예 주공과 공자보다 낫다고 했다.
내 처음 보매 올올한 듯하더니
다시 보매 그지없이 동동(侗侗)하구나.
새끼로 당겨도 즐겨 일어나지 않고
송곳으로 찔러도 움쩍 않는다.
그는 마치 양공의 학과 같아서
가엾어라, 그 털만 어지럽구나.

或有銜行人 才藝過周孔 見羅頭兀兀1) 看時身侗侗2)
繩牽未肯行錐刺猶不動 恰似羊公鶴3) 可怜生氃氋4)

[해설] 형식을 타파하라. 재주가 있다고 자랑만 하는 것은
실상은 아무것도 아니다.

---

1) 兀兀(올올): 마음을 한곳에 쏟아 움직이지 않는 모양.
2) 侗侗(동동): 무지한 모양.
3) 羊公鶴(양공학): 羊枯(양고)란 사람은 자기 집의 학이 춤을 잘 춘다고 자
 랑을 했다. 한 손님이 학의 춤을 시험했더니 학은 털만 떨었다 한다(『世
 說新語』).
4) 氃氋(동몽): 털이 흩어지는 모양.

젊어서부터 책 끼고 밭 갈았네.
본래부터 형님과 한집에서 살았네.
항상 남들의 꾸중을 들었고
그 위에 아내의 버림도 받았네.
티끌세상 일 멀리 떠나 여의어
한가히 혼자 책 읽기 좋아했네.
그 누가 능히 한 말 물 빌려 주어
수레바퀴 물속의 저 고기를 살리랴.

少小帶經鋤1) 本將兄共居 緣遭佗輩責 剩被自妻疎2)
抛絶紅塵境 常遊好閱書 誰能借斗水 活取轍中魚3)

[해설] 가난하다고 남들에게 비난 듣고 아내에게서 버림받
아도, 진실로 내가 찾고자 하는 삶을 살아가니 어찌 기쁨 아니
랴. 어찌 수레바퀴 물속의 한 마리 고기가 될 것인가.

---

1) 帶經鋤(대경서): 경서를 지니고 다니면서 농사일을 함.
2) 被自妻疎(피자처소): 아내가 남편을 버림.
3) 轍中魚(철중어): 『莊子』 外物篇의 故事에서 유래한 말. 수레바퀴 자국에 사
   는 붕어는 양쯔강의 물보다는 한 말의 물이 우선 더 필요하다는 뜻(『한산
   시』 37 해설 참조).

돌고도는 변화는 끝이 없어라.

나고 죽음 마침내 쉬지 않나니,

삼도에서는 이미 새들로도 태어났고

오악에서는 이미 고기들의 몸도 됐네.

세상이 흐릴 때는 호양도 됐고

세월이 좋을 때는 준마도 됐네.

이전에는 일찍이 부자였더니

이번에는 이 구차한 선비 되었네.

變化計無窮 生死竟不止 三途1)鳥雀身 五嶽2)龍魚己

世濁作예羺3) 時淸爲駃騠4) 前廻是富兒 今度成貧士

[해설] 윤회전생(輪廻轉生)의 뒤바뀜 중에 구차한 선비가 최
상이니, 어제 부자였던 것을 오늘 부러워하지 않네.

---

1) 三途(삼도): 三惡道(삼악도). 살아서 지은 죄과로 인하여 죽은 뒤에 간다
   는 지옥·餓鬼(아귀)·축생의 세 가지 惡道(악도).
2) 五嶽(오악): 중국에서 나라의 鎭山으로 천자가 제사를 지내던 다섯 명산.
   동쪽의 泰山·서쪽의 華山·남쪽의 衡山·북쪽의 恒産·중앙의 嵩山.
3) 예羺(예누): 오랑캐 양.
4) 駃騠(녹이): 준마의 이름. 周나라 穆王(목왕)이 천하를 주유할 때 탔다는
   八駿馬(팔준마) 중의 하나. 뒤에는 名馬의 뜻으로 쓰임.

글씨와 글은 모자라지 않았지만
이상해라 벼슬자리 얻지 못했네.
돌아가다 꼼꼼한 시험관에 꺾였으니
때를 씻어 가면서 헌데를 찾았구나.
이는 반드시 하늘의 운수이리니
금년에도 한번 또다시 치러 보라.
장님 아이가 새 눈깔을 쏘아도
가다가 우연히 맞는 수도 있느니라.

書判全非弱 嫌身不得官 銓曹1)被拗折2) 洗垢覓瘡瘢3)
必也關天命 今年更試看 盲兒射雀日 偶中亦非難

[해설] 실패를 두려워 마라.
언젠가 반드시
기회가 돌아온다.

---

1) 銓曹(전조): 고급 관리의 인선을 관장하는 기구. 구체적으로는 吏部(이부)
   를 지칭한다.
2) 拗折(요절): 꺾임. 즉 시험에 떨어짐.
3) 瘡瘢(창반): 흉터. 상처.

한산시 · *111*

구차한 나귀는 한 자 밥도 없는데
넉넉한 개는 세 치 밥을 남기나니,
만일 나눠 주는 것 고르지 못하다면
부와 빈을 한데 합쳐 둘로 나눌까!
나귀 비로소 배불리 먹게 되면
개는 마침내 굶주려 쓰러지리.
내 그대를 위해 곰곰이 생각하면
그만 시름과 민망에 잠기고 마네.

貧驢缺一尺 富狗剩三寸 若分貧不平 中半富與困
始取驢飽足 却令狗飮頓 爲汝熟思量 令我也愁悶

[해설] 누가 누구에게 무엇을 어떻게 나누어 줄까. 이것이
인간 세상에서 가장 해결하기 어려운 일이다.

유가 신랑은 여든에 두 살
남가 신부는 열에 여덟 살.
서로 부부 되어 백년을 함께 할 때
그 정은 아기자기 끝이 없었다.
아들을 낳아 오도라 자 부르고
딸을 낳아선 완납이라 이름 했다.
그러나 마른 버드나무 싹이
서리에 죽는 것 흔히 보았다.

柳郞八十二 藍嫂一十八 夫妻共百年 相憐情狡猾

弄璋1)字烏도 擲瓦名婠妠2) 屢見枯楊3)荑 常遭靑女4)殺

[해설] 신랑 신부 나이를 합하면 일백 살. 인간사 백년을 사
는 동안 어찌 기쁨만이 있을 것인가.

---

1) 弄璋(농장): 아들을 낳음. 옛날 중국에서 아들을 낳으면 구슬[璋]장난감을
   주고, 딸이 태어나면 실패[瓦]의 장난감을 준 고사(故事)에서 유래한 말.
2) 婠妠(완납): 어린아이의 예쁘고 토실토실한 모양.
3) 枯楊(고양): 마른 버들. 여기서는 팔십 세의 신랑을 가리킴.
4) 靑女(청녀): 서리. 여기서는 십팔 세의 신부.

여기 몹시 굶주리고 추운 사람이 있다.
그는 원래 짐승이나 고기와 다르나니
언제나 사당 축대 밑에 살다가
때로는 큰길 모퉁이에 나와 우네.
여러 날을 부질없이 밥을 생각하고
겨울이 다하도록 속옷 모르네.
그는 오직 한 묶음의 풀을 가졌고
아울러 두 되의 밀가루를 가졌다.

大有飢寒客 生將獸魚殊 長存廟石下 時哭路邊隅
屢日空思食 終冬不識襦 唯齎一束草1) 幷帶二升麨

[해설] 추위와 굶주림을 이길 자가 누구냐.
그러나 가난한 선비는 이를 돌보지 않는다.
겨울옷이 없고 부질없이 밥을 생각하지만, 그가 큰길 모퉁이
에서 우는 것은 그런 것들을 구걸하기 위해서가 아니다.

---

1) 一束草(일속초): 한 묶음의 풀. 漢나라의 孫晨(손신)이라는 사람이 功曹(공
   조)라는 벼슬에 있을 때, 집이 매우 가난하여 겨울에도 이불이 없이 오직
   짚단 한 묶음으로 밤이면 덮고 자고 아침에 거두었다 해서 유래한 말.

훌륭하구나, 저 누구 술집인가?
그 집 술은 짙고 또 맛도 좋다네.
높이 달린 깃발은 사랑스럽고
되나 말도 공정해 속이지 않네.
그런데 그 집에는 손님 왜 없나?
그 집에는 사나운 개 많이 있나니,
아이들도 술 사러 찾아왔다가
개한테 쫓겨 이내 달아나느니.

赫赫誰노肆¹⁾ 其酒甚濃厚 可怜高幡幟²⁾ 極目平升斗
何意訝不售 其家多猛狗 童子欲來沽 狗齩便是走

[해설] 이 시는 『한비자(韓非子)』 외저설편(外儲說篇)에서 유래. 송나라에 되도 정확하고 손님에게 친절하고 술맛도 좋은 술집이 있었다. 그런데 장사가 되지 않았다. 그는 양천(楊倩)에게 까닭을 물으니, 사나운 개 때문이라고 대답했다. 이 이야기에서 사나운 개는 어질지 못한 대신들, 어린아이는 어진 선비를 말한다.

---

1) 노肆(노사): 술파는 집.
2) 幡幟(번치): 標識(표지)의 기.

탁하고 어지러운 이 세상에는
나찰이 어진 이와 함께 사나니,
이 유류(流類)는 비록 같다 하지만
그 도(道)의 다름을 어이 알 것인가!
여우가 사자의 세력을 빌려
거짓으로 뭇 짐승의 왕이라 하고,
연광(鉛礦)도 용광로에 들어가서야
비로소 참 금이 아닌 줄 아나니.

吁嗟濁濫處 羅刹1)共賢人 謂是等流類 焉知道不親

狐假獅子勢 詐妄却稱珍 鉛礦2)入鑪冶 方知金不眞

[해설] 세상이 어지러워지면 어진 이와 교활하고 간사한 이
가 같이 뒤섞여 살지만 결국 그 실상은 드러나고야 만다. 여우
가 사자의 힘을 빌려 행세를 해도 여우는 끝내 여우일 뿐이다.

---

1) 羅刹(나찰): 모든 악한 귀신의 총칭. 또는 푸른 눈·검은 몸·붉은 머리털
   을 하고서 사람을 잡아먹으며, 지옥에서 사람을 못살게 군다고 하는 귀
   신.
2) 鉛礦(연광): 납이 든 광석.

더위를 피하는 마을 집 이 달에
이 한말 술을 누구와 즐길꼬?
가지가지의 산과실 벌여 놓고
듬성듬성 술항아리 둘러앉아,
산갈대로 자리를 대신하고
파초 잎으로 술상을 대신했네.
거나히 취한 뒤에 턱받치고 앉았으면
저 큰 수미산도 총알보다 작구나.

田家避暑月 斗酒共誰歡 雜雜排山果 疎疎圍酒罇1)
蘆背將代席 蕉葉且充盤 醉後搘頤坐 須彌2)小彈丸

[해설] 여름날 서늘한 그늘에서 마시는 술맛을 그 누가 알
까. 저 큰 수미산이 총알보다 작으니 크고 작은 것 모두가 하나
이다. 진리를 보는 눈 또한 그런 것이 아닐까.

---

1) 酒罇(주준): 술항아리.
2) 須彌(수미): 수미산을 말함. 수미산은 고대 인도에서 세계의 한가운데에
   높이 솟아 있다고 하는 산으로서, 그 높이는 8만 由旬(유순: 1유순은 400
   리)이고, 물속으로도 8만 유순, 가로의 길이도 이와 같다고 함. 큰 물건을
   비유적으로 이르는 말로도 쓰임.

저 어떤 선비이기에
가끔 와 남원을 문안하는고?
나이는 이제 서른 남짓,
일찍 네댓 번 과거에 뽑혔다.
주머니에는 푸른 쇠전 한푼 없고
상자 속에는 묘한 시만 가득하다.
다니다 음식점 앞을 지나도
감히 얼굴을 돌리지 못하나니.

箇是何措大1) 時來雀南院2) 年可三十餘 曾經四五選
囊裡無靑蚨3) 篋中有黃絹4) 行到食店前 不敢暫廻面

[해설] 과거에는 여러 번 뽑혔지만 관리로 나가지 못하는 선
비가 배고픔과 가난을 견디지 못해 음식점에서 발길을 돌리지
못하는 괴로움이 한눈에 들어오는 시.

---

1) 措大(조대): 가난하고 청빈한 선비.
2) 南院(남원): 관리의 이동을 게시하던 장소
3) 靑蚨(청부): 靑蚨蟲[파랑강충이]의 어미와 유충의 피를 각각 돈에 발라 한
   쪽을 쓰면 나머지 한쪽이 그리워서 돌아온다는 말로 돈의 뜻으로 쓰임.
4) 黃絹(황건): 누런 비단. 여기서는 책의 뜻으로 쓰임.

항상 남에게 먹히며 사는 사람,
모름지기 스스로 아끼고 사랑하라.
늙어 가면 차츰 뜻대로 되지 않아
점점 남에게 물리침 받느니라.
그래서 한번 황산머리 돌아들면
일생의 소원 헛것으로 던지나니,
소 잃고 외양간 고치는 짓 하지 말라,
절망과 후회 마침내 끝없으리.

爲人常喫用1) 愛意須慳惜2) 老去不自由 漸被佗摧斥3)
送向荒山4)頭 一生願虛擲5) 亡羊罷補牢 失意終無極

[해설] 남에게 아첨하지 말라. 스스로를 아끼고 사랑하라.
자신을 중하게 여기지 않고 남에게 빌붙어 사는 사람은 결국
자신의 일생을 망치게 된다.

---

1) 喫用(끽용): 먹히는 것.
2) 慳惜(간석): 아끼고 사랑함.
3) 摧斥(최척): 꺾이어 물러남.
4) 荒山(황산): 황폐한 산 또는 아주 곤궁한 지경.
5) 虛擲(허척): 헛것으로 던져짐.

부질없이 능소각 짓고
헛되이 백 척 다락에 오르네.
아무리 목숨 길어도 끝내 죽는 것을,
공부했다 반드시 벼슬하지 못하느니.
노란 주둥이를 따를 것 없거니
어찌 흰 머리털을 싫다 할 것인가!
화살처럼 바르지는 못하더라도
부디 낚시처럼 굽지는 말라.

浪造凌霄閣1) 虛登百尺樓 養生仍天命 誘讀詎封侯
不用從黃口2) 何須厭白頭 未能端似箭3) 且莫曲如鉤4)

[해설] 바르게 살라. 진정한 것을 따르라. 낚시처럼 굽혀 부
귀영화를 누린다고 할지라도 끝내는 얼마나 허망한가.

---

1) 凌霄閣(능소각): 魏(위)나라 明帝 때 세운 누각의 이름.
2) 黃口(황구): 어린아이 또는 미숙한 사람을 이르는 말.
3) 端似箭(단사전): 화살처럼 곧음. 『論語』 衛靈公篇에 "곧구나, 史魚여, 나라에
   道가 있어도 화살과 같고, 도가 없어도 화살과 같구나" 하는 대목이 있다.
4) 曲如鉤(곡여구): 낚시 바늘과 같이 굽음. 後漢의 順帝 때의 동요에 "곧기 실
   같으면 길가에서 죽고, 굽기 낚시 같으면 도리어 벼슬한다"는 것이 있다.

부하고 귀하면 친소(親疎)가 모이나니
돈이나 쌀이 쌓였기 때문이요,
가난하고 천하면 골육도 떠나나니
형제의 적어짐을 관계하지 않는다.
모름지기 빨리 전원으로 돌아가라.
초현각은 아직 열리지 않았나니,
부질없이 서울 거리 쏘다녀 보았자
가죽신 바닥만 닳고 말리라.

富貴疎親1)聚　祇爲多錢米　貧賤骨肉離　非關少兄弟
急須歸去來　招賢閣2)未啓　浪行朱雀街3)　蹈破皮鞋底

　[해설] 이 시는 "자! 전원으로 돌아가자! 전원이 황폐해지려 하거늘 어찌 돌아가지 않으리?"로 시작되는 도연명(陶淵明)의 「귀거래사(歸去來辭)」를 연상시킨다.

---

1) 疎親(소친): 가까운 일가와 촌수가 먼 일가.
2) 招賢閣(초현각): 燕(연)나라 昭王(소왕)이 임금이 되자 예물을 후하게 하여 널리 어진 선비를 구하였다는 데서 연유한 말.
3) 朱雀街(주작가): 당나라 수도 長安의 번화가의 명칭.

내 한 어리석은 사내를 보니
언제나 두셋의 계집을 거느렸다.
팔구 명의 아들을 낳아 기르니
모두 방탕하고 호사를 즐기었다.
종들과 가옥을 새로 차려 나누니
재물이나 살림은 옛것이 아니었다.
황벽으로 나귀의 뒷걸이 만들어
비로소 쓴 것 뒤에 있음 알겠네.

我見一癡漢　仍居三兩婦　養得八九兒　總是隨宜手
丁戶是新差　資財非舊有　黃蘗1)作驢䩷2)　始知苦在後

[해설] 부귀영화는 한때뿐이니, 가버리고 나면 뒤에는
황벽과 같이 쓴 것밖에 남지 않는다는

---

1) 黃蘗(황벽): 나무 이름. 운향과에 딸린 갈잎 큰키나무. 잎은 열매와 함께
   약용함.
2) 驢䩷(여추): 나귀의 밀치. 밀치는 마소의 안장이나 길마에 걸고 꼬리 밑에
   거는 좁다란 나무 막대기.

햇곡식 아직 나오지 않고
묵은 곡식은 이미 다했네.
두어 말 곡식 남에게 꾸러 가
그 집 문 앞에서 어름거리네.
사내가 나와선 안에 물어 보라 하고
아내가 나와선 밖에 물어 보라 하네.
아끼고 아껴 남의 가난 모르니
재물이 많아 도리어 괴로워라.

新穀尙未熟 舊穀今已無 就貸二斗[1]許 門外立跚躕[2]
夫出敎問婦 婦出遣問夫 慳惜不救乏 財多爲累愚

[해설] 가난한 자의 슬픔은 가난한 자만이 안다. 재물이 있
는 자는 재물에 속박되어 가난한 자의 고통을 진실로 알지 못한
다. 눈물로 밤을 새우며 굶주려 보지 않은 자가 어찌 가난의 고
통스러움을 알 것인가.

---

1) 二斗(이두): 당나라 때의 1斗는 5.944리터(ℓ).
2) 跚躕(지주): 주저함. 머뭇거림.

여기 참으로 우스운 일 있으니
네 이제 서너 가지 말해 보리라.
장공은 부자로서 호사스러웠고
맹자는 가난해 고생스러웠다.
다만 주유의 배부름만 따르고
방삭의 굶주림은 돌아보지 않는다.
파인의 노래는 부르는 이 많건만
백설은 아무도 화답하는 이 없다.

大有好笑事 細陳三五箇 張公1)富奢華 孟子貧轗軻2)

祇取侏儒3)飽 不怜方朔4)餓 巴歌5)唱者多 白雪6)無人和

---

1) 張公(장공): 옛날의 부자. 『史記(사기)』에 "漿(장: 음료수)을 파는 일은 작은 직업이요, 실로 張씨는 천하의 부자이다" 라는 것이 있다. 정당한 수단을 초월하여 재물을 모은 사람을 가리킴.
2) 轗軻(감가): 길이 험하여 수레가 잘 나아가지 못하는 모양. 또는 일이 뜻대로 되지 아니하는 모양. 가난하고 불우한 모양.
3) 侏儒(주유): 『方朔傳』의 방삭의 말에서 유래. 방삭은 "주유는 키가 삼 척, 주머니 하나에 봉급은 이백사십인데, 나는 키가 구 척이나 주머니 하나에 봉급은 이백사십이다. 주유는 배가 불러 죽을 지경이고 나는 배가 고파 죽을 지경이다" 라고 했다.
4) 方朔(방삭): 3)의 내용과 같음.
5) 巴歌(파가): 전국시대 宋玉(송옥)이 한 말로, "파인의 노래의 곡조는 야비

[해설] 진실이 외면당하는 세상사의 우스운 일 세 가지를 대조해서 나타낸 것. 맹자는 진실했지만 가난했고, 방삭은 체구가 컸으나 봉급이 적어 배가 고팠고, 백설의 곡조는 고상했지만 그 청중이 적었다는 것.

하지만 그가 노래할 때 화답하는 사람이 수천 인이고, 백설의 거문고 곡조는 그 가락이 고상하지만 화답하는 사람은 수백 인이다"는 것에서 유래(『文選(문선)』).
6) 白雪(백설): 5)의 내용과 같음.

늙은 첨지가 젊은 아내 맞으니
머리 흰 것을 아내가 불평하고,
늙은 할미가 젊은 남편 맞으니
얼굴 누르다 남편이 불평하고,
늙은 첨지가 늙은 할미 맞으니
일일이 모두 서로 맞아 어울리고,
젊은 계집이 젊은 사내 맞으니
쌍쌍이 모두 정들고 사랑하네.

老翁娶少婦 髮白婦不耐 老婆嫁少夫 面黃夫不愛

老翁娶老婆 ──無棄背1) 少婦嫁少夫 兩兩相憐態

[해설] 맞지 않는 것들을 억지로 짝지우면 무리가 생긴다.
서로가 서로를 밀쳐 버린다. 맞는 것끼리 화합하는 것이 바로
무위자연의 참뜻이다.

___

1) 棄背(기배): 배신하여 버리고 떠남.

부드러이 생긴 아름다운 소년이여,
모든 경전 사적을 두루 읽었다.
사람들 모두 선생이라 부르고
세상은 다 학자라 일컫네.
그러나 벼슬자리 얻지 못하고
또 쟁기와 보습도 잡을 줄 몰라
한겨울에도 베적삼을 입었거니,
아아, 이 책이 나를 그르쳤구나.

雍客美少年　博覽諸經史[1]　盡號曰先生　皆稱爲學士
未能得官職　不解秉耒耜[2]　冬披破布衫　蓋是書誤己

[해설] 한산시의 주요한 주제 중의 하나가 벼슬하지 못한 불우한 선비를 묘사하는 것이다. 이러한 주제는 당시(唐詩)에서 공통적으로 나타나기도 한다.

---

1) 經史(경사): 經은 易經(역경)·書經(서경)·詩經(시경)·禮記(예기)·春秋(춘추), 史는 史記(사기)·漢書(한서)·後漢書(후한서).
2) 耒耜(뇌사): 쟁기와 보습. 혹은 밭을 갈고 김을 맴.

한산시 · *126*

지저귀는 새 소리에 정을 못 이겨
혼자 초암에 누워 듣고 있나니,
앵두는 알알이 붉어 빛나고
버들은 줄줄이 드리워 있네.
아침 햇빛은 푸른 산을 머금고
개는 구름은 맑은 못을 씻는다.
누가 저 티끌세상 능히 벗어나
이 한산 남쪽으로 올라올 줄 알런고!

鳥語淸不堪 其時臥草菴 櫻桃紅爍爍1) 楊柳正參參2)
旭日銜靑嶂 晴雲洗綠潭 誰知出塵俗 馭上寒山南

[해설] 푸른 산을 머금은 아침 햇빛이여
찬연하구나.
초암에 혼자 누워 지저귀는 새 소리 듣나니
티끌세상 저 멀리에서
누가 이 기쁨을 알 것인가.

---

1) 爍爍(삭삭): 번쩍번쩍 빛나는 모양.
2) 參參(삼삼): 버들이 길게 드리워진 모양. 혹은 털이 긴 모양.

어제 일 생각하면 얼마나 유유한고,
그 자리 일은 모두가 알뜰할 뿐.
위에는 복숭아꽃 오얏꽃의 길,
밑에는 난초와 창포꽃 핀 물가
거기는 또 아리따운 사람 있어
집안에서 푸른 우모 나부꼈나니,
서로 바라보고 불러 보려 했으나
할 듯 말 듯 마침내 말하지 못했네.

昔日何悠悠 場中可憐許 上爲桃李徑 下作蘭蓀渚1)
復有綺羅人2) 舍中翠毛羽3) 相逢欲相喚 脉脉不能語

[해설] 봄의 정경과 민간의 풍속까지 노래하고 있는 이 시는
부르려 하나 부르지 못하고, 말하려 하나 말하지 못한다는 것은
주저하고 망설이는 젊은 남녀의 연애 심리를 잘 묘사하고 있다.

---

1) 蘭蓀渚(난손저): 난초꽃과 창포꽃이 핀 물가.
2) 綺羅人(기라인): 비단옷으로 곱게 단장한 여인. 즉 아름다운 여인.
3) 翠毛羽(취모우): 원래는 물총새의 깃 또는 그러한 고운 털로 만든 귀중한
   장식품. 여기서는 5句와 호응하여 역시 아름다운 여인을 가리킨다.

장부여, 곤궁을 지키지 말라.
돈이 없거든 모름지기 경영하라.
우선 암소 한 마리를 먹이면
다섯 마리 새끼를 얻을 것이요,
그 새끼 또 새끼 낳으면
그 수는 불어 끝이 없으리.
내 도주공(陶朱公) 그대에게 말하나니
내 부가 진실로 그대 같구나.

丈夫莫守困 無錢須經紀 養得一牸牛 生得五犢子
犢子又生兒 積數無窮已 寄語陶朱公 富與君相似

[해설] 제7구의 도주공(陶朱公)은 범려(范蠡)를 말한다. 범려는 오(吳)나라를 치고 도(陶)라는 지방에서 수만의 재산을 가진 큰 부자였다. 이에 노(魯)나라 사람 의돈(猗頓)이 그 부자가 된 방법을 물었더니, 범려는 ‘암소 다섯 마리를 길러라’고 했다. 의돈은 십 년 뒤에 큰 부자가 되었다. 그래서 천하의 부자를 말할 때는 도주·의돈(陶朱·猗頓)이라 일컫는다.

그대 왜 그리 허둥대는가?
집터 잡으려거든 잘 생각해 하라.
저 남방에는 전염병 많고
북쪽 땅에는 바람·서리 심하니라.
거친 두메에는 살기 어렵고
독기 섞인 우물은 마시기 어렵나니,
혼이여, 너 그만 돌아와
우리 집 정원의 오디나 따 먹어라.

之子何惶惶　卜居須自審　南方瘴癘1)多　北地風霜甚
荒娜不可居　毒川難可飮　魂兮歸去來　食我家園甚

[해설] 혼이여, 너 그만 돌아오라.
오욕칠정의 악업에서 벗어나
부처의 가르침에 귀의하라.
그대가 진정 살아야 할 곳에 자리잡으라.

---

1) 瘴癘(장려): 열병에 의하여 생기는 전염병.

한산시 · *130*

나는 어젯밤 꿈에 집에 갔었다.
아내는 베틀에서 베를 짜고 있었다.
북을 멈출 때는 무슨 생각 있는 듯,
북을 올릴 때는 맥이 없어 보였다.
내가 부르매 돌아보긴 했으나
멍히 앉아서 알아보지 못했다.
아마 서로 갈린 지 오랬기 때문이니
귀밑 머리털도 옛 빛이 아니었다.

昔夜夢還家 見婦機中織 駐梭如有思 擎梭¹⁾似無力
呼之廻面視 怳復不相識 應是別多年 鬢毛非舊色

[해설] 꿈속에서야 아내를 만나는 이여,
집 떠난 지가 오래구나.
귀밑 머리털 희게 변하도록 아직도 도를 얻지 못했구나.
홀로 고생하는 아내에게
그대는 무엇을 말하랴.

---

1) 擎梭(경사): 북을 올림. 북을 떠받침. 북은 실을 감는 기구.

인생은 백년을 채우지 못하는데
언제나 천년 걱정 가지고 있네.
내 자신의 병은 또한 그렇다 하고
또 자손들의 걱정 겹치었나니.
밑으로는 벼 뿌리를 살펴보아야 하고
위로는 뽕나무 가지 끝을 살펴야 하고
쇠몽치 동쪽 바다에 떨어져
밑바닥에 닿아서야 쉴 줄 아는가!

人生不滿百 常懷千載憂 自身病始可 又爲子孫愁
下視禾根下 上看桑樹頭 秤鎚1)落東海 到底始知休

[해설] 인생살이 백년을 못 채우는데,
쇠몽치가 동쪽바다 밑바닥에 떨어져야 끝남을 아는가.
백년을 채우지 못하는 인생에
천년의 걱정을 가지고 동분서주하니 한심하구나!
끝에 가서 끝남을 아는 이는 진정 어리석구나.

---

1) 秤鎚(칭추): 저울 쇠몽치.

세상에 일등 사람 있어
마음 없기 나무토막 같았다.
하는 말마다 상식에 멀고
언제나 '나는 걱정하지 않는다'고.
도를 물어도 도를 모른다 하고
부처를 물어도 구하지 않는다고.
그러나 자세히 뒤지고 따져 보면
멍청한 그대로 시름 덩어리였네.

世有一等流 悠悠似木頭1) 出語無知解 云我百不憂
問道道不會 問佛佛不求 子細推尋著 茫然一場愁

[해설] 이 시는 두 가지 해석이 가능하다. 하나는 이 시가 한
산 스스로를 탄식하는 것이고, 하나는 세상의 어리석은 사람을
탄식하는 것이다. 어느 쪽으로 해석해도 무방하다.

---

1) 木頭(목두): 치목(治木)할 때에 목재(木材)의 끄트머리를 잘라 버린 토막.

동랑은 일찍이 젊었을 때에
궁성 안을 호사롭게 드나들었다.
화려한 옷 빛깔은 거위 새끼 같았고
고운 얼굴은 마치 그림 같았다.
네 발굽 흰말을 타고 다닐 때
붉은 티끌은 어지러이 일어났다.
길가에 모여 바라보는 사람들
'야, 저이는 누구 집 아들인고!'

董郞年少時 出入帝京裡 衫作嫩鵝1)黃 容儀畫相似

常騎踏雪馬2) 拂拂紅塵起 觀者滿路傍 箇是誰家子

[해설] 이 시는 한(漢)의 동현(董賢)의 고사에서 연유. 동현
은 용모가 준수한 미동(美童)으로 애제(哀帝)의 총애를 받아 온
갖 부귀영화를 누렸으나, 왕이 죽은 후 탄핵되자 동현은 자결하
고 말았다. 호사한 삶에 취해 한치 앞의 죽음을 내다보지 못하
는 이여, 그는 누구 집 아들인고.

---

1) 嫩鵝(누아): 새끼 거위.
2) 陶雪馬(도설마): 네 발굽이 눈처럼 흰 말.

한산시 · *134*

저 애들은 누구 집 자식들인고
항상 남의 미움만 몹시 받는구나.
어리석은 마음 언제나 불평이요
취한 눈은 언제나 흐리어 있네.
부처님 앞에서도 예배할 줄 모르고
스님을 만나서도 보시할 줄 모르네.
아는 것이래야 다만 고기 다루는 것
그 말고는 한 가지도 능한 것 없다.

箇是誰家子 爲人大被憎 癡心常憤憤 肉眼1)醉瞢瞢2)
見佛不禮佛 逢僧不施僧 唯知打大臠3) 除此百無能

[해설] 커다란 고깃덩어리만을 생각하는 이여,
탐욕에 눈이 어두워 무엇이 보이겠느냐.

---

1) 肉眼(육안): 육체가 가지고 있는 눈. 사물의 표면밖에 볼 수 없는 凡人(범
   인)의 눈. 차례로 天眼(천안)·慧眼(혜안)·法眼(법안)·佛眼(불안)의 다섯
   단계가 있다.
2) 瞢瞢(몽몽): 흐릿한 모양. 또는 명료하지 않은 모양.
3) 大臠(대련): 크게 저민 고기. 큰 조각의 고깃덩어리.

사람은 몸으로 근본을 삼고
그 근본은 마음을 자루로 한다.
마음이 삿되지 않아 근본이 있나니
마음이 삿되면 본 목숨을 잃는다.
진실로 이 재앙을 면하지 못하고서
어떻게 공부하기 게을리 하랴!
만일 『금강경』을 생각하지 않으면
도리어 '보살'로 병 앓게 하리.

人以身爲本 本以心爲柄 本在心莫邪 心邪喪本命
未能免此殃 何言懶照鏡 不念金剛經1) 却令菩薩病

[해설] 제4구의 본명, 즉 본 목숨은 법신(法身)의 목숨, 천지의
목숨이다. 마음이 삿되면 법신의 혜명(慧命)을 잃고 만물이 그 자
리를 잃어, 이 몸도 보전하기 어렵다. 제8구의 보살병이란, 보살
은 중생이 앓기 때문에 앓고, 중생이 고통으로 고통 받는다는 뜻.

---

1) 金剛經(금강경): 金剛般若波羅密經(금강반야바라밀경)의 준말. 반야 곧 지
   혜의 본체는 眞常淸淨(진상청정)이며 不變不移(불변불이)하여 번뇌나 악
   마도 이것을 어지럽힐 수 없음을 금강의 堅實(견실)함에 비유한 경문.

한산시 · *136*

성 북쪽의 중씨집 첨지
그 집에는 술과 고기가 많다.
그 첨지 아내가 죽었을 때에는
조문하는 손님 집에 가득하더니,
그 첨지 자기가 죽었을 때에는
조문 와 울어 주는 한 사람 없네.
남의 술과 고기를 먹는 사람들
어쩌면 그리도 뱃속이 찬고!

城北仲家翁 渠家多酒肉 仲翁婦死時 弔客滿堂屋
仲翁自身亡 能無一人哭 喫佗盃欒者 何太冷心復

[해설] 정승집 개가 죽으면 문상객이 가득하고 정작 정승이
죽으면 문상객이 없다. 술과 고기로 배를 가득 채운 사람들은
얼마나 이기적인가.

제일 어리석은 사람은 내 시를 읽고
알지도 못하고 비웃고 비방하리.
중간 선비는 내 시를 읽고
깊이 생각한 끝에 '매우 중요하다'고.
제일 어진 사람은 내 시를 읽고
왈칵 반기며 온 얼굴에 웃음지으리.
양수는 어린 여자를 보자
이내 '묘(妙)'자를 알았느니라.

下愚讀我詩 不解却嗤誚¹⁾ 中庸讀我詩 思量云甚要
上賢讀我詩 把著滿面笑 楊脩見幼婦 一覽便知妙

[해설] 제7구와 8구는 절묘호사(絶妙好辭: 문장이나 시가가
특별히 뛰어나다는 뜻)의 고사에서 유래하는 말. 조조(曹操)가
양수(楊脩)와 함께 강남(江南)에 이르러 조아(曹娥)의 비(碑)를
읽었다. 비 뒤에 "黃絹幼婦外孫齏臼"라는 글이 있었는데, 조조
는 그 뜻을 알 수 없어 양수에게 물었다. 양수는 "누른 비단[황

---

1) 嗤誚(치초): 웃고 꾸짖음. 즉 비웃음.

연]은 색실이니 절(絶), 유부(幼婦)는 어린 여자이니 묘(妙), 외
손(外孫)은 여자(女子)이니 호(好), 절구통[齏臼]은 고통을 받
음[受辛]이니 글자로는 사(辭)”라고 했다. 이 시는 한산 자신의
뛰어난 시를 어진 사람은 알아본다는 것이다.

몹시 탐심 많고 인색한 사람
스스로는 그런 사람 아니라 하네.
단벌옷은 춤추기에 다 해졌고
술은 노래하기에 홀짝거리네.
그대 한 배 불룩하게 마시려무나.
갈래진 옷 두 다리에 걸리게 하지 말라.
쑥대밭에 해골이 뒹굴 때에
그대 반드시 뼈아프게 후회하리.

自有慳惜人 我非慳惜輩 衣單爲舞穿 酒盡緣歌哗
當取一腹飽 莫令兩脚儽1) 蓬蒿2)鑽髑髏3) 此日君應悔

[해설] 남에게 애써 변명하며, 인색하게 재물을 모으지 마라.
죽은 다음 쑥대밭에 뒹굴 때 모든 것을 후회하리라.
후회하지 않으리라 하면서 후회하면 더욱 후회하리라.

---

1) 兩脚儽(양각루): 피로한 두 다리.
2) 蓬蒿(봉호): 쑥이 우거진 풀숲.
3) 髑髏(촉루): 백골이 된 머리뼈. 해골.

내 한 옛 무덤을 지나가다가
인생의 죽고 삶을 다시 한 번 생각했네.
뫼는 무너져 누런 창자 누르고
널은 뚫어져 흰 뼈가 드러나 있네.
여기저기 흩어져 병·항아리 남았는데
이리저리 뒤지어 잠홀은 간 데 없네.
가끔 바람이 와 그 안을 휘저으면
먼지는 일어 어지러이 휘날린다.

我行經古境 淚盡嗟存歿 塚破壓黃腸 棺穿露白骨
欹斜有瓮缾 振撥無簪笏1) 風至攪其中 灰塵亂발발2)

[해설] 지나가던 길에 본 무덤은 도둑을 맞아 황폐해지고 흰
뼈가 드러났다. 살아 있을 때는 부귀를 누리던 벼슬아치임에 틀
림없겠지만 죽고 나니 관 속에 들락거리는 먼지만이 어지럽게
휘날릴 뿐이다.

---

1) 簪笏(잠홀): 벼슬아치가 冠(관)에 꽂던 簪(잠: 비녀의 일종)과 笏(홀: 손에
   들던 판의 일종).
2) 발발(발발): 사물이 갑자기 일어나는 모양.

저녁별 쉬엄쉬엄 서산에 내리나니
무성한 초목들은 더욱 빛난다.
거기는 다시 으슥한 곳이 있어
소나무 칡넝쿨 얽히어 있다.
그 속에 한 마리 호랑이 있어
나를 보고 성내어 갈기를 세우나니,
그러나 내게는 한 치 칼도 없거니
어찌 두려워 떨지 않으리.

夕陽下西山　莫木光曄曄1)　復有朦朧處　松蘿相連接
此中多伏虎　見我奮迅2)鬣　手中無才刃　爭不懼懾懾3)

[해설] 어느 곳에나 마음 편할 곳이 없구나.
소나무 칡넝쿨 얽힌 숲 속의
성난 호랑이 한 마리
어찌할거나.

---

1) 曄曄(엽엽): 빛나는 모양.
2) 奮迅(분신): 분발하여 일어나 기세가 대단함.
3) 懾懾(섬섬): 무서워하고 두려워함.

한번 몸이 나서매 진정 분주하구나.
세상일이란 한 모양 아니거니,
세속 인연 완전히 버릴 수 없어
그로 인해 이리저리 오감이 있다.
어제는 서오의 죽음을 조상하고
오늘은 유삼의 초상길 보냈나니,
하루도 한가로움 얻을 수 없어
그 때문에 이 마음 허둥거리네.

出身旣擾擾1) 世事非一狀 未能捨流俗 所以相追訪
昨弔徐五2)死 今送劉三3)葬 日日不得閑 爲此心悽愴4)

[해설] 세속의 인연 어찌 다 버릴까. 하루도 한가로움 얻지
못하고 이리저리 허둥거리다 나 또한 죽음의 길로 가네.

---

1) 擾擾(요요): 어지럽고 소란한 모양.
2) 徐五(서오): 특정한 사람을 지칭하는 것이 아니라 張三李四(장삼이사)와
   같은 말.
3) 劉三(유삼): 2)의 내용과 같음.
4) 悽愴(처창): 몹시 마음이 구슬픔.

즐거운 일 있거든 모름지기 즐거워하라.
때를 헛되이 보내지 말 것을.
흔히 말하기를 백년이라 하지마는
날로 따져 삼만도 차지 못하는 것을.
세상에 의탁해 살기 잠깐이거니
돈을 따지어 잔소리 하지 말라.
『효경』의 맨 끝의 '상친장'에는
자세히 인정을 적어 다했느니라.

有樂且須樂 時哉不可失 雖云一百年 豈滿三萬日
寄世是須臾 論錢莫啾唧 孝經末後章 委曲陳情畢

[해설] 제2구 '시재불가실(時哉不可失)'은 『서경』 주서편(周
書篇)에 나오는 말. 때가 왔으니 가히 잃어서는 안 된다는 말.
제7구의 『효경』 제일 마지막의 '상친장'(喪親章)에는 "산 부모
섬기기를 정성을 다하고 죽은 부모 섬기기도 정성을 다하라. 부
모가 죽으나 사나 효자의 정성은 끝이 없다"는 말이 있다.

한산시 · *143*

혼자 앉았어도 허둥허둥 하는데

회포는 어이 이리 멀고도 먼고.

산허리에는 구름이 느릿느릿

골짝 어귀에는 바람이 우우우

잔나비는 나무에서 끽끽끽

새는 숲속에서 쨋쨋쨋

때는 머리를 재촉해 희끗희끗

세월은 흘러 얼굴은 쭈글쭈글

獨坐常怱怱1)　情懷何悠悠　山腰雲漫漫　谷口風颼颼2)

猿來樹嫋嫋3)　鳥入林啾啾4)　時催鬢颯颯5)　歲盡老惆惆6)

[해설] 세월은 멈추지 않는다. 마음속 생각은 유유해도, 갑자기 바람 한번 불면 검은 머리 희고 얼굴은 쭈글쭈글 하구나.

---

1) 怱怱(총총) 허둥대며 바쁜 모양.
2) 颼颼(수수): 바람소리의 의성어.
3) 嫋嫋(요뇨): 원숭이의 소리가 가늘게 이어져 끊어지지 않음을 나타내는 말.
4) 啾啾(추추): 새의 울음소리. 의성어.
5) 颯颯(삽삽): 머리가 희끗희끗 변하게 되는 것을 상징적으로 나타낸 말.
6) 惆惆(추추): 실망하는 모양. 얼굴에 주름이 생김을 상징하는 말.

여기 한 훌륭한 식자가 있어
여섯 가지 재주를 두루 통했다.
남으로 달리는가 하면 북쪽에서 만나고
서쪽으로 향하는가 하면 동에서 부딪치네.
항시 떠 있어 물 위의 평초 같고
늘 나돌아 바람 앞의 봉초 같네.
도대체 이 사람 그 누구인가?
성은 '빈'이요 이름은 '궁'이니라.

一人好頭壯　六藝1)盡皆通　南見驪歸北　西逢趁向東
長漂如汎萍　不息似蜚蓬　問是何等色　姓貧名曰窮

[해설] 훌륭한 선비가 있어 육예에 두루 달통했다 하나 그것
역시 한갓 재주에 불과할 뿐이다. 진성(眞性)에 이르지 못함은
재주 있음이나 없음이나 마찬가지이니 어찌 그것을 빈궁(貧窮)
이라 하지 않겠는가. 여기서 빈궁은 정신적 가난을 뜻한다.

---

1) 六藝(육예): 고대 중국에서 말하던 여섯 가지 재주. 예절·음악·활쏘기·
　말타기·글씨·셈하기.

한산시 · *145*

남이 어질거든 그대 곧 받아들이고
남이 어질지 않거든 그대 함께 짝하지 말라.
그대 어질면 그이 받아들일 것이요
그대 어질지 않으면 그이 또한 거절하리.
착함을 좋아하고 힘없는 이 도와주면
어진 이들과 함께 그곳을 얻으리라.
내 권하나니 자장의 말 따르고
부디 저 복상의 말 물리쳐 듣지 말라.

佗賢君즉受 不賢君莫與 君賢佗見客 不賢佗亦拒
嘉善矜不能 仁徒方得所 權逐子張1)言 抛郤卜商2)語

[해설] 이 시는 『논어(論語)』 자장편(子張篇)에 나오는 이야기. 복상(卜商)의 제자들이 교제에 대해서 자장의 의견을 물었다. 그러자 자장은 도리어 물었다. "자하(子夏: 복상의 字)는 뭐라고 하시던가?" 복상의 제자들이 "훌륭한 사람을 골라 사귀고, 좋지 못한 사람을 물리쳐라"고 답했다. 이에 자장이 말하기를

---

1) 子張(자장): 공자의 제자.
2) 卜商(복상): 공자의 제자.

“내 생각은 다르다. 어진 이를 존경하고 뭇 사람을 용납하며, 착한 이를 칭찬하고 힘없는 이를 도와준다. 내가 크게 어질다면 누구든 다 포용해야 할 것이다. 내가 어질지 않는다면 남은 나를 배척할 것이다. 그러하거늘 내가 어떻게 남을 물리칠 수 있는가?” 했다.

세상 인정은 진정 경박하구나.
사람 마음은 제각기 다르거니,
은씨 첨지는 유씨 노인 비웃고
유씨 노인은 은씨 첨지 비웃고,
어찌 둘이는 서로서로 비웃는가.
둘이 다 모두 치우치기 때문이다.
수레를 몰아 험한 길을 다투면
짐을 뒤엎거나 물에 함께 빠지리라.

俗薄眞成薄 人心箇不同 殷翁笑柳老 柳老笑殷翁
何故兩相笑 俱行諂詖1)中 裝車競嶻嵲2) 翻載各瀧涷3)

[해설] 자기를 긍정하려는 자는 우선 남도 긍정하라.
서로가 서로를 비난하고 헐뜯는 인간의 마음 알 수가 없구나.
비웃고 다투기만 하면서 험난한 인생살이 어떻게 헤쳐 나갈
까.

---

1) 諂詖(섬피): 마음이 비뚤어져서 공정하지 못함.
2) 嶻嵲(질얼): 산이 높은 모양.
3) 瀧涷(농동): 축축하게 젖은 모양.

내 일찍이 돈이 있었을 때에는
언제나 네게 꾸어 주었느니라.
너 이제 배부르고 등 따스하면서
나를 보고도 나눠 줄 줄 모르는구나.
너는 생각하라, 네가 얻고자 했을 때
그 마음 지금 나와 같았다는 것을,
있고 없음이 뒤바뀐다는 일을
너는 부디 곰곰이 생각해 보라.

是我有錢日　恆爲汝貸將　汝今旣飽暖[1]　見我不分張
須憶汝欲得　似我今承望　有無更代事　勸汝熟思量

[해설] 남의 도움 잊어버리고,
부자라고 뽐내지 마라.
언제 그 재물이 없어질지 모른다.
오늘의 부자가 내일은 가난뱅이로 뒤바뀌니
부디 스스로를 돌이켜보라.

---

1) 飽暖(포난): 배불리 먹고 따뜻하게 입음.

인생은 백 년,
불설(佛說)은 십이 부(部)
자비는 들사슴 같고
진분(瞋忿)은 집안 개 같나니.
집안 개는 쫓아도 갈 줄 모르고
들사슴은 언제나 달아나기 좋아하네.
잔나비 같은 마음 항복받으려거든
모름지기 사자의 외침을 들어라.

人生一百年　佛說十二部[1]　慈悲如野鹿　瞋忿似家狗

家狗趁不去　野鹿常好走　欲伏獼猴心[2]　須聽獅子吼[3]

[해설] 『열반경』에 '집안 개는 사람을 두려워하지 않고, 들사슴은 사람을 보면 두려워해서 달아난다. 자비심은 머물기 힘들고 성내는 마음은 가지기 쉽다는 뜻.

---

1) 十二部(십이부): 부처님 일생의 말씀은 12부의 경전이 되었다. 모든 藏經이라는 뜻.
2) 獼猴心(미후심): 잔나비의 마음. 욕심으로 심성을 진정시키기 어렵다는 것.
3) 獅子吼(사자후): 사자가 외치면 모든 짐승은 그 소리를 듣고 기절한다. 부처님을 모든 짐승의 왕에 비유해서, 그 설법을 사자후라 한다.

내 네게 몇 가지 가르쳐 주리라.
너 깊이 생각하면 내 지혜 알리라.
아무리 가난해도 집 팔기는 참고
돈이 조금 생기거든 먼저 땅 사라.
속이 비었거든 달리지 말고
잠잘 때에 부디 베개를 베지 말라.
이 말을 사람들에게 보이기 위해
해 뜨는 동쪽 하늘에 걸어 두어라.

敎汝數般事 思量知我賢 極貧忍賣屋 纔富1)須買田
空腹不得走 枕頭須莫眠 此言期衆見 挂在日2)東邊

[해설] 깊이 생각하는 것이 현자의 도리이다.
가난함을 참고 견디라.
부자가 된 다음에도 결코 그것을 잊지 말라.
가난의 교훈을 해 뜨는 동쪽에 걸어 두고 매일매일 돌이켜보
라.

---

1) 纔富(재부): 겨우 부자가 되면. 돈이 조금 생기면.
2) 挂在日(괘재일): 해에 건다는 뜻.

한산시 · 150

한산은 몹시 깊숙하고 험준해
오르는 사람 모두 언제나 저어하네.
달이 비치면 물은 차가이 맑고
바람이 불면 잎은 떨어 스산하다.
마른 매화 덩굴에는 눈이 꽃을 붙이고
꺾인 나뭇가지에는 구름이 잎을 단다.
가끔 비를 만나면 산 빛 더욱 곱지만
맑은 날이 아니면 오르지 못하나니.

寒山多幽奇 登者皆恒攝1) 月照水澄澄2) 風吹草獵獵3)
凋梅雪作花 机木雲充葉 觸雨轉鮮靈 非晴不可陟

[해설] 한산이 도달한 정신적 경지는 보통 사람[凡人]이 오르기에는 몹시 험준한 것이다. 그래서 사람들은 항상 두려워한다. 더욱이 맑은 날이 아니면 그 경지에는 도저히 이르지 못한다. 맑은 날이라는 것은 도를 닦으려고 하는 마음의 자세이다.

---

1) 恒攝(항섭): 항상 두려워함.
2) 澄澄(징징): 물이 맑고 깨끗한 모양.
3) 獵獵(엽렵): 바람에 나부끼는 모양. 또는 그 소리.

여기 한 나무, 숲보다 먼저 났다.
해를 따지면 한 곱이 더하나니,
그 뿌리 몇 번이나 능곡(陵谷)의 변을 겪고
그 잎은 몇 번이나 바람·서리 치렀던고.
마르고 시드는 것 세상은 비웃지만
속으로 마련되는 문채를 모르나니,
피부는 모두 벗어져 다했어도
오직 진실이 있어 남아 있구나.

寒樹先林生 計年逾一倍 根遭陵谷變1) 葉被風霜改
咸笑外凋零2) 不憐內紋綵3) 皮膚脫落盡 唯有眞實在

[해설] 이 시는 『열반경』의 노목(老木)의 이야기에서 유래. "사라숲 가운데 한 늙은 나무가 있어, 약 백 년을 숲보다 먼저 났다. 그 나무는 늙어 피부와 가지와 잎은 모두 떨어지고 오직 진실만이 남아 있다. 여래(如來)도 또한 그렇다……"고 하였다.

---

1) 陵谷變(능곡변): 언덕이 골짜기가 되고 골짜기가 언덕이 되는 일.
2) 凋零(조령): 凋落(조락)과 같은 말. 시들어 떨어짐.
3) 紋綵(문채): 무늬. 여기서는 나무의 나이테를 말함.

한산시 · *152*

한산에 한 마리 나충이 있어
온몸은 희고 머리는 검다.
손에는 두 권의 책 가졌으니
하나는 '도'요 하나는 '덕'이다.
집에 있어서도 솥과 부엌 쓸데없고
나갈 때에도 의복이 일이 없다.
그는 언제나 지혜의 칼을 들고
번뇌의 적을 쳐부수기 꾀하나니.

寒山有躶蟲1) 身白而頭黑 手把兩卷書 一道將一德
住不安釜竈 行不齎衣극 常持智慧劍 擬破煩惱賊

[해설] 두 권의 책을 가졌다는 것은 노자의 『도덕경』을 말하
는데 『도덕경』 상권을 도경(道經), 하권을 덕경(德經)이라 한다.
제7구는 『유마경(維摩經)』에 "지혜의 검으로 번뇌의 적을 쳐부
순다" 라는 것이 있다. 이 시를 보면 한산의 시는 노자의 도가
사상과 불교사상이 혼재되어 있다는 것을 알 수 있다.

---

1) 躶蟲(나충): 벌거벗은 벌레. 한산 자신을 말함.

사람이 있어 흰 머리를 두려워하고
붉은 발을 버리려 하지 않는다.
부질없이 약을 구해 신선되려고
뿌리와 싹을 모조리 뒤져도,
속절없이 세월만 흘려보내고
어리석게도 불평만 털어놓네.
사냥꾼이 가사를 입으려는가?
그것은 원래 너 쓸 것이 아니니라.

有人畏白首 不肯捨朱紱1) 采藥空求仙 根苗亂挑掘
數年無効驗 癡意嗔怫鬱2) 獵師披袈裟3) 元非汝使物

[해설] 늙음을 두려워하고 재산과 지위를 아끼는 사람은 도
를 닦을 자격이 없다.
　어리석게 불평만 하는 자 또한 도 닦을 자격이 없다.

---

1) 朱紱(주불): 붉은 인끈. 인끈은 군사적 권한을 나타내거나 도장주머니에
　다는 끈.
2) 怫鬱(불울): 불만이나 불평이 있어 마음이 끓어오르고 답답한 상태.
3) 袈裟(가사): 梵語 kasaya의 음역. 貪(탐)·瞋(진)·癡(치)의 삼독을 버린 표
　적으로 장삼 위에 왼쪽 어깨에서 오른쪽 겨드랑 밑으로 걸쳐 입는 중의 옷.

전날에는 가난해도 그저 그러하더니
이제 이 가난은 마지막 고비에 이르렀네.
일을 꾀하면 일마다 어긋나고
길을 나서면 걸음마다 바쁘네.
진흙길을 걸으면 다리를 삐고
잔치 자리 앉으면 배탈이 나네.
우리 얼룩고양이는 어디로 갔나?
늙은 쥐들만이 밥그릇에 둘러 있네.

昔時可可貧　今朝最貧凍　作喜不諧和　觸途成倥傯1)
行泥屢脚屈　坐社頻腹痛　失却斑猫兒2)　老鼠圍飯甕

[해설] 얼룩고양이는 한산 자신을 비유하고 있다. 자신의 도
심(道心)이 곤궁하니 번뇌만이 날뛴다. 하는 일마다 어그러지
니, 진정 한산의 도는 어디에 갔는가. 가난하기 때문인가, 어리
석기 때문인가. 얼룩고양이여 늙은 쥐를 쫓아버려라.

---

1) 倥傯(공총): 바쁜 모양.
2) 斑猫兒(반묘아): 얼룩고양이.

내 보니 이 세상 많은 사람들
그 꼴들은 모두 번드르르 하더구나.
그러면서 부모 은혜 갚을 줄 모르니
이상해라 그 마음 어찌 그런고.
남의 빚지고 갚을 줄 모르다가
발굽 뚫어져 비로소 슬퍼하네.
제 안사람 제 자식은 아낄 줄 알면서
노부모는 받들 줄 모르는구나.
형제끼리는 마치 원수 집 같아
마음속에는 항상 앙심을 가져 있네.
그래도 옛날 어릴 적에는
잘되라 신에게 빌기도 했으려니,

我見世間人 堂堂好儀相 不報父母恩 方寸底模樣
缺負佗人錢1) 蹄穿始惆悵 箇箇惜妻兒 爺孃2)不供養

---

1) 缺負佗人錢(결부타인전): 남의 빚을 지고 갚지 않는다는 뜻. 이 구절은 唐
나라 路伯達(노백달)의 이야기에서 비롯, 노백달은 그 친구에게 돈 천 냥
을 꾸어 쓰고 갚지 않았다. 친구가 돈을 달라고 하자 그는 불전에서 맹세
하기를 "내 그대의 빚을 갚지 않으면 죽어 그대 집의 소가 되리라"고 했
다. 1년 뒤에 그가 죽고 2년 뒤에 친구의 집에 붉은 송아지가 태어났는데

兄弟似寃家 心中常悵怏 憶昔少年時 求神願成長

이제 이런 불효자 어찌 되었나.

세상에 이런 일 허다히 많네.

고기를 사서는 저희끼리 다 먹고

입술을 쓰다듬으며 맛좋다 하네.

스스로 아는 척 지껄여대지만

그 지혜란 하나도 믿을 것 없네.

소대가리 화내어 눈 부릅뜰 때

비로소 깨닫지만 때 이미 늦었나니,

부처를 가리어 좋은 향을 사르고

스님을 가리어 공양 올리네.

나한이 문 앞에서 밥을 빌다가

일없는 중이라 물리침 받았나니,

今爲不孝子 世間多此樣 買肉自家噇 抹觜道我暢

自逞說嘍囉3) 聰明無益當 牛頭4)努目嗔 始覺時已曏

그 이마에 노백달이란 세 자가 흰털로 새겨져 있었다 한다.
2) 爺孃(야양): 부모의 속칭.
3) 嘍囉(누라): 혀가 잘 들지 않는 어린아이의 말을 형용하는데, 여기서는 함
   부로 지껄이는 말이라는 뜻.
4) 牛頭(우두): 지옥의 獄卒(옥졸). 사람의 몸을 하고 소의 머리를 가지고 있
   다 한다.

擇佛燒好香 揀僧歸供養 羅漢門前乞[5] 趁却閑和尙

원래 저 하염없는 사람은
겉모양 없는 줄 깨닫지 못하는 것을.
나라에 글을 올려 이름난 중 청해도
보시 돈은 겨우 두세 냥에 그치네.
저 얼굴 훤하던 운광법사는
그 머리 위에 두 뿔이 났었네.
너희들 평등한 마음 없으면
성인도 현인도 함께 오지 않나니,
범부나 성인이나 다 같은 것을
부디 그대는 겉모양 보지 말라.
우리 법은 묘하여 생각하기 어렵나니
하늘도 용도 모두 다 돌아오네.

不悟無爲人 從來無相狀 封疏請名僧 친錢兩三樣
雲光好法師[6] 安角在頭上 汝無平等心 聖賢俱不降

---

5) 羅漢門前乞(나한문전걸): 나한은 불교의 수행자 가운데 최고의 경지에 오
른 聖者. 온갖 번뇌를 끊고 四諦(사제)의 이치를 밝히어 얻어서 세상 사
람들의 존경을 받음. 이 나한이 문전에서 걸식을 한다는 것은 『智度論』의
이야기에서 연유. 『지도론』에 "캐슈밀의 삼장비구가 큰 모임이 있는 절에
갔더니, 그의 옷이 허술하다 하여 문지기가 들이지 않았다. 그래서 다시
훌륭한 옷으로 갈아입고 갔더니 그제야 문지기가 받아들여 융숭한 대접
을 받았다"는 것이 있다.

凡聖皆混然 勸君休取相 我法妙難思 天龍盡迴向

[해설] 오언배율(五言排律)로 불교의 계율을 지킬 것을 노래
한 시. 부모의 은혜를 보답하고, 나한과 하염없는 사람을 공경
하라. 온갖 정성으로 길러 준 부모와 참다운 지혜 깨우쳐 주는
현인들의 공덕을 어찌 잊을 수 있는가.

---

6) 雲光法師(운광법사): 양(梁)나라 무제시대의 중. 계율을 지키지 않다가 소
   가 되었다 한다.

몸에는 '허공의 꽃' 옷을 입고
발에는 '거북의 털' 신을 신고
손에는 '토끼의 뿔' 활을 잡아
무명의 귀신을 쏘려고 겨눈다.

身著空花衣　足躡龜毛履　手把兎角弓　擬射無明鬼

[해설] 공화(空花)·구모(龜毛)·토각(兎角)은 모두 불가능한 것을 뜻한다. 불가능한 것을 억지로 이루려고 애쓰는 사람들을 훈계하는 시.

한산시 · *157*

아아, 귀하여라 천연의 물건이여,
홀로 '하나' 이어서 짝이 없어라.
'그'를 찾아보나 볼 수는 없고
들어가고 나오는데 문이 없구나.
이것을 모아 쥐면 방촌에 들고
이것을 뻗쳐 놓으면 없는 곳 없네.
그대 만일 이것을 믿지 않으면
서로 만나더라도 만나지 못하리라.

可貴天然物 獨一無伴侶 覓佗不可見 出入無門戶
促之在方寸¹⁾ 延之一切處 你若不信受 相逢不相遇

[해설] 천연의 물건은 오직 하나이니 그것이 바로 불법(佛
法)이다. 만일 불법의 진리를 믿지 않는다면, 이승에서 우리의
만남은 진정한 만남이 되지 못하리. 귀하여라! 짝이 없는 천연
의 것에서 어찌 짝을 다시 구하리.

---

1) 方寸(방촌): 마음을 이름. 마음은 가슴속 방촌에 있으므로 하는 말. 원래
   방촌은 사방 한 치의 넓이를 뜻함.

우리 집에 하나 굴이 있으니
이 굴 속에는 아무것 없네.
깨끗하고 비어 씩씩한 기운
빛은 밝고 빛나 밤낮이 없네.
나물밥으로 약한 몸을 기르고
누더기 옷으로 환의 물질 가리나니,
일천 성인이 나타나건 말건
내게는 원래 천진 부처 있어라.

余家有一窟 窟中無一物 淸潔空堂堂 光華明日日
蔬食養微軀 布裘遮幻質 任你千聖現 我有天眞佛

[해설] 천진(天眞)이라는 것은 인간의 본성을 말하는 것으로 타고 난 그대로의 성품이다. 즉 꾸밈이 없는 불생불멸(不生不滅)의 참된 마음을 말한다. 이 천진이야말로 불신(佛身)으로 이르게 하는 근본으로서, 그것은 인간 스스로가 가지고 있다는 것.

사내대장부로
경솔한 일 하지 마라.
쇠 돌 같은 마음 굳세게 떨쳐
보리의 길을 바로 취하라.
사특한 길로는 부디 가지 말라.
그 길로 달리면 고생 많으리.
구태여 부처되기 구하지 말고
마음의 주인을 알아 가져라.

男兒大丈夫 作事莫莽鹵[1] 勁挺鐵石心 直取菩提[2]路
邪路不用行 行之枉辛苦 不要求佛果 識取心王主

[해설] 천진(天眞)을 통해 보리심(菩提心)을 얻으라. 밖에서
부처되기를 구하지 말고, 마음의 주인을 찾아서 불법을 얻으라.
쇠 돌 같은 마음 굳세게 떨쳐 보리의 길을 바로 취하라.

---

1) 莽鹵(망로): 경솔하여 주의가 부족함. 일이 거칠고 서두름.
2) 菩提(<보제> 보리): 梵語 Bodhi의 음역. 覺(각)·智(지)·道(도) 등으로
   번역된다. 諸法(제법)을 다 깨쳐 正覺(정각)을 얻는 일 또는 佛果(불과)를
   얻어 淨土(정토)에 往生(왕생)하는 일 등의 뜻이다.

내 한산에 산 지
일찍 몇 만 년을 지내었던고.
세월에 맡겨 임천에 숨고
한가한 대로 자재를 관하네.
쓸쓸한 한암에 사람의 자취 없고
흰 구름만 항시 느릿거리네.
부드러운 풀로 깔개 삼나니
푸른 하늘은 덮개 되어라.
시원스럽게 돌베개 베고 누워
천지의 돌아감에 맡겨 두노라.

粤自居寒山 曾經幾萬載 任運遯林泉1) 棲遲觀自在2)
寒巖3)人不到 白雲常靉靆4) 細草作臥褥 青川爲被蓋
快活枕石頭 天地任變改

---

1) 林泉(임천): 天台山(천태산)의 숲을 이름.
2) 觀自在(관자재): 마음에 번뇌가 없고 밝아서 중생을 보는 것이 자유자재
   하며 그 고난을 잘 살피는 것을 이르는 말.
3) 寒巖(한암): 천태산의 깊은 굴 이름.
4) 靉靆(애체): 구름이 길게 뻗친 모양.

알뜰하여라 이 한산이여,
흰 구름 항상 스스로 한가롭네.
잔나비 울음 도 안에서 즐겨하고
범의 휘파람 인간 세계 벗어났네.
돌을 밟으며 혼자 거닐고
등가지 휘어잡고 외로이 읊조리네.
솔바람은 맑아 솔솔 부는데
새소리는 고운 대로 지저귀나니.

可重是寒山　白雲常自閑　猿啼暢道內　虎嘯出人間
獨步石可履　孤吟勝好攀　松風淸颯颯1)　鳥語聲관관2)

[해설] 자연과 인간이 하나가 되어 모든 것이 도 안에 있으
니 즐겁지 않은 것이 무어 있으랴. 외로이 읊조리는 소리에 솔
바람과 새소리가 화답하네.

---

1) 颯颯(삽삽): 바람이 부는 소리를 형용하는 말.
2) 관관(관관): 새가 서로 지저귀는 소리. 의성어.

혼자 한가로이 높은 스님 찾나니
연기 산은 층층이 몇 겹이던가.
스승이 친히 돌아갈 길 가리키니
달은 어느새 둥근 등을 달았네.

閑自訪高僧 烟山萬層層 師親指歸路 月挂一輪燈

[해설] 연기 산은 층층이 몇 겹이던가. 깨달음의 길 또한 층
층이 몇 겹이던가. 안개 낀 산에서 스승이 친히 돌아갈 길을 가
리키니, 둥근 달은 돌아갈 길을 깨우쳐 주네.

화산 꼭대기 올라 한가히 거니나니
하늘은 개어 한낮은 빛나거라.
사방을 돌아보면 저 하늘가에
흰 구름은 학을 짝해 함께 날으네.

閑遊華頂1)上 天랑晝光輝 四顧晴空裡 白雲同鶴蜚

[해설] 우화등선(羽化登仙)이 따로 있나.
맑게 갠 날 정상에 올라가 한가하게 걸어 보라.
구름과 학과 걷고 있는 내가 그대로 하나로다.

---

1) 華頂(화정): 천태산의 최고봉. 표고 1,094m.

세상에 일 많은 사람이 있어
모든 학문을 두루 배우네.
그러나 참된 성품 알지 못하면
도와 더불어 더욱 멀어지나니,
만일 능히 참된 모양 밝게 안다면
구태여 헛된 소견 늘어놓으랴!
한 생각 자기 마음 밝게 깨치면
부처의 지견은 이내 열리리.

世有多事人 廣學諸知見1) 不識本眞性 與道轉懸遠
若能明實和 豈用陳虛願 一念了自心 開佛之知見

[해설] 아무리 넓게 학문을 공부해도 참된 진성(眞性)을 알
지 못하면 헛된 이야기밖에 되질 못한다. 마음이 진성에 바탕을
두면 지견(知見), 즉 사물의 도리를 두루 깨닫게 되는 것이다.

---

1) 知見(지견): 사물의 도리를 깨닫는 지혜.

한산시 · *165*

한산에 집 한 채 있어
그 집에는 난간 돌 벽도 없나니,
여섯 문은 좌우로 통해
방안에서도 푸른 하늘 보이네.
방은 모두 텅 비어 쓸쓸한데
동쪽 벽은 무너져 서쪽 벽을 치는구나.
이 가운데는 한 물건도 없나니
빌리러 오는 이의 보챔이 없네.

寒山有一宅 宅中無闌隔 六門1)左右通 堂中見天碧
房房虛索索 東壁打西壁 其中一物2)無 免被人來借

추위가 오면 불을 피워 덥히고
주림이 오면 나물 삶아 먹어라.
배우지 못한 저 시골 첨지는
많은 집을 짓고 또 가축도 기르나니

---

1) 六門(육문): 육문은 곧 六識(육식)을 말함이니, 육식이란 六根(육근)에 의
   해서 대상을 지각하는 여섯 가지 작용. 눈·귀·코·혀·몸·뜻.
2) 一物(일물): 마음을 구속하는 것. 마음에 거리낌.

그것은 모두 지옥으로 들어갈 짓
한 번 들어가면 언제 끝나리.
부디 깊이, 또 자세히 생각하라.
잘 생각하면 법을 알리라.

寒到燒輭火 飢來煮菜喫 不學田舍翁 廣置牛莊宅
盡作地獄業 一入何曾極 好好善思量 思量知軌則

[해설] 집 한 채는 한산의 마음, 즉 모든 것의 근본이 되는
한 마음이다. 푸른 하늘 보이는 마음의 방은 모두 텅 비어 쓸쓸
하다. 동쪽 벽이 무너져 서쪽 벽을 치니, 이 마음의 벽을 치는
소리가 온 세상을 울리도록 놀랍도다. 빌리러 오는 이도 없고
빌려 줄 것도 없는 마음의 집이여, 진정 깊고 넓구나.

내 잠깐 산에서 내려와
성안에 들어가 보았다.
길에서 만난 한 떼의 여자들
그들은 모두 얼굴 아름다웠다.
머리에는 빨간 꽃을 꽂았고
얼굴에는 분 바르고 연지 찍었다.
금팔찌에는 은꽃 무늬 새기고
비단옷은 붉은빛, 자줏빛이다.
불그레한 얼굴은 신선과 같고
고운 띠는 그윽한 향기 풍긴다.
사내들 모두 한번 바라보고는
어리석은 애욕으로 마음을 물들인다.

儂家1)暫下山　入到城隍裡　逢見一群女　端正容貌美
頭戴蜀樣花　燕脂塗粉膩　金釧鏤銀朵　羅衣緋紅紫
朱顔類神仙　香帶氛氳氣　時人皆顧盼　癡愛染心意

---

1) 儂家(농가): 나[我]라는 뜻.

‘아아, 세상에 둘도 없는 미인’이라고
혼은 사로잡혀 그를 따른다.
마른 뼈다귀를 물어뜯던 개가
헛되이 제 입술 핥는 것처럼,
다시 생각을 돌릴 줄 모르나니
저 개짐승과 무엇이 다르랴!
저들도 머지않아 꼬부랑 할머니 되면
어지럽고 추하기 귀신같으리.
먼 옛날부터의 개 마음 말미암아
해탈(解脫)의 땅으로 벗어날 줄 모르나니.

謂言世無雙 魂影隨佗去 狗齩枯骨頭 虛自舐脣齒
不解返思量 與畜何曾異 今成白髮婆 老陋若精魅
無始由狗心 不超解脫地

[해설] 불그레한 얼굴 신선같이 아름다우나, 그 아름다움은
바라보는 이로 하여금 어리석은 애욕으로 물들게 한다. 추함과
아름다움이 종이 한 장 차이인데, 어찌 이를 깨닫지 못하는가.
쉽게 깨닫지 못하는 것을 깨닫는 이여, 그대는 도에 가깝구나.

한산시 · *167*

내 한번 한산에 숨은 뒤로
산과실 먹으면서 목숨을 길러 오네.
이 한평생 무엇을 걱정하리.
인연을 따라 이 세상 지내거니
인생은 흘러가는 시냇물인가?
세월은 돌 속의 불과 같나니
천지 변하는 것 그대로 맡겨 두라.
나는 즐거이 바위 틈에 앉아 있네.

一自遯寒山 養命湌山果 平生何所憂 此世隨緣過
日月如逝川 光陰石中火 任佗天地移 我暢巖中坐

[해설] 제5구의 ‘일월여서천(日月如逝川)’은 천지의 변천을 흐르는 물에 비유한 것으로, 한번 가면 다시 돌아오지 않는다는 뜻. 『논어』에는 공자가 냇가에 서서 “흘러가는 것은 이와 같아서 밤낮을 쉬지 않는다”고 한 말이 있다. 제6구의 ‘광음석중화(光陰石中火)’는 세월은 빠른 것이어서 돌에 부딪쳤을 때 나는 빛과 같다는 것.

내 바라보니 세상 사람들
티끌 길에서 분주히 달리는구나.
'이 가운데의 한 가지 일' 모르고
무엇으로 나룻배 삼으려는고.
빛나는 그 영화는 몇 날이던고
많은 권속들도 잠깐의 친함일세.
설령 천근의 황금덩이 있다 해도
이 숲 속의 가난보다 못하니라.

我見世間人 茫茫走路塵 不知此中事 將何爲去津
榮華能幾日 着屬片時親 縱有千斤金 不如林下貧

[해설] 제3구의 '차중사(此中事)', 즉 이 가운데의 일이란 자신의 본성 또는 부처의 성품을 이르는 말. 이것을 모르면 그 무엇도 다 허무해진다는 뜻.

내 들으니 양 무제의 조정에는
사의의 모든 어진 선비들
보지와 만회사
사선과 부대사……
부처님 한평생의 가르침을 드날리고
스스로 여래의 사자라 생각했네.
스님들 위해 큰 절을 이룩하고
부처님의 교리를 깊이 믿었네.

自聞梁朝1)日 四依2)諸賢士 寶誌萬廻士3) 四仙4)傅大士5)
顯揚 一代教 作持如來使 建造僧伽藍 信心歸佛理

비록 이렇게 하기는 했어도

---

1) 梁朝(양조): 양나라의 조정.
2) 四依(사의): 석가여래의 使者로서 인간과 천상의 의지가 되는 모든 어진
   이의 뜻. 行(행)과 법과 사람과 학설의 네 가지.
3) 寶誌(보지)·萬廻士(만회사): 모두 양나라의 유명한 학자.
4) 四仙(사선): 양나라의 유명한 道士. 곧 華陽眞人(화양진인)·淸虛(청허)진
   인·紫陽(자양)진인·桐柏(동백)진인의 네 사람.
5) 傅大士(부대사): 양나라의 유명한 중. 법호는 善惠(선혜).

그것은 지어진 것, 얽매임이 있어
도와 더불어 거리가 먼 것,
서쪽을 꺾어 동쪽을 잇는 것뿐.
하염없는 공에는 이르지 못했거니
손해만 많고 이익은 적으니라.
소리는 있어도 형상 없나니
지금에 그것들 어디 있는고!

雖乃得如斯 有爲多患累 與道殊懸遠 折西補東니
不達無爲功 損多益少矣 有聲而無形 至今何處是

[해설] 부처를 모시는 데 화려하고 잡다한 제반형식은 오히
려 지어진 것, 얽매인 것으로 소리만 요란할 뿐이다. 이는 진정
한 불법(佛法)에 이르는 길이 아니다.

아아! 내 가난하고 또한 병들어
친척도 벗도 끊어지는구나.
밥통 속에는 언제나 밥이 없고
시루 속에는 자주 먼지가 이네.
떼풀 지붕은 비를 막지 못하고
낡은 침대에는 겨우 몸이 얹혔네.
이 여윈 내 얼굴 괴이타 말라.
시름이 많으면 몸이 약해지느니라.

吁嗟貧復病　爲人絶友親　甕裡長無飯　甑中屢生塵
蓬菴不免雨　漏榻1)劣容身　莫怪今顦顇2)　多愁定損人

[해설] 시름에 겨운 삶이여, 너무나 괴롭구나.

가난과 병에 시달리는 인생살이 어떻게 하면 진정으로 다 떨처 버릴까.

참을 수 없는 가난으로 이미 구차해졌다면, 어찌 도를 구할까.

---

1) 漏榻(누탑): 낡은 침대. 낡은 걸상.
2) 顦顇(초췌): 몸이 야위고 파리함.

딸을 기르면 두려운 일 많나니
이미 낳았거든 가르치기 힘써라.
머리를 쓰다듬어 상냥하기 가르치고
등에 매질해 입 다물기 훈계하라.
베틀에 올라 베 짤 줄 모르면서
어떻게 남의 어진 아내 되려나.
저 장가의 할머니 나귀 새끼 보고
'너는 너 어미보다 아주 못하다' 한다.

養女畏大多 已生須訓誘 捺頭遣小心 鞭背令緘口
未解乘機杼 那堪事箕箒1) 張婆語驢駒2) 汝大不如母

[해설] 장파(張婆)는 특정인을 지칭하는 것이 아니라 일반적인 할머니. 장삼이사(張三李四)라고 할 때의 장(張)이나 이(李)와 같다.

---

1) 箕箒(기추): 箒는 帚의 속자. 箕帚는 箕帚妾(기추첩)의 준말. 이 말은 쓰레받기와 비를 잡는 여자란 뜻으로, 남편이 자기 아내를 남에게 이르는 겸손한 말. 여기서는 현숙하고 어진 아내를 이름.
2) 驢駒(여구): 당나귀 새끼.

뜻을 굳게 잡아 말리지[卷] 말라.
모름지기 알라, 나는 자리[席] 아니다.
혼자 깊은 산 숲 속에 들어
너럭바위 위에 누워 있으면,
어떤 이 찾아와 내게 권하네
'부디 금벽을 받도록 하라'고.
그러나 담장을 파 쑥대를 심는 것
그것이 여기 무슨 이익 있으랴!

秉志不可卷 須知我匪席 浪造山林中 獨臥盤陀石
辯士來勸余 速令受金璧1) 鑿牆2)植蓬蒿 若此非有益

[해설] 1구와 2구는 『시경』 백주시(柏舟詩)에서 유래하는
말. 백주에 "我心匪席 不可轉也. 我心匪席, 不可卷也(내 마음 돌
이 아니니 굴리지 못하네. 내 마음 멍석 아니니 말지도 못하
네)" 라는 것이 있다. 7구의 담장을 허무는 것은 출세를 위해
유혹하는 말을 뜻하는데 이것 역시 쓸데없다는 뜻이다.

---

1) 金璧(금벽): 금과 보배.
2) 鑿牆(착장): 벽을 뚫음.

한산시 · *173*

내 깃들어 사는 곳 생각하면
그윽하고 깊어 말할 수 없네.
바람 없이 칡넌출 저절로 움직이고
안개 안 끼었으나 대밭 항시 어둡네.
시냇물은 누구 위해 흐느끼는고
실구름은 어느새 모여 둘렀네.
비로소 해 뜨는가 깨달았더니
한낮 암자 방에 혼자 앉았네.

以我棲遲處 幽深難可論 無風蘿自動 不霧竹長昏
瀾水緣誰咽 山雲忽自屯 午時庵內坐 始覺日頭暾[1]

[해설] 무심히 소나무 밑에 와서(偶來松樹下)
돌베개 베고 잠이 들었네(高枕石頭眠)
산중이라 책력이 없어(山中無日曆)
추위 다 갔어도 해 가신 줄 몰랐네(寒盡不知年)」
― 太上隱者의 「答人」

---

1) 日頭暾(일두돈): 日頭는 해, 태양. 해가 솟아오름을 형용하는 말.

한산시 · *174*

내 옛날 놀던 일 생각하니
모든 인간 세상의 명승지 다 찾았네.
산을 즐기어 만 길이나 올라 보고
물을 즐기어 일천 배를 띄워 봤네.
비파곡에서 손을 보내고
앵무주에서 거문고 뜯었나니,
그러나 어이 알리, 이 소나무 아래
무릎을 안고 앉은 이 시원한 맛을.

憶昔過逢處　人間逐勝遊　樂山登萬仞　愛水汎千舟

送客琵琶谷1)　携琴鸚鵡洲2)　焉知松樹下　抱膝冷颼颼3)

[해설] 소나무 그늘 아래서 송뢰(松籟) 소리 들으니 이 깊고
시원한 맛을 이 세상 무엇에 비기랴. 세상의 어떤 악기가 이 자
연의 소리에 담긴 시원함을 낼 수 있을까.

---

1) 琵琶谷(비파곡): 양쯔강 상류 武漢(무한)지방에 있는 절경지.
2) 鸚鵡洲(앵무주): 武漢지방에 있는 절경지. 李白 등의 많은 시인들이 놀던
   곳.
3) 颼颼(수수): 바람소리의 형용.

내 알리나니 도를 닦는 이들이여
밖으로 구해 마음을 괴롭히지 말라.
사람에게는 정령한 물이 있어
글자도 없고 또 문체도 없네.
부를 때에는 분명히 응하건만
숨어 있다 해도 있는 곳 또한 없네.
친절하고 알뜰히 잘 보호해
점이나 그 흔적 있도록 하지 말라.

報汝修道者 進求虛勞神 人有精靈物1) 無字復無文
呼時歷歷應 隱處不居存 叮嚀善保護 勿令有點痕

[해설] 밖에서 구하지 말라. 마음의 근본은 글자도 없고 모양도 없지만, 진정으로 부르면 분명히 응하나니, 도 닦는 이들이여 이것을 깨달으라.
있다 해도 있는 곳 또한 없으니 애써 밖에서 구하지 말라.

---

1) 精靈物(정령물): 사람의 근본 마음을 뜻한다. 곧 天眞(천진).

한산시 · *176*

지난해에 봄 새가 울 때에는
형과 아우를 생각했더니,
금년에는 가을 국화 만발해
아버지 어머니를 생각하나니.
푸른 물은 굽이굽이 흐느껴 울고
누른 구름은 사방에 자욱하네.
슬프다, 한평생 백 년 동안을
함양(咸陽) 서울 생각해 애를 끊나니.

去年春鳥鳴　此時思弟兄　今年秋菊爛　此時思發生1)
綠水千場咽　黃雲四面平　哀哉百年內　腸斷憶咸京

[해설] 제8구의 함경(咸京)은 진(秦)나라의 서울 함양(咸陽)
을 뜻함. 이 함양은 진나라의 수도로 번창했으나 한(漢)나라가
들어서자 멸망했다. 한산이 살던 시대는 안록산의 난 이후로,
이때는 수도 장안(長安)이 함양(咸陽)처럼 폐허가 된 때이다.
따라서 이 시에서의 함양은 곧 장안이라고 할 수 있다.

---

1) 發生(발생): 어버이를 뜻함.

한산시 · 177

많은 천태 사람들
이 한산자 몰라보네.
더구나 그 뜻은 알지 못하고
부질없는 말 한다 서로 일컫네.

多少天台人 不識寒山子 莫知其意度 喚作閑言語

[해설] 가을바람에 괴롭게 읊나니(秋風唯苦吟)
세상에 날 알아주는 이 없구나(擧世少知音)
창밖에 밤비 내리고(窓外三更雨)
등 앞에 외로운 마음 만 리를 달리네(燈前萬里心)
최치원, 「추야우중(秋夜雨中)」

아까워라, 이백 년 집이여
왼쪽 오른쪽 기울어 쓰러졌네.
담과 벽은 무너져 흩어지고
나무는 어지러이 쓰러져 있네.
기왓장은 조각조각 갈라지고
또 낡고 썩어 걷잡기 어렵나니,
광풍이 한번 휘몰아치면
다시 세우기 끝내 어려우리라.

可惜百年屋　左倒右復傾　牆壁分散盡　木植亂差橫
甎瓦片片落　朽爛1)不堪停2)　狂風吹䕱塌3)　再豎卒難成

[해설] 인간의 육신이여 추하구나. 백년을 견디지 못하고 쓰러지고 흩어지니 어찌 이를 믿을 수 있으랴.
　광풍이 한 번 휘몰아치면 끝내 다시 세우기 어려우니, 이 육신을 무엇으로 바르게 지킬 수 있을까.

---

1) 朽爛(후란): 썩고 헐어서 문드러짐.
2) 不堪停(불감정): 감히 견딜 수 없음.
3) 䕱塌(맥탑): 바람이 불어 무너짐.

정신이 유달리 날카로이 맑고
풍채는 아주 의젓하여라.
활을 잡으면 갑옷 일곱 겹을 쏘아 뚫고
책을 들면 다섯 줄을 함께 내리 읽는다.
일찍 범 대가리의 베개를 베고 잤고
코끼리 이빨의 평상에 앉았었다.
만일 그에게 돈만 없었더라면
차갑기 서릿발 같을 뿐 아닐러라.

精神殊爽爽 形貌極堂堂 能射穿七札 讀書覽五行
經眠虎頭枕1) 昔坐象牙牀 若無阿堵物 不啻冷如霜

[해설] 만일 그에게 돈이 없었더라면, 맑은 정신 의젓한 풍
채로 보아 진정한 깨달음을 얻었으리라. 그러나 어이하랴. 한번
밖에 주어지지 않는 인간의 삶을.

---

1) 虎頭枕(호두침) · 象牙牀(상아상): 모두 진귀하고 값나가는 보물, 즉 부자
   를 가리킨다. 제물에 대한 욕심이나 재물 많음이 도를 닦는 데 가장 큰
   장애가 된다는 뜻.

한산시 · *180*

모두들 나를 촌뜨기라 웃는구나.
얼굴은 거무튀튀 머트러우며,
모자는 일찍이 높아 본 적이 없고
허리띠는 항시 졸라매었다.
이것은 유행을 모르는 것 아니니
다만 돈이 없어 따라도 미치지 못할 뿐.
만일 하루아침에 돈만 담뿍 생기면
부처 머리 위에도 올라가리라.

笑我田舍兒 頭頼底縶澁[1] 巾子未曾高 腰帶長時急
非是不及時 無錢趁不及 一日有錢財 浮圖頂上立

[해설] 촌스럽고 꾀죄죄한 나의 모습이여,
언제나 이 구차스러움 다 떨쳐 버릴까.
그러나 하루아침에 생긴 돈으로
부처 머리 위에 올라가면 무엇하랴.

---

1) 縶澁(집삽): 확실하진 않으나, 촌스럽고 꾀죄죄한 모습을 이르는 듯.

고기를 사면 피가 줄줄 흐르고
생선을 사면 아직 살아 펄떡이네.
그대는 그로 인해 죄업을 부르는데
그대 처자는 좋아라 날뛰는구나.
그대 숨지자 그녀 곧 시집갈 것을
남이 누가 감히 그걸 막으리.
하루아침에 부서진 상과 같이
살생과 사음을 당장에 벗어나라.

買肉血괄괄¹⁾ 買魚跳鱍鱍²⁾ 君身招罪累 妻子成快活
纏死渠便嫁 佗人誰敢遏 一朝如破牀 兩箇當頭脫

[해설] 아내를 위해 그대는 온갖 일을 다 하는데 남편이 죽으면 곧바로 아내는 다른 사람에게 시집을 다시 간다. 누가 감히 그것을 막을 수 있을까. 그리고 과연 누구를 믿고 세상을 살 것인가.

---

1) 괄괄(괄괄): 괄은 活과 同字. 물이 힘차게 흐르는 모양을 나타냄. 의태어.
2) 鱍鱍(발발): 물고기가 살아서 움직이는 모양. 역시 의태어.

한산시 · *182*

사람이 있어 한산자 비난하네
'그대의 시는 도리가 없다'고.
내 돌이켜보니 옛날 사람들
가난하고 천한 것 부끄러워하지 않았네.
그대의 말을 웃어 넘겨 버리는 것
내 이 말이 얼마나 소활한가?
'언제나 그대 지금 꼴로 있거라,
돈이란 이 진정 급한 것이니라.'

客難寒山子　君詩無道理　吾觀乎古人　貧賤不爲恥
應之笑此言　談何疎闊矣　願君以今日　錢是急事니

[해설] 도리(道理)란 진정 무엇인가.
돈을 벌어들이고 재물을 얻는 방법인가.
세상사람 그런다 해도, 한산자는 옛날 사람들처럼
가난하고 천한 것 부끄러워하지 않네.
재물에 눈이 어두워 진정한 도리 찾지 못하니,
도리 없다는 그대들의 말 웃어넘기네.

그것은 나면서부터 오가지 않고
죽을 때까지 인의가 없다.
말에 이미 가지와 잎이 있나니
마음이 공정하지 못하기 때문.
만일 저 조그만 도 펴 놓는다면
그로 인해 큰 거짓 생겨나리라.
구름 사닥다리 만든다 떠들어도
그것 깎아 버리면 가시밭 되느니라.

從生不往來 至死無仁義 言旣有枝葉 心懷便險詖
若其開小道 緣此生大爲 許說造雲梯1) 削之成棘刺

[해설] 제1구의 뜻은 날 때부터 큰 도(道)는 본래의 성명(性
命)에 편히 머물러 움직이지 않는다는 뜻이며, 제2구는 근본의
큰 도는 떠나지 않는다는 뜻. 즉『노자』의 “인의(仁義)는 큰 도
(道)가 무너져 생긴다” 라는 구절에서 유래. 천성(天性)을 지키
는 것이 바로 큰 도를 얻는 것이라는 뜻. 제3구와 4구는 말에

---

1) 雲梯(운제): 높은 사닥다리. 城(성)을 공격할 때 쓰는 긴 사닥다리.

가지와 잎이 있는 것은 마음의 평정이 없기 때문이라는 뜻.『주
역(周易)』계사(繫辭)에 “마음에 의심이 있으면 그 말이 번거롭
다”고 했다. 제5구의 소도(小道)는 근본 성품의 큰 도가 아니요
인의나 지혜의 작은 도를 말함.『老子』에 “지혜가 생겨 큰 거짓
이 있다”는 것이 있다.

한산시 · 184

한 병은 금으로 만들어졌고
한 병은 흙으로 만들어졌다.
그대 보라, 그대의 보는 대로 맡기나니
이 두 병에서 어느 것이 단단한가?
여기 왜 두 병이 있게 되었는가.
지은 업이 하나 아님을 마땅히 알라.
이로써 너의 난 인 따지어 보라,
그 행을 닦기는 오늘에 있느니라.

一缾鑄金成 一缾埏泥出 二缾任君看 那箇缾牢實
欲知缾有二 須知業非一 將此驗生因 修行在今日

[해설] 그대는 어떻게 하여 태어났는가. 그 원인 진실로 따
져 알기 위하여 수행(修行)에 힘쓰라.

한산시 · *185*

어지러이 쓰러진 거친 풀집,
거기 불이 일어 연기 자옥하여라.
소꿉장난 열심인 어린애들아,
너희들 언제부터 여기 살았나?
문 밖에는 세 가지 수레가 있어
그들을 맞이해도 나오려 않는구나.
배부름에 취해 다른 생각 또 없나니
저들 진실로 어리석은 사람이여.

摧殘荒草盧　其中烟火蔚　借問群小兒　生來凡幾日
門外有三車　迎之不肯出　飽食腹膨脝　箇是癡頑物

[해설] 『법화경』 비유품(譬喩品)에 "삼계(三界)는 불난 집"
이라 했다. 중생은 불난 집에서도 위험한 줄을 모르기 때문에
부처님이 그들을 구제할 방편으로 세 수레로 그들을 맞이하는
것이다. 삼거는 중생을 태우고 생사의 바다를 건넘에 있어서의
세 가지 교법(敎法). 즉 성문승(聲聞乘)·연각승(緣覺乘)·보살
승(菩薩乘).

이 몸은 있는가, 없는 것인가?
이것은 '나'인가, 또 '나'가 아닌가?
이렇게 깊이 생각하고 헤아리며
세월 모르고 바위 앞에 앉아 있으면,
두 다리 사이에는 푸른 풀 나고
머리 위에는 붉은 티끌 떨어지네.
나는 이미 보나니, 저 세상 사람들
아름다운 상 위에 술과 안주 차렸구나.

有身與無身 是我復非我 如此審思量 遷延倚巖坐
足間靑草生 頂上紅塵墮 已見俗中人 靈牀施酒果

[해설] 제1구 2구는 제물론편(齊物論篇)에 나오는 장자(莊
子)의 나비를 생각나게 한다. 육신이 있는 것인가 없는 것인가,
나는 나인가 또는 내가 아닌가. 제5구와 6구에는 육신이 죽은
다음 무덤 속에서 이 세상을 보고 있다.

내 어제 보았나니, 강가에 선 나무
꺾이고 쇠잔하기 그지없었다.
겨우 두세 개 그 줄기 남아 있어
천만 도끼 자국 어지러웠다.
서리는 성근 잎을 시들어 말리었고
물결은 썩은 뿌리 물어뜯었다.
제 난 곳이 이미 그러했거니
다시 무엇으로 천지를 원망하리.

昨見河邊樹 摧殘不可論 二三餘幹在 千萬斧刀痕
霜凋萎疎葉 波衝枯朽根 生處當如此 何用怨乾坤[1]

[해설] 나아갈 때와 물러날 때
있을 곳과 있어서는 안 될 곳을
구별하는 것이야말로
참다운 사리분별이다.

---

1) 乾坤(건곤): 하늘과 땅을 상징적으로 달리 이르는 말. 天地(천지). 남자와
  여자, 해와 달, 北西와 南西를 이르기도 한다.

내 이 중생의 병을 슬퍼하나니
먹고 맛보기를 싫어할 줄 모르는구나.
돼지를 잡아 마늘장을 바르고
오리를 구워 후추·소금 뿌리네.
뼈를 바르고 생선을 회치고
껍질을 붙여 살코기를 굽는다.
남의 목숨의 괴로움은 모르고
다만 저희들의 입맛만 꾀하는구나.

怜底衆生病 浪嘗略不厭 蒸豚揾蒜醬1) 炙鴨點椒鹽

去骨鮮魚膾 兼皮熟肉臉 不知佗命苦 祇取自家甜

[해설] 불교의 오계(五戒) 중의 하나인 살생을 하지 말 것을
강조한 시. 살생을 하지 말라. 그대 또한 한때 축생(畜生)이 아
니었던가.

---

1) 蒜醬(산장): 마늘장. 蒜(산)은 달래나 마늘, 醬(장)은 장조림 또는 된장.

한산시 · *189*

글을 읽는다 어찌 죽음 면하며
글을 읽는다 어찌 가난 면하리.
무엇으로 해 글을 좋아하는가
글을 많이 알면 남보다 낫기 때문.
'사내대장부로서 글을 모르면
어디고 내 몸을 둘 곳 없다'고.
그러나 황련에다 또 마늘장 쳐라.
그 생각에는 그만 시고 쓴 줄 몰랐구나.

讀書豈免死 讀書豈免貧 何以好識字 識字勝佗人
丈夫不識字 無處可安身 黃連1)搵蒜醬 忘計是苦辛

[해설] 아무리 글을 많이 읽는다 해도,
참다운 지혜 얻지 못하면 무엇에 쓸 것인가.
시고 쓴 맛을 알기 위해
제대로 글을 읽어 제자리를 찾아라.

---

1) 黃連(황련): 黃蓮의 誤字인 듯. 깽깽이풀의 뿌리. 맛은 쓴데 성질은 약간
　 더움. 눈병·설사 등의 약재로 씀.

한산시 · *190*

내 보니 세상에 남을 속이는 놈들,
바구니에 물을 담아 달리는 것 같구나.
한숨에 달려 집에 돌아와 보면
바구니 속에는 아무것도 없었다.
내 보니 남에게 속는 사람들
그는 마치 밭에 난 부추 같구나.
날마다 칼로 베어 내어도
돋아나고 돋아나 스스로 있네.

我見謾人漢　如藍盛水走　一氣將歸家　藍裡何曾有
我見被人謾　一似園中韮1)　日日被刀傷　天生還自有

[해설] 속이는 것은 허망한 일이며
속는 일 역시 어리석은 일이니
부추 밭에 부추가 되지 말고
반복되는 우매한 삶을 깨우쳐라.

---

1) 園中韮(원중구): 밭에 난 부추. 부추는 잎을 잘라도 새로운 잎이 곧 돋아
　나온다.

아침 풀잎에 이슬을 못 보느냐?
해 뜨면 곧 모두 사라지는걸.
사람의 몸도 이와 같아서
염부는 여기 붙어 있는 곳이니라.
부디 한평생 어름어름하지 말고
삼독을 모두 끊어 없애면,
보리는 곧 번뇌, 번뇌는 곧 보리
그 번뇌 다시 남아 있게 하지 말라.

不見朝垂露　日爍自消除　人身亦如此　閻浮1)是寄居

切莫因循過　且令三毒2)袪　菩提3)즉煩惱　盡令無有餘

[해설] 번뇌는 곧 보리다. 보리라는 번뇌를 깨뜨려 버리라. 불타정각이라는 목적의식이 오히려 그것에의 도달에 방해가 된다.

---

1) 閻浮(염부): 四大州(사대주)의 하나. 수미산의 南海(남해)에 있다는 세모꼴의 섬, 또는 인도라고도 한다. 여기서는 중생이 사는 속세를 뜻함.
2) 三毒(삼독): 탐하는 마음, 성내는 마음, 어리석은 마음.
3) 菩提(보리): 梵語 Bodhi의 음역. 불교 최고의 이상인 佛陀正覺(불타정각)의 지혜. 聲聞(성문)·緣覺(연각)·菩薩(보살) 등이 번뇌를 잊고 불생불멸의 진리를 깨달아 얻는 佛果(불과).

한산시 · *192*

물이 맑고 고요하고 환히 밝으면
모든 것 속속들이 나타나는 것처럼,
마음 가운데 진실로 한 가지 일도 없으면
모든 경계가 움직일 수 없느니라.
마음이 망령되이 일지 않으면
영원히 옮기거나 변하지 않나니,
만일 그대 능히 이렇게 알면
이 지혜는 등과 앞이 없느니라.

水淸澄澄瑩　徹底自然見　心中無一事　萬境不能轉
心旣不妄起　永劫無改變　若能如是知　是知無背面

[해설] 망령됨이 일지 않는
맑고 밝은 마음에는
움직일 수 없는 진실이 속속들이 나타난다.
영원히 변치 않는 지혜는
앞과 뒤가 없고 차별이 없다.

밥을 말해도 끝내 배부르지 않고
옷을 말해도 추위를 못 면하네.
배부르려면 밥을 먹어야 하고
추위를 면하려면 옷을 입어야 하네.
깊이 생각해 헤아릴 줄 모르고
다만 부처 구하기 어렵다 말할 뿐.
마음 한번 돌리면 곧이 부처니라.
아예 멀리 밖으로 구하지 말라.

說食終不飽 說衣不免寒 飽喫須是飯 著衣方免寒
不解審思量 祇道求佛難 廻心卽是佛 莫向外頭看

[해설] 부처를 찾음이 입으로만 되는 것이 아니다. 원래 자
기가 가진 천진(天眞)을 깨닫는 것이 곧 부처를 찾는 것이다.
'회심즉시불(廻心卽是佛)'이다.

아아, 두려워라, 윤회의 고통이여,
오고 가는 것 나는 티끌 같네.
개미 쉬지 않고 쳇바퀴 돌 듯
육도를 어지러이 감돌고 있네.
머리가 바뀌고 얼굴이 변했어도
옛날의 그 사람 면하지 못하나니,
하루빨리 저 깊은 지옥 벗어나
다시 너 심성을 어둡게 하지 말라.

可畏輪廻苦 往復似飄塵 蟻巡環未息 六道1)亂紛紛
改頭換面孔 不離舊時人 速了黑暗獄 無令心性昏

[해설] 너의 심성 밝게 하면 윤회의 고통을 깨달을 것이며,
하루 빨리 그 고통 벗으려면 티끌 먼지 날리는
쳇바퀴를 굴리지 말고 정진에 정진을 거듭해야 할 것이다.

---

1) 六道(육도): 중생이 業因(업인)에 따라 필연적으로 이르는 여섯 가지의 迷
界(미계). 곧 지옥·아귀·축생·修羅(수라)·인간·天上(천상).

아아, 두려워라, 삼계의 수레바퀴,
생각 생각에 일찍이 쉬지 못하는구나.
겨우 거기서 벗어났나 했더니
어느새 다시 잠기고 마는구나.
가령 저 비비상(非非想)의 유정천(有頂天)에 나더라도
그것은 다만 복의 힘을 인연한 것.
어찌 저 진정한 근원을 알아
한 번 얻어 곧 영원히 얻지 않으랴!

可畏三界[1]輪　念念未曾息　纔始似出頭　又卻遭沈溺
假使非非想[2]　蓋緣多福力　爭似識眞源　一得卽永得

[해설] 모든 중생은 삼계의 수레바퀴에서 벗어나지 못한다.
설사 무색계의 네 하늘 중 제일 꼭대기에 올랐다고 하더라도, 즉
유정천(有頂天)에 나더라도 죽고 삶의 윤회를 벗어나지 못한다.
이러한 것을 깨달아 무여열반(無餘涅槃)에 다다라야 한다는 뜻.

---

1) 三界(삼계): 欲界[탐욕의 세계] · 色界[물질의 세계] · 無色界[三昧의 세계].
2) 非非想(비비상): 非想非非想의 뜻. 비상비비상이란 無色界의 第四天인 無
　　爲無想(무위무상)의 경지. 非想天(비상천)의 뜻.

어제 저 산꼭대기 올라가 놀다가
천길 벼랑을 내려다보았다.
위태로이 서 있는 나무 한 그루
바람을 맞아 두 가지로 찢어지고,
빗물에 떠돌다 잎사귀 떨어지고
햇볕에 말라 티끌이 일었다.
아아, 그렇게 무성하던 저 나무도
이제 한줌 재로 변하고 말겠구나.

昨日遊峯頂 下窺千尺崖 臨危一株樹 風擺兩枝開

雨漂卽零落 日曬作塵埃 嗟見此茂秀 今爲一聚灰

[해설] 이 시의 발상은 『열반경』에서 비롯하고 있다. 『열반경』 가섭품(迦葉品)에 "현명한 자는 생명이란 것은 강가 험준한 곳에 서 있는 큰 나무와 같음을 알아야 한다"는 말이 있다.

옛날로부터 많은 성인들
스스로 믿는 바를 정성스럽게 가르쳤네.
사람의 근성은 고르지 못해
높고 낮고 또 날카롭고 무디고,
참된 부처는 알려고 하지 않고
헛되이 딴 것으로 마음을 괴롭히네.
어이 모르는가 맑고 깨끗한 마음,
그것이 곧 법왕의 인(印)인 줄을.

自古多少聖 叮嚀1)敎自信 人根性不等 高下有利鈍
眞佛不肯認 置力枉受困 不知淸淨心 便是法王印2)

[해설] 참되고 변치 않는 것은 맑고 깨끗한 마음, 우리는 그
마음으로 참다운 깨달음 얻은 성인(聖人)을 보리라.

---

1) 叮嚀(정녕): 일에 정성을 다하는 일.
2) 法王印(법왕인): 佛法(불법)이 참되고 부등불변함을 나타내는 표라는 뜻.
   法王은 곧 부처.

내 들으니 천태산에는
그 산중에 구슬나무 있다 하네.
시를 읊조리며 그 나무에 오르려 하나
그러나 돌다리를 건너기 어려워라.
그로 말미암아 절망에 슬픈 마음
허룽허룽 게을리 하루해 또 저무네.
내 오늘 거울 속 바라보니
어느새 머리털은 흰 비단 같구나.

我聞天台山 小中有琪樹1) 永言欲攀之 莫曉石橋2)路
緣此生悲歎 幸居將已暮 今日觀鏡中 颯颯鬢垂素

[해설] 구슬나무는 곧 열반의 경지. 그 경지에 도달하려면
석교(石橋)를 건너야 하나 그것은 쉽지 않다. 한산이 자신의 수
행의 게으름을 한탄한 시.

---

1) 琪樹(기수): 옥같이 아름다운 나무. 仙界(선계)의 신비스런 나무.
2) 石橋(석교): 높이 1만 8천 발 위에 있고 너비는 한 자도 안 되며 밑에는 1
   만 발의 깊은 못이 있어 그 몸을 잊은 사람이라야 건널 수 있다고 하는
   다리.

자식 키움에 스승이 맞지 않으면
도정(都亭)의 쥐에 미치지 못하리니,
어떻게 어진 사람 볼 수 있으며
어떻게 어른 말을 들을 수 있겠는가?
향기와 악한 냄새 물들기에 있나니
모름지기 착한 벗 찾아서 친하라.
오월 생선장수처럼 바삐 서둘러
부디 남의 비웃음 사지 말도록 하라.

養子不經師　不及都亭鼠1)　何曾見好人　豈聞長者語
爲染在薰蕕2)　應須擇朋侶3)　五月販鮮魚　莫教人笑汝

[해설] 5월의 생선장수처럼 바삐 서둔다는 말은, 5월은 날씨가 무더우므로 생선장수가 생선이 상하기 전에 팔기 위해 바삐 서두른다는 뜻.

---

1) 都亭鼠(도정서): 관청의 쥐. 도정은 郡縣(군현)의 관청이 있는 곳. 도정서란 들쥐와 달리 지혜로운 쥐를 말함.
2) 薰蕕(훈유): 향기가 나는 풀과 구린내 나는 풀. 또는 선인과 악인.
3) 朋侶(붕려): 착한 벗.

그저 혼자 다북 문을 닫고 앉아
돌불처럼 빠른 세월 겪고 있나니,
사람이 귀신 됐단 말은 들어도
학이 신선 된 것 보지는 못했구나.
이렇게 생각할 때 어이 차마 말하리.
인연을 따라 스스로 생각하라.
눈을 돌려 저 성 밖 바라다보면
옛 무덤은 갈리어 밭이 되나니.

徒閉蓬門坐 頻經石火[1]遷 唯聞人作鬼 不見鶴成仙
念此那堪說 隨緣須自怜 廻瞻[2]郊郭外 古墓犁爲田

[해설] 정진에 정진을 거듭해도 세월은 빠르구나. 사람은 죽어 무덤으로 돌아가고, 어느새 무덤은 밭으로 변하는구나. 문 닫고 도 닦는 이여 돌아보라, 빨리 흘러가는 세월을.

---

1) 石火(석화): 돌끼리 부딪쳤을 때 나는 불. 세월의 빠름을 비유.
2) 廻瞻(회첨): 돌아봄.

한산시 · *201*

요즘의 세상 사람 한산을 보고
저희끼리 이르기를 미치광이라 하네.
얼굴은 남의 눈에 띄지 않고
몸에는 언제나 누더기 감았을 뿐.
내 말은 세상 사람 알지 못하고
남의 이야기 나는 말하지 않네.
내 한마디 알리나니, 오가는 사람이여!
이리 오려무나, 이 한산을 향해 오라.

時人見寒山 各謂是風顚 貌不起人目 身唯布裘纏¹⁾
我語佗不會 佗語我不言 爲報往來者 可來向寒山

[해설] 나를 미치광이라 부르지 말라.
눈이 있는 자는 볼 것이요,
귀가 있는 자는 들을 것이다.
볼 수 있는 눈과 들을 수 있는 귀를 가진 이여,
한산으로 오라.

---

1) 布裘纏(포구전): 갖옷 누더기에 싸임. 즉 갖옷 누더기를 입음.

흰 구름 자재로이 한가롭거니
어찌 구태여 돈으로 산을 살거냐!
위태한 길 내릴 때는 지팡이 짚고
험한 길 오를 때는 등나무 더위잡고,
시내 언덕에는 솔이 항상 푸르러라.
개울가에는 돌이 절로 아롱졌네.
길이 멀어 벗은 비록 끊어졌으나
봄이 되면 새들은 즐거이 우네.

自在白雲閑 從來非買山 下危須策杖 上險捉藤攀
澗底松常翠 谿邊石自斑 友朋雖阻絶 春至鳥關關[1]

[해설] 세속 사람 발길은 끊어졌으나
자연 속에는 은둔의
이상경(理想境)이 있네.
봄이 되어 즐거이 우짖는 새들이
나의 벗이네.

---

1) 관관(關關): 새가 지저귀는 소리. 의성어.

내 마을에 있어 볼라치면
모두들 본정신이 아니라 한다.
어제도 성 아래 내려갔더니
개들은 짖고 사람들은 놀려댔다.
혹은 바짓가랑이 너무 좁다 하고
혹은 적삼 길이 조금 길다고 했다.
매의 눈을 뒤틀어 놓으면
새들의 날음질이 당당하니라.

我在村中住　衆推無比方　昨日到城下　仍被狗形相
或嫌袴太窄1)　或說衫少長　攣却鷂子2)眼　雀兒舞堂堂

[해설] 내 입은 옷 헐었다고 탓하지 말라.
바짓가랑이가 좁고
적삼 길이가 길다고 무엇이 문제이랴.
참말로 본정신 잃는 이가 누구냐.

---

1) 太窄(태착): 너무 좁음.
2) 鷂子(요자): 매의 암컷. 익더귀.

‘죽고 사는 것 원래 명이 있으며
부하고 귀한 것 하늘에 매여 있다.’
이것은 이 옛 어른이 하신 말씀
내 오늘 그것을 그릇 전하지 않나니,
총명한 사람 흔히 목숨이 짧고
미련한 자 도리어 오래 사는가!
우둔한 사람 도리어 재물 많고
도를 깨친 이 도리어 가난하다.

生死元有命 富貴本由天 此是古人語 吾今非謬傳
聰明好短命 癡騃1)却長年 鈍物豊財寶 惺惺漢2)無錢

[해설] 제1·2구는 『논어(論語)』 안연편(顔淵篇)에 나오는
이야기. 사마우(司馬牛)가 근심스럽게 “사람들은 다 형제가 있
는데 나만 홀로 외롭다”고 하자 자하(子夏)는 “죽고 사는 것은
다 명이 있고, 부귀는 하늘에 달려 있다(死生有命 富貴在天)”고
말했다.

---

1) 癡騃(치애): 어리석음. 바보.
2) 惺惺漢(성성한): 영리하고 똑똑한 사람.

나라는 백성을 근본으로 삼느니라.
마치 나무가 땅을 의지하는 듯.
땅이 두터우면 나무 무성하고
땅이 얕으면 나무 또한 여위나니,
부디 그 뿌리 드러나게 하지 말라.
가지 마르면 열매 먼저 떨어지리.
둑을 무너뜨려 고기 잡는 것,
그것은 한때의 이로움을 찾는 것이니라.

國以人爲本 猶如樹因地 地厚樹扶疎 地薄樹憔悴
不得露其根 枝枯子先墜 決陂以取魚 是求一朝利

[해설] 한산시 중에서는 드문 소재를 내용으로 하고 있다.
제1구의 '국이인위본(國以人爲本)'은 『서경(書經)』의 오자지가
(五子之歌)에 나오는 말인데, 유교의 근본이념 중의 하나이다.

한량없이 많은 중생들이여,
어찌 모두들 제정신을 잃었는가!
얼굴 위에는 두 마리 악한 새요,
마음속에는 세 마리 독한 뱀.
이것들이 모두 걸림이 되어
너의 일로 하여금 어지럽게 하는구나.
손을 들어 높이 손가락을 퉁기나니
‘나무 불타야, 나무 불타야.’

衆生不可說　何意許顚邪　面上兩惡鳥1)　心中三毒蛇2)
是渠作障礙　使儞事煩拏　擧手高彈指3)　南無佛陀耶4)

[해설] 참다움을 깨닫지 못하는 사람들에게는 할 말이 없구나.
오로지 외치나니 ‘나무 불타야, 나무 불타야’ 부처님께 귀의하라.

1) 兩惡鳥(양악조): 두 가지 번뇌로 곧 見思煩惱(견사번뇌: 우주의 진리와 사물의 진실을 알지 못하기 때문에 생기는 번뇌)와 無明煩惱(무명번뇌: 지혜가 모자라 인식능력이 근본적으로 존재하지 않음으로 해서 생기는 번뇌).
2) 三毒蛇(삼독사): 三毒을 말함. 즉 탐욕, 성냄, 어리석음.
3) 彈指(탄지): 부처에 귀의하는 기쁨을 비유적으로 이르는 말.
4) 南無佛陀耶(나무불타야): 南無(나무)는 梵語 Namah, Namo의 음역.

한평생의 도를 스스로 즐기나니
연기는 칡넌출 돌바위골 싸고 있네.
들사람 정(情)은 얽매임과 걸림 없어
흰 구름 짝해 언제나 한가하네.
길이 있으나 세상과 통하지 않고
마음 없거니 무엇을 반연하리.
외로운 밤 돌 평상에 혼자 앉으면
둥근 달은 한산에 떠오르나니.

自樂平生道 烟蘿石洞間 野情多放曠 長伴白雲閑
有路不通世 無心孰可攀1) 石牀孤夜坐 圓月上寒山

[해설] 외로운 밤 돌평상에 앉아서
맞이하는 둥근 달은
한산의 마음이다.
은자의 무아경이 바로
하늘의 둥근 달이 아니런가.

---

1) 可攀(가반): 攀(반)에는 매달리다, 연연하다 등의 뜻이 있으므로 어떤 것
   에 연연하지 않는다는 뜻.

큰 바다의 물은 한량이 없어
어룡은 만만천 한없이 많다.
그들은 서로서로 잡아먹나니
어지러이 흩어진 고기 살덩이,
마음이 완전히 비어 있지 못하기에
망령된 생각은 연기처럼 일어난다.
본성의 달이 한 번 밝게 개이면
탁 트이어 가없이 비쳐 가리.

大海水無邊　魚龍萬萬千　遞互相食噉　冗冗1)癡肉團
爲心不了絶　妄想起如烟　性月澄澄랑　廓이2)照無邊

[해설] 천강에 달이 비치니,
망령된 생각을 떨쳐 버린다.
참다운 깨달음 전해 주는 부처님의 깨우침
가없이 탁 트인 세상에 퍼져가네.

---

1) 冗冗(용용): 어지럽게 흐트러져 있는 모양.
2) 廓이(확이): 크고 넓다는 뜻.

천태산 꼭대기 우러러보면
외로이 높아 뭇 봉우리 빼어났네.
바람이 오면 솔·대나무 맑은 소리
달이 나오면 바다 조수 잦아지네.
산기슭 푸른 밑을 내려다보면
깊은 도리 애기하랴, 흰 구름 있네.
들 정이 산수를 우선 좋아하지만
본뜻은 도의 벗을 사모하나니.

日見天台頂 孤高出衆群 風搖松竹韻 月現海潮頻
下望山靑際 談玄有白雲 野情便山水 本志慕道倫

[해설] 이 시는 한산사상의 본질을 드러내고 있다. 즉 제7·
8구에서 보듯, 산수(山水)도 좋아하지만 그 본뜻은 도륜(道倫)
을 추구하는 데 있다는 것이다. 도륜은 곧 육도(六道)를 벗어난
해탈의 길일 것이다.

삼삼오오의 어리석은 뒷사람
일일이 모두 진실하지 못하는구나.
열 권의 책도 읽지 못하고
함부로 자황의 붓 잡기를 일삼는구나.
저 유학자의 책『예기』를 가리켜
도적의 계율이라 일컫는구나.
가사를 벗고 나면 그는 하나 좀벌레
저 책장을 파먹는 하나 좀벌레.

三五癡後生 作事不眞實 未讀十卷書 强把雌黃1)筆
將佗儒行篇2) 喚作賊盜律 脫體似蟬蟲 蠧破佗書帙

[해설] 얕은 학문을 익힌 뒤 그릇되게 남의 학문을 비판하거
나 유가(儒家)의 고전(古典)을 함부로 비판하는 선비, 승려를
힐책한 시. 엉터리 학자여, 가짜 중이여, 그대들은 진정 저 책장
이나 파먹는 하나의 좀벌레가 되겠는가.

---

1) 雌黃(자황): 유황화합물의 일종. 안료의 원료. 색은 누른빛이 도는 붉은색.
　　당시 중국인들은 누른 종이에 글을 쓰고, 잘못이 있으면 자황으로 고쳤다.
2) 儒行篇(유행편):『禮記』의 篇名. 선비의 생활 규범에 대해 적혀 있다.

산악처럼 마음이 높은 사람은
나를 세워 남에게 굽히지 않네.
베다의 경전을 강할 줄 알고
삼교의 글을 두루 말하며,
마음속에는 부끄러운 생각 없이
계를 부수고 율문을 어기면서,
상인의 법이라 스스로 자랑하고
제일의 사람이라 일컬어 뽐내나니,
어리석은 사람, 칭찬해 마지않고
지혜로운 사람, 손뼉 치며 웃는구나.
모두가 아지랑이, 허공의 꽃이거니
어찌 그것으로 나고 죽음 면할건가!
차라리 아무것도 모르고 앉아
온갖 근심 걱정 끊음만 못하니라.

心高如山嶽 人我不伏人 解講韋陀典1) 能談三教2)文
心中無慙愧3) 破戒違律文 自言上人法 稱爲第一人

---

1) 韋陀典(위타전): 인도의 베다경을 말함.
2) 三敎(삼교): 유교·불교·도교의 삼교

愚者皆讚歎　智者抑掌笑　陽焰4)虛空花　豈得免生老
不如百不解　靜坐絶憂惱

[해설] 지식으로는 번뇌를 끊기가 힘들다.
아는 척하지 마라.
헛된 아지랑이를 좇지 마라.

---

3) 慙愧(참괴): 부끄러워함.
4) 陽焰(양염): 아지랑이.

이처럼 많은 보물을 싣고
부서진 배를 타고 바다로 간다.
앞에는 돛대도 잃어버렸고
뒤에는 또 키도 없나니,
바람이 불면 바람 따라 맡기고
물결이 일면 물결 따라 떠도네.
어떻게 저 언덕에 이를 수 있으리.
부지런히 힘써 앉아 있지 말라.

如許多寶貝　海中乘壞舸　前頭失却桅　後頭又無柁1)
宛轉任風吹　高低隨浪簸2)　如何得到岸　努力莫端坐

[해설] 부서진 배를 타고 험난한 바람과 물결 헤쳐서
어떻게 하면 저편 언덕에 이를 수 있으리.
아무리 많은 보물 싣고 있다 해도
저편 언덕에 도달하지 못하면
무슨 쓸모 있으리.

---

1) 柁(타): 배의 키. 고물에 달아 배의 방향을 잡는 기구.
2) 浪簸(낭파): 물결이 일어남. 출렁이는 물결.

내 저 미련한 사람들 보니
재물과 곡식 많이 쌓아 두는구나.
술을 마시어 생명을 먹으며
나는 만족하다 스스로 일컫는다.
지옥의 깊이는 알지 못하고
하늘의 복만을 구하지마는
그 죄의 업은 저 비부 같나니
어떻게 재앙을 면할 수 있으리.
재물의 주인 갑자기 죽으면
모두 다투어 머리맡에서 우네.
중을 청해 공양하고 경을 읽지만
그것은 모두 귀신의 녹이 될 뿐.

我見凡愚人　多畜資財穀　飮酒食生命　謂言我富足
莫知地獄深　唯求上天福　罪業如毘富1)　豈得免災毒
財主忽然死　爭共當頭哭　供僧讀文疏　空是鬼神祿2)

---

1) 毘富(비부): 인도에 있다는 산 이름. 비부라산. 『열반경』에 "중생은 죽고
　　남을 거듭하는데 그때마다 해골이 쌓여 비부산보다 높게 된다"고 한다.
2) 鬼神祿(귀신록): 죽은 사람의 복. 즉 쓸데없는 일이라는 뜻.

복 밭이 될 만한 것 하나도 없고
헛되이 까까중들 배만 불리네.
부디 하루빨리 깨달음 얻어
어두운 지옥을 만들지 말라.
미친 바람 앞에 우뚝한 바위처럼
마음만 참되면 죄도 복도 없느니라.
저 꼿꼿이 앉아 있는 사람들이여!
이 글을 두 번 세 번 자세히 읽어 보라.

福田一箇無　虛設一郡禿3)　不如早覺悟　莫作黑暗獄
狂風不動樹　心眞無罪福　寄語兀兀人4)　叮嚀再三讀

[해설] 오언배율(五言排律)의 시. 한산의 배율은 대개 불교
의 계율을 강조하는 교화적(敎化的)인 시가 많다.

지옥의 깊이를 알지 못하는 자가 어찌 하늘의 복을 구할 수
있으랴.
미친 바람 앞에 우뚝한 바위처럼 당당하라.
꼿꼿이 앉아 있는 사람들이여,
읽고 읽고 또 읽어서 참다운 도를 깨우치라.

---

3) 禿(독): 승려를 낮추어 이르는 말.
4) 兀兀人(올올인): 마음을 한곳에 모으고 앉아 공부하는 사람.

내 권하나니 삼계의 사람들아!
도리에 어긋난 일을 행하지 말라.
도리 모자라면 악마의 속임 받으나
도리 넉넉하면 남이 어찌 못 하리라.
먼지 속에 허덕이는 세상 사람들
마치 저 서점벌레 다름없구나.
보지 못하는가 저 일없는 사람
혼자 뛰어나 맞겨룰 이 없나니,
모름지기 빨리 근본으로 돌아가라.
삼계는 인연 따라 제대로 맡겨 두라.
맑고 깨끗한 진여의 흐름에 들어
다시는 무명의 물을 마시지 말라.

勸你三界1)子 莫作勿道理 理短被佗欺 理長不奈이
世間濁濫人 恰似鼠黏子2) 不見無事人 獨脱無能比

---

1) 三界(삼계): 天界(천계)·地界(지계)·人界(인계)의 三界. 혹은 欲界(욕
    계)·色界(색계)·無色界(무색계)의 三界. 여기서는 후자를 이름.
2) 鼠黏子(서점자): 서점벌레. 물독 속과 같은 습기가 많은 곳에 서식하는 벌
    레.

早須返本源 三界任緣起 淸淨入如流 莫飮無明水

[해설] 제7구의 ‘무사인(無事人)’은 해탈한 사람을 뜻한다. 제11구의 ‘청정입여류(淸淨入如流)’는 맑고 깨끗한 진여(眞如)의 흐름에 든다는 뜻으로, 진여는 불교 최고이상의 개념. 진실하고 변하지 않는다는 뜻. 제12구의 ‘무명(無明)’이란 사견(邪見) 또는 망집(妄執)으로 인해 불법의 진리에 어두움을 말한다.

삼계의 사람 꼬물거리고

육도의 중생 허덕거린다.

재물을 탐하고 음욕을 사랑해

그 마음 사납기 승냥이 같구나.

지옥에 들기 화살 같으리니

그 고통 어이 견디어 받으리!

아침 저녁 언제나 꼿꼿이 앉아

어질고 착한 것 분별하지 못하고,

三界[1] 人蠢蠢[2] 六道[3] 人茫茫 貪財愛婬欲 心惡若豺狼

地獄如箭射 極苦若爲當 兀兀過朝夕 都不別賢良

---

1) 三界(삼계): 중생이 인연에 의해 유전하는 3개의 세계. 欲界는 食欲과 性
   欲의 欲望(욕망)에 의해 지배되는 세계, 곧 인간이 살고 있는 세계. 色界
   는 욕망은 없지만 現象(현상)에 지배되는 세계. 無色界는 욕망과 현상을
   초월하는 세계.
2) 蠢蠢(준준): 벌레가 꼬물거리는 모양.
3) 六道(육도): 因果에 의해 윤회하는 세계. 天道, 人道, 修羅道, 餓鬼道, 畜
   生道, 地獄道. 천도는 쾌락만이 있고 고통은 없고, 인도는 쾌락과 고통이
   반반이며, 그 이하로 갈수록 고통이 심해진다. 지옥은 고통만이 있고 쾌
   락은 없다. 모든 중생은 인연과 업에 따라 육도의 윤회를 계속하는데, 해
   탈하여 열반에 들어가지 않는 한 윤회에서 벗어날 수 없고, 따라서 고통
   에서도 벗어날 수가 없다.

좋고 미운 것 도무지 몰라
마치 돼지나 염소 같구나.
함께 얘기할 때는 돌과 나무 같더니
질투를 일으키면 미치광이 같아라.
자기 허물은 볼 줄 모르기
우리 안에 누워 있는 돼지 같고,
제 빚 갚을 줄은 잊어버리고
맷돌을 끌고 도는 소를 웃는다.

好惡總不識 猶如豬及羊 共語如木石 嫉妬似顚狂
不自見己過 如豬在圈臥 不知自償債 卻笑牛牽磨

[해설] 꼬물거리며 사는 중생들아,
벌레와 같구나.
재물과 음욕에는 승냥이 같지만
어질고 착한 것 어찌 분별할 것인가.
맷돌을 끌고 도는 소가 너를 웃는다.

인생은 티끌 속에 묻혀 사는 것
마치 항아리 속 벌레 같구나.
한종일 허덕거려 돌아다녀도
그 항아리 속 떠나지 못하나니,
신선은 되고 싶어도 될 수 없으며
번뇌는 헤아리니 끝이 없구나.
세월은 빠르게 흐르는 물과 같아
아아, 어느새 늙은 첨지 되는구나.

人生在塵蒙 恰似盆中蟲 終日行遶遶1) 不離其盆中
神仙不可得 煩惱計無窮 歲月如流水 須臾作老翁

[해설] 티끌 속에 묻혀 사는
벌레가 바로 너로구나.
세상이 넓다 해도
너는 우물 안 개구리로다.

---

1) 遶遶(요요): 빙 둘러싸인 모양. 여기서는 허덕거리며 돌아다닌다는 뜻.

한산이 무슨 말을 내면
그만 모두 미치광이라 하네.
일이 있으면 맞대놓고 말하기를
그러므로 항시 남의 원한을 산다.
마음이 참되면 말이 바로 나오나니
곧은 마음에는 겉과 속이 없기 때문.
죽음에 다다라 내하를 건널 적에
거기에 무슨 잔말 있을 수 없는 것을.
아득히 어두운 황천으로 가는 길
그저 제가 지은 업에 끌려갈 뿐이니라.

寒山出此語 復似顚狂漢 有事對面說 所以足人怨
心眞語出直 直心無背面 臨死度奈河1) 誰是嘍囉漢
冥冥泉臺路 被業相拘絆

[해설] 죄를 저지른 인간이 지옥의 강가에서 탄식한들 누가
들어주랴. 이 피의 강물을 어디로 건너갈 것인가. 그때서야 이
미치광이라던 나의 말을 생각한들 무슨 소용이 있으랴.

---

1) 奈河(내하): 죽은 사람이 건너야 하는 강. 물 대신 피가 흐른다고 한다.

내 보니 세상에 지혜 많다는 사람
온종일 머리 짜며 마음을 괴롭히네.
갈림길에 다다라 많은 말로 지껄여
이리저리로 뭇 사람 속이나니,
다만 지옥 들어갈 재료를 장만할 뿐
바르고 곧은 인은 닦지 않는구나.
하루아침에 죽음에 닥쳐서야
비로소 어지러이 허둥대는 꼴을 보라.

我見多智漢 終日用心神 岐路逞嘍囉 欺慢一切人
唯作地獄滓 不修正直因 忽然無常至 定知亂紛紛

[해설] 지식이라는 것은 과(果)를 바르게 하는 인(因)이 되
지는 못한다. 지식에 대한 비판은 한산시에서 일관되게 보이는
주제 중의 하나이다.

헛된 지식을 깨부수라.
그러면 참된 지혜를 보리라.

내 말을 부치나니 모든 착한 사람들아!
그대들은 무엇으로 본회 삼는가?
도를 깨달아 너의 본성을 보라.
그 본성이 곧 부처이니라.
천진도 원래 두루 갖춰 있나니
닦아 얻음 있으면 더욱 멀어지느니라.
근본 버리고 끝을 따라 찾는 것
다만 한바탕 어리석음 지킬 뿐.

寄語諸仁者 復以何爲懷 達道見自性 自性卽如來
天眞元具足 修證轉差迴 棄本却逐末 祇守一場獃

[해설] 도(道)를 깨달아 자성(自性)을 찾는 것, 즉 천진(天眞)
바로 그것이 부처이니 밖으로 향해 도를 닦는다는 것은 더욱 어
리석다는 것. 자성(自性)이 곧 부처이다.

내 보니 이 세상 일반 사람은
악하지도 않고 착하지도 않으며
진정한 주인공도 알지 못하고
길손을 따라 이리저리 헤매고 있네.
흐렁흐렁 세월만 헛되이 보내나니
이 모두 어리석은 살덩이뿐.
비록 여기 한 영대 있다 하나
그것은 한갓 품팔이꾼 되었나니.

世有一般人 不惡又不善 不識主人公 隨客處處轉
因循過時光 渾是癡肉䐗 雖有一靈臺1) 如同客作漢

[해설] 마음의 주인이 되지 못하고 육체의 욕구에 묻혀 한갓
길손이 됨을 한탄하여 읊은 시.

---

1) 靈臺(영대): 심장이 있는 장소, 곧 마음.

내 들으니 석가모니 부처
일찍이 연등 부처의 수기를 받았다네.
그러나 연등 부처, 석가모니 부처
다만 그 지혜의 앞뒤를 말한 것뿐.
앞뒤의 근본은 다른 것 아니거니
다른 것 가운데 다름이 없느니라.
한 부처는 곧 모든 부처라
마음이 이 여래의 땅이니라.

常聞釋迦佛 先受燃燈記 燃燈與釋迦 祇論前後智
前後體非殊 異中無有異 一佛一切佛 心是如來地

[해설] 연등(燃燈)부처는 석가 이전의 과거의 부처. 석가의
전신(前身)인 보살이 연등부처를 만나 다섯 가지 연꽃을 공양하
고, 머리털을 진흙 위에 펴서 연등부처가 그것을 밟고 지나가게
했다. 그래서 연등부처는 그 보살에게 91겁(劫) 후에 석가부처
가 될 것이라고 예언했다. 이것을 2句에서 연등부처의 수기(授
記)를 받았다고 했다.

내 보니 한 나라의 큰 신하들
붉은빛 자줏빛의 잠영의 녹을 먹고,
천만 가지의 부하고 귀한 일
영화를 탐해서 욕을 부르네.
종과 말은 온 집안에 차고
금과 은은 온 창고 채우네.
어리석은 이 복은 잠깐의 세력
머리를 묻는 곳 곧 지옥 만드네.
한번 죽으면 만사가 쉬는 것을
남녀들 모여 머리맡에 통곡하네.
이런 재앙이 있을 줄 몰랐거니
앞길은 어이 이리도 빨랐던고!
집은 부서져 찬바람 돌고
곡식은 다해 좁쌀조차 끊겼나니,
헐벗고 굶주리는 괴로움은 어떠한가.
이 모두가 깨닫지 못한 때문이니라.

常聞國大臣 朱紫簪纓祿 富貴百千般 貪榮不如辱

奴馬滿宅舍 金銀盈帑屋¹⁾ 癡福暫時扶 埋頭作地獄

忽死萬事休 男女當頭哭 不知有禍殃 前路何疾速

家破冷颼颼 食無一粒粟 凍餓苦悽悽 良由不覺觸

[해설] 벼슬아치들이여 각성하라. 헐벗고 굶주리는 사람들
의 괴로움을 잊지 말라.

---

1) 帑屋(탕옥): 금과 은이 쌓여 있는 창고

일등 사람은 마음이 날카로워
한 번 들어 곧 묘한 진리 깨닫고,
중간 선비는 마음이 깨끗하여
깊은 생각 끝에 겨우 중한 줄 알며,
하등 사람은 마음이 어리석어
질긴 가죽은 가장 찢기 어렵나니,
붉은 핏방울 제 머리에 떨어져야
제 망하는 줄 비로소 깨닫는다.
눈을 바로 떠 저 도적 바라보라.
들끓는 장판에 떼 싸움 벌어졌네.
죽은 송장 먼지처럼 버려졌을 때
누구를 잡고 범인을 캐어내랴!
어허, 그대 진정 사내대장부라면
한칼로 내리쳐 두 동강을 내어라.
사람 낯짝에 짐승의 마음,
날뛰는 그 번뇌 언제 쉴 수 있을까!

上人心猛利 一聞便知妙 中流心淸淨 審思云甚要

下士鈍暗癡 頑皮最難裂 直得血淋頭 始知自摧滅
看取開眼賊 鬧市集人決 死屍棄如塵 此時向誰說
男兒大丈夫 一刀兩段截 人面禽獸心 造作何時歇

[해설] 제 9구의 도적은 마음속의 도적. 장터에서 떼 싸움을
할 때 누가 도적인지 알아내기 힘든 것처럼 마음속의 도적은 분
간해 내기 어렵다는 것.

내게 여섯 형제 있으니
그 중에 한 놈이 제일 나쁘다.
그는 때릴래야 때릴 수 없고
그는 꾸짖을래야 꾸짖을 수 없어
언제고 어디서나 어쩔 수 없다.
재물을 탐하고 음과 살을 즐기어
좋은 것 보면 머리 박고 사랑한다.
탐하는 마음은 나찰보다 더해,
아비도 그를 몹시도 미워하고
어미도 그를 몹시도 꺼리었다.
어제는 그놈 내게 붙들렸기에
한껏 욕해 주고 힘껏 잡아채,
아무도 없는 곳에 끌고 나가
하나하나 그를 향해 타일렀나니

我有六兄弟1) 就中一箇2)惡 打伊又不得 罵伊又不著
處處無奈何 耽財好婬殺 見好埋頭愛 貪心過羅刹

---

1) 六兄弟(육형제): 六根(육근)을 말함. 즉 눈·귀·코·혀·몸·뜻.
2) 一箇(일개): 제6意識(의식)을 말함.

阿爺3)惡見伊 阿孃4)嫌不悅 昨被我捉得 惡罵恣情掣
趁向無人處 一一向伊說

‘너는 지금부터 그 행실 고쳐라.
뒤엎인 수레는 바퀴 먼저 고쳐라.
너 만일 내 말을 듣지 않으면
너와 나 둘이 함께 죽을 것이요,
만일 너 내 말 들어 항복한다면
너와 나 둘이 함께 살길 찾으리.’
우리는 그때부터 서로 우애해
또 오늘 이처럼 보살을 만났구나.
공부를 닦음에 용광로를 달구어
삼산의 쇠를 단련해 다했니니,
지금은 이제 고요하고 편안해
모든 사람들 칭찬하고 기뻐하네.

汝今須改行 覆車須改轍 若也不信受 共汝惡合殺
汝受我調伏 我共汝覓活 從此盡和同 如今遇菩薩
學業攻鑪冶 鍊盡三山5)鐵 至今靜恬恬 衆人皆讚說

---

3) 阿爺(아야): 아비. 여기서는 제7말라識(식)을 비유.
4) 阿孃(아양): 어미. 제8아라야식을 비유.
5) 三山(삼산): 三毒을 비유적으로 이르는 말.

[해설] 여기서 아비는 제7말라식, 어미는 제8아라야식을 가리킨다. 그놈이라는 것은 제6의식(意識)을 말하는데, 내게 붙들렸다는 것은 근본 성품이 악(惡)을 물리쳤다는 뜻. 전체적으로 이 시는 육근(六根)에서 비롯되는 삼독(三毒)을 천진(天眞)으로 물리쳐 진여(眞如)에 도달한다는 뜻.

전날에는 내 못내 가난도 하여
밤마다 남의 재물 세는 일 했네.
오늘에 내 깊이 생각해 보고
내 살림 스스로 살기로 했네.
한 보물창고를 파내었더니
거기는 온통 빛나는 수정 구슬.
어떤 눈동자 푸른 한 사람 있어
가만히 이것을 사가려 하네.
내 곧 그에게 일러주나니
'이 구슬은 값없는 보배니라'고.

昔日極貧苦　夜夜數佗寶　今日審思量　自家須縈造
掘得一寶藏　純是水昌珠　大有碧眼胡　密擬買將去
余卽報渠言　此珠無價數

[해설] 이 시는 전체적으로 비유로 이루어져 있다. 제2구의
남의 재물을 세는 일 했다는 것은 남에게만 많이 듣는 것을 뜻
한다. 중생은 자기의 본성을 구하지 않고 한갓 남에게 듣기만을

구하기 때문이다. 제5구의 보물창고를 파내었다는 것은 자기 마음속에 있는 천진(天眞)을 찾았다는 것이니, 이것이 곧 제6구의 수정 구슬이다. 제7구의 벽안호(碧眼胡)란 중국 선종(禪宗)의 시조(始祖) 달마(達磨)를 가리킨다. 제10구는 한산 자신의 경지가 달마에 미치지 못한다는 것을 겸손히 표현한 말.

내 일생 게으르고 옹졸함을 일삼아
무거운 것 꺼리고 가벼운 것 편해 했네.
남들은 모두 사업하기 배우는데
나는 다만 한 권의 경을 가졌네.
책 거죽 꾸미기엔 마음이 없고
오가는 사람 보아 펼쳐 보이네.
병을 따라서 곧 약을 일러주고
방편으로써 중생을 제도하네.
다만 내 마음만 스스로 일 없으면
어디에선들 깨어 있지 않으랴!

一生慵懶作 憎重祇便輕 佗家學事業 余持一卷經
無心裝標軸 來去省人擎 應病則說藥 方便度衆生
但自心無事 何處不惺惺¹⁾

[해설] 제4구의 한 권의 경(經)이란 것은 마음속의 경을 말
함. 제9구의 자심무사(自心無事)란 해탈의 경지를 말한다.

---

1) 惺惺(성성): 깨달음. 영리한 모양. 똑똑한 모양. 꾀꼬리의 울음소리.

내 보니 집을 나와 중이 된 사람,
집 떠난 공부에는 들어가지 않더라.
집 떠난 참맛을 알고 싶어 하는가?
우선 마음 깨끗하여 얽매임 없어야 하네.
끝없이 맑고 틔어 현묘마저 뛰어나고
언제나 홀로 있어 의지하지 않으며,
삼계를 가로 세로 마음에 맡겨 두고
사생을 고고 가며 머무르지 않나니,
그는 마음 없고 일 없는 사람
시름없이 거닐어 진실로 유쾌하네.

我見出家人 不入出家學 欲知眞出家 心淨無繩索
澄澄絶玄妙 如如無倚託 三界任縱橫 四生1)不可泊
無爲無事人 逍遙冥快樂

[해설] 집 떠난 참맛을 안다는 것은 곧 해탈의 경지에 들어
간다는 것을 의미한다. 제5구에서 제8구까지 그 경지의 점입가
경을 설명하고 있다.

---

1) 四生(사생): 중생의 네 가지 生成(생성)의 형태.

어제 우연히 운하관 가서
신선의 높은 선비 잠깐 보았다.
별갓과 달너울 비껴쓰고
모두들 ‘산수에 산다’고 했다.
내 신선의 방술에 대해
‘어떻게 비유할 수 있느냐’고 물었더니.
‘그것은 신령해 위가 없으며
묘한 약은 틀림없이 신비하다’며.
‘송장을 지키어 학 오기 기다리고
물고기를 타고 간다’ 그들은 말했다.
돌아와 그것을 생각해 보고
다시 생각해도 그럴 도리 없었다.

昨到雲霞觀1) 忽見仙尊士 星冠2)月帔橫 盡云居山水
余問神仙術 云道若爲北 謂言靈無上 妙藥必神秘
守死待鶴來 皆道乘魚3)去 余乃返窮之 摧尋勿道理

---

1) 雲霞觀(운하관): 觀(관)은 道士(도사)들이 사는 곳. 중의 절과 같다.
2) 星冠(성관)·月帔(월피): 모두 道士(도사)들의 복식.
3) 乘魚(승어): 『列仙傳』에 琴高(금고)라는 仙人이 붉은 잉어를 타고 물속에

하늘을 겨누어 활을 쏘아라.
화살은 이내 도로 땅에 떨어지나니,
너 비록 신선이 된다더라도
송장을 지키는 귀신과 다름없다.
마음 달만 스스로 오로지 밝으면
이 세상 어느 것을 거기 겨누리.
선단의 법을 알고자 하는가?
몸 안의 본정신이 그것이니라.
어리석게 황건공의 요술을 배워
스스로 지키기를 꾀하지 말라.

但看箭射空 須臾還墜地 饒你得仙人 恰似守屍鬼
心月自精明 萬象何能比 欲知仙丹4)術 身內元神是
莫學黃巾公5) 握遇自守擬

[해설] 도사(道士)들의 선단(仙丹)이나 방술(方術)은 모두 헛된 것이다. 마음의 달을 밝게 밝히라.

들어갔다는 이야기가 있다.
4) 仙丹(선단): 신선이 먹는 약.
5) 黃巾公(황건공): 후한 때의 張角(장각)은 黃老(황로)를 받들어 요술로써 대중에게 가르치고, 뒤에 난리를 일으켰다가 죽었다. 그들은 모두 누른 빛 수건을 썼었다.

우리 고을에 한 집이 있어
그 집에는 옳은 주인이 없다.
땅은 겨우 한 치의 풀을 내고
물은 한 방울 이슬을 떨구며,
불은 여섯 놈의 도적을 불사르고
바람은 검은 비바람을 몰아오네.
자세히 그 본 주인을 찾아보라.
베옷 속에 한 진주 있느니라.

余鄕有一宅1) 其宅無正主 地生一寸草 水垂一滴露
火燒六箇賊2) 風吹黑雲雨 子細尋本人 布裏眞珠爾

[해설] 이 시에서 땅은 의심, 물은 사랑, 불은 노여움, 바람은 기쁨을 각각 의미하는 것으로 이는 깨달음의 과정을 비유적으로 표현한 것이다.

땅과 물은 불과 바람이 모여 한 인간을 이루었는데, 그 몸뚱어리의 주인이 누구냐. 바로 베옷 속에 있는 진주로구나.

---

1) 一宅(일택): 땅·물·불·바람이 화합해서 된 육체.
2) 六箇賊(육개적): 여섯 도적.

내 한 말 전하나니 공자들이여!
그대들 석제노의 이야기를 들어라.
젊은 종 팔백 명에
물호박 삼십 개.
뜨락 밑에는 고기와 새를 기르고
다락 위에는 젓대와 피리 불었건만,
끝내 목을 늘이어 흰 칼을 받았나니
어리석은 마음이여 녹주 때문이었네.

傳語諸公子 聽說石齊奴 僮僕八百人 水碓三十區
舍下養魚鳥 樓上吹笙竽 伸頭臨白刃 癡心爲綠珠

[해설] 이 시는 서진(西晋)의 부자 석숭(石崇)의 고사에서
유래하고 있다. 석숭은 대단한 부자였는데 녹주(綠珠)라는 아름
다운 첩이 있었다. 이때의 세도가 손수(孫秀)는 녹주를 탐했지
만 녹주는 그를 거부했다. 손수는 이에 앙심을 품고 석숭을 잡
아 죽이려 했다. 석숭이 손수가 보낸 군사에게 잡힐 때 녹주는
누각에서 몸을 던져 자살하고, 석숭도 결국 살해되고 말았다.

무엇 때문에 늘 시름에 잠겼는가?
사람의 삶이란 아침 버섯 같은 것을,
기껏 견디어 몇십 년 지내는고?
새것, 묵은 것 서로 갈아 다하는 걸
이것 생각해 어이 아니 슬플 것인가.
그 슬픈 정을 차마 참지 못하겠네.
아아! 어찌할거나? 진정 어찌할거나?
모든 것 떨치고 산으로 들어오라.

何以長惆悵 人生似朝菌1) 那堪數十年 新舊凋落盡
以此思自哀 哀情不可忍 奈何當奈何 脫體歸山隱

[해설] 『장자』 소요유편(逍遙遊篇)에 "짧은 세월을 사는 것은 오랜 세월을 알 길이 없다. 아침에 돋아났다가 저녁이면 시들고 마는 조균(朝菌)으로서는 하루가 얼마나 긴 것인지 알 수가 없다. 한철을 사는 매미 또한 일 년이 얼마나 긴 것인지 모른다"는 말이 있다.

---

1) 朝菌(조균): 하루살이 버섯.

이 헌 누더기 옷 제가 지은 탓이거니
오늘이 이 몸 원망치 말라.
만일 그것을 조상 뫼 터 탓이라면
그것은 실로 어리석은 사람일레.
끝끝내 그대 죽어 귀신 되리니
어찌 그대의 자녀 구차하게 할 것인가?
이것은 환해 알기 쉬운 일,
부디 그 정신없다고 하지 말라.

襤縷關前業 莫詞今日身 若言由冢墓 箇是極癡人
到頭君作鬼 豈令男女貧 皎然易解事 作麼無精神

[해설] 제8구의 정신(精神)은 바로 인과(因果)를 맡은 정신
을 뜻함. 풍수(風水)를 믿지 말고, 잘못된 것을 조상에게 미루지
마라. 모든 것은 제 스스로 만든 것이다. 이 헌 누더기 옷 같은
육신마저 오늘에 이르러서는 네 스스로 만든 것이다.

한산시 · 233

내 저 황하의 물을 보나니
무릇 몇 번이나 맑은 적 있었던가?
물의 흐름은 빠른 화살과 같고
사람 세상은 부평초 같구나.
어리석음은 근본 업에 붙이어
무명 번뇌의 구덩이에 생기나니,
얼마나 많은 겁의 수레바퀴를 돌았던고,
다만 눈먼 장님이 되었었기 때문이네.

我見黃河水 凡經幾度淸 水流如急箭 人世若浮萍
癡屬1)根本業 無明煩惱阬2) 輪廻幾何劫 祇爲造迷盲

[해설] 겁의 수레바퀴가 돌고 있다.
어리석음의 구덩이에서 눈을 뜨라.
맑아지는 황하 물처럼 윤회의 사슬을 박차고 깨달음을 얻으라.

---

1) 癡屬(치촉): 어리석음. 어리석음을 이음. 癡(치)는 知(지)와 반대로 마음이
   어두워 사물의 도리를 판별하는 능력이 없는 것. 三毒의 하나로 중생의
   번뇌를 일으키는 가장 근본적인 것.
2) 無明煩惱(무명번뇌): 지혜가 모자라 인식 능력이 근본적으로 존재하지 않
   음으로 해서 생기는 번뇌.

하늘과 땅이 이미 열리어
사람이 이에 그 중에서 살다.
안개를 토해 너를 헤매게 하고
바람을 불어 너를 깨어나게 하며,
부귀를 주어 너를 아끼게 하고
빈천을 주어 너를 시달리게 하나니,
구차스레 허덕이는 모든 사람들이여!
만사는 모두 하늘에 있느니라.

二儀既開闢　人乃居其中　迷汝卽吐霧　醒汝卽吹風
惜汝卽富貴　奪汝卽貧窮　碌碌群漢子　萬事由天公

[해설] 제1구와 2구는 중국의 전통적 자연철학을 말하고 있
다. 즉, 하나의 근원[太極]이 음양의 이의(二儀)로 나누어지고,
차차로 나누어짐이 거듭하여 세계 만물이 형성된다. 하늘은 양
(陽)으로 위에 있고 땅은 음(陰)이니 아래에 있다. 사람은 음양
을 모두 가져 중앙에 머문다. 이 시는 전혀 불교적이지 않고 중
국적 운명관을 가지고 있다. 즉 음양오행설을 기반을 두고 있다.

내 너희들에게 권하나니 어린애들이여!
얼른 그 불난 집을 빠져 나오라.
세 수레 저 문밖에 있어
너희를 실어다 화를 면케 하리라.
네거리에 나와 맨 땅에 앉았으면
머리 위에 하늘 있어 만사는 비어 있고,
시방의 위아래 모두 없거니
오고 가기는 동서에 맡겨 두고,
만일 '그 가운데의 한 뜻'을 알면
가로 세로 어디고 두루 통하리.

余勸諸稚子　急離火宅中　三車在門外　載你免飄蓬
露地四衢坐　當天萬事空　十方無上下　來去任西東
若得箇中意　縱橫處處通

[해설] 이 시는 『법화경』에 나오는 이야기에서 유래. "옛날
한 장자(長子)가 살던 집에 큰 불이 났지만 어린아이들은 노는
데 정신이 팔려 밖으로 나오려고 하지 않았다. 이에 아버지가

양거(羊車)·녹거(鹿車)·우거(牛車)의 세 장난감이 있으니 밖으로 나오라고 하여 아이들이 밖으로 나왔다. 그러나 밖에는 삼거(三車)는 없고 큰 백우거(白牛車)만이 있었다”고 하였다. 또『법화경』에 '삼계(三界)는 불난 집'이라 했다. 중생은 불난 집에서도 위험한 줄 모르기 때문에 부처님이 그들을 구제할 방편으로 세 수레로 그들을 맞이하는 것이다. 삼거는 중생을 태우고 생사의 바다를 건너는 세 가지 교법(敎法)으로 성문(聲聞)·연각(緣覺)·보살(菩薩).

한산시 · 236

한스러워라 허망한 세상 사람들
길고 긴 이날은 언제 끝날꼬?
아침 아침에 한가한 때 없고
해는 가고 오고 어느새 늙네.
이 모두 모두는 의식을 위해
마음에 번뇌를 일으킴이니,
분주히 휘몰려 백년 천년을
삼악도에 몇 번이나 드나드는고!

可歎浮世人 悠悠何日了 朝朝無閑時 年年不覺老
總爲求衣食 令心生煩惱 擾擾1)百千年 去來三惡道2)

[해설] 고단하구나,
나날의 삶이여.
먹고 사는 것이 인생의 전부이던가.
분주하게 휘몰려 산다면,
백년 천년을 산다한들 무슨 소용이 있으랴.

---

1) 擾擾(요요): 어지러운 모양. 분주한 모양.
2) 三惡道(삼악도): 六道 중 아래의 三道 즉 지옥·아귀·축생.

한산시 · *237*

세상사람 구름길 찾고 있건만
구름길 아득하여 자취 없나니,
산으로 가랴, 산은 높아 험하고
강으로 가랴, 강은 넓어 흐렸네.
푸른 멧부리 앞뒤로 막아 있고
흰 구름은 동서로 흘러 도네.
구름길 있는 곳 알고자 하는가?
그 구름길은 저 허공에 있느니라.

時人尋雲路 雲路杳無蹤 山高多險峻 澗闊1)少玲瓏2)
碧嶂前兼後 白雲西復東 欲知雲路處 雲路在虛空

[해설] 산으로 가면
험한 산이 막아서고
강으로 가면 넓은 강물 도도한데,
저 허공에 구름길이 있나니,
그 길을 찾은 이는 신선이 되리라.

---

1) 澗闊(간활): 산골물이 넓음.
2) 少玲瓏(소영롱): 물이 흐리다는 뜻.

한산에 깃들어 숨어 사는 곳
세상 사람 발자취 끊겨 좋아라.
때로는 숲 속의 새들을 만나
서로 더불어 산 노래 부르네.
아름다운 풀은 시냇가 연해 있고
늙은 소나무 골을 베고 누워 있네.
이 일없는 객은 볼 만하구나
바위 모퉁이에 비스듬히 누워 있네.

寒山棲隱處 絶得雜人過 時逢林內鳥 相共唱山歌
瑞草聯谿谷 老松枕嵯峨1) 可觀無事客 憩歇在巖阿

[해설] 세상 사람 발자취 끊긴 곳에
숨어 사는 한산이
숲 속의 새들과 산 노래 부르니,
골을 베고 누운 늙은 소나무
시냇물 소리로 화답하네.

---

1) 嵯峨(차아): 산이 높고 험한 모양을 이름. 노송이 험한 산에 누운 듯이 자
   태를 드리우고 있다는 뜻.

다섯 뫼 합쳐 가루가 되고
수미산도 한 치 산에 지나지 않나니,
큰 바다는 겨우 한 방울 물
마음 밭에 빨아들여 물을 대어라.
거기 '보리' 한 나무 나고 자라서
'하늘 중의 하늘'을 두루 덮나니,
내 이르나니 너 도를 위하는 자여,
삼가 열 가지 얽맴이 휘감기게 하지 말라.

五嶽[1]俱成粉　須彌[2]一寸山　大海一滴水　吸入其心田
生長菩提子[3]　徧蓋天中天[4]　語你慕道者　愼莫繞十纏[5]

[해설] 큰 바다 머금은 한 방울의 물이여, 마음의 밭을 그 풍
성함으로 가꾸라.

---

1) 五嶽(오악): 泰山(태산) · 華山(화산) · 衡山(형산) · 恒産(항산) · 嵩山(숭산).
2) 須彌(수미): 四洲 세계의 중앙에 있다는 큰 산.
3) 菩提子(보시자): 道의 나무, 석가가 그 나무 밑에서 도를 깨달았다 한다.
4) 天中天(천중천): 부처님을 상징하는 말.
5) 十纏(십전): 중생을 얽매어 번뇌를 없애지 못하게 하는 것. 곧 성냄 · 숨
　　김 · 잠 · 장난 · 들뜸 · 속부끄럼이 없음 · 남부끄럼이 없음 등.

옷이 없거든 스스로 마련하라.
여우에게 갖옷을 구하지 말라.
밥이 없거든 스스로 장만하라.
염소한테 차반을 구하지 말라.
가죽 빌리고 또 살을 빌리면
또한 근심 걱정 가지게 되나니,
의 아닌 것을 구함으로 말미암아
옷과 밥이 항상 두루하지 않느니라.

無衣自訪覓 莫共狐謀裘 無食自采取 莫共羊謀羞1)
借皮兼借肉 懷歎復懷愁 皆緣義失所 衣食常不周

　[해설] 여우가죽 옷이나 염소고기 요리는 모두 귀한 것이다.
천한 사람이 입고 먹는 것이 아니다. 그러나 이런 것들은 곧 근
심 걱정을 가져온다.

---

1) 謀羞(모수): 맛있는 음식을 도모함.

산중의 즐거움을 스스로 원해
아무 의지도 없이 홀로 지내네.
그날그날 쇠약한 몸을 기르고
생각은 한가해 번거로움 없네.
때로는 낡은 불경 뒤적여 보고
가끔 수각(水閣)으로 올라 보나니,
밑으로 천길 벼랑 바라보노라면
위에는 비껴 도는 구름이 있네.
어느새 올랐던가 차가운 달빛,
몸은 외로이 나는 학과 같나니.

自羨山間樂 逍遙無倚託 逐日養殘軀 閑思無所作
時披古佛書 往往登石閣 下窺千尺崖 上有雲旁礴1)
寒月冷颼颼 身似孤飛鶴

[해설] 아래로는 천길 벼랑을 굽어보고, 위로는 온 세상 퍼
져 가는 구름 바라보나니, 아무것도 의지하지 않는 이 몸은 어
느 틈에 학이 되어 차가운 달빛 속을 날아간다.

---

1) 旁礴(방박): 뒤섞이거나 널리 퍼짐. 구름이 널리 퍼지면서 뒤섞이는 모양.

내 보니 전륜성왕은

천명 아들이 항상 둘러 있었다.

열 가지 선으로 네 천하를 교화하고

일곱 가지 보배로 장엄이 거룩했다.

일곱 가지 보배가 항상 몸을 따르고

삼십이상에 팔십종 묘하건만,

하루아침에 복의 갚음 다하면

마치 갈밭에 깃드는 새 같으며,

我見轉輪王[1]　千子常圍繞　十善[2]化四天　莊嚴多七寶[3]

七寶鎭隨身　莊嚴甚妙好　一朝福報盡　猶若棲蘆鳥

---

1) 轉輪王(전륜왕): 正法을 가지고 온 세계를 다스릴 것이라는 인도의 신화적 이상의 왕. 몸에 32相(상)을 갖추고 즉위할 때에 하늘로부터 輪寶(윤보)를 感得(감득)하며 이것을 굴리어 가며 모든 악을 없애 버리고 천하를 威伏治化(위복치화)한다고 함.
2) 十善(십선): 十惡을 행하지 않는 일. 즉 몸으로는 살생·도둑질·간음을 하지 않고, 말로는 거짓말·욕설·두 가지 말·꾸민 말을 하지 않고, 뜻으로는 탐욕·성냄·어리석음이 없는 것. 이 열 가지 선을 닦은 전륜왕은, 그 덕으로써 천하에서 복을 받고 죽어서는 천상에 태어난다. 그러나 아직 나고 죽음의 수레바퀴를 면하지는 못했다.
3) 七寶(칠보): 전륜왕이 가진 일곱 보물. 즉, 금수레·흰 코끼리·푸른 말·神珠(신주)·玉女(옥녀)·居士(거사)·主兵(주병).

소의 목에 붙어 있는 벌레 같아서
육취의 악한 갚음 다시 받나니,
하물며 저 범류에 있어서야
이 몸을 어이 길이 보전하겠는가?
나고 죽음은 돌리는 횃불 같고
서로 바꿔 나는 것 삼과 벼와 같나니,
하루빨리 깨치어 알지 못하면
귀한 사람으로 헛되이 늙으리라.

還作牛領蟲 六趣4)受業道 況復諸凡夫 無常豈長保
生死如旋火 輪廻似麻稻 不解早覺悟 爲人枉虛老

　[해설] 제8구는 병든 새는 각각 제 사는 곳에 편해 하지만 아직
큰 숲이 있는 줄은 모른다는 뜻. 제9구의 소의 목의 벌레 같다는
말은, 소의 목의 벌레는 멍에를 끼우면 반드시 눌려 죽는다는 뜻.
제13구의 선화(旋火), 즉 돌리는 횃불은 나고 죽음이 매우 빨라서
쉬지 않음을 비유해서 한 말. 제14구의 마도(麻稻), 즉 삼과 벼는
윤회하는 업이 서로 만나고 모이는 것의 비유이다. 제6구의 삼십
이상(三十二相)과 팔십종(八十種)은 모두 부처님 몸에 갖춘 표상
(標相)을 말함. 세속에 있어서는 전륜왕이 이것을 갖추었음.

---

4) 六趣(육취): 六道와 같은 말. 즉, 지옥·아귀·축생·수라·인간·천상.

들은 널리 뻗고 물은 느린데
단구는 사명산에 연이어 있다.
그 중에 선도 가장 높이 빼어나
뭇 봉우리 푸른 병풍 둘러쳐 있다.
멀리 바라보아 아스라이 끝없고
굽이굽이 그 행세 서로 잇닿네.
외로이 바다 밖에 홀로 떠 있어
아름다운 그 이름 두루 떨친다.

平野水寬闊　丹丘1)連四明2)　仙都3)最高秀　群峰簇翠屛

遠遠望何極　矹矹4)勢相迎　獨漂海隅外　處處播嘉聲

[해설] 신선이 사는 땅은 항상 밝고 빛나니, 아스라한 곳에
멀리 떨어져 있어도 언제나 아름다운 그 이름 세상에 떨친다.

---

1) 丹丘(단구): 천태산 동쪽 바다 밖의 신선의 땅으로서 밤낮없이 언제나 밝
   다고 한다.
2) 四明(사명): 천태산 북쪽에 연해 있는 산 이름.
3) 仙都(선도): 큰 바다 가운데 돌집이 있어 아홉 신선이 산다는 전설이 있
   는 곳.
4) 矹矹(올올): 돌이 우뚝우뚝 솟은 모양.

한산시 · 244

아 귀하여라, 이름 있는 이 산이여!
일곱 가지 보배인들 어이 여기 겨누랴.
솔가지에 달은 걸려 차가운 빛에
구름 안개는 조각조각 일어나네.
첩첩이 산은 싸여 몇 겹이던가?
산굽이 돌 때마다 마을이 있네.
산골 개울물은 맑고 고요해
시원하고 유쾌하기 끝이 없어라.

可貴一名山 七寶何能比 松月颼颼冷 雲霞片片起
匝匝幾重山 廻還多少里 谿澗靜澄澄 快活無窮已

[해설] 이 시에서 명산은 천태산을 가리킨다. 이 명산이 품고 있는 자연은 무위자연(無爲自然)의 자연으로서 해탈의 경지를 나타낸다.

한산시 · 245

내 이 세상 사람들 보니
나서 살았다 어느새 다시 죽네.
어제 아침엔 아직 이팔의 선비
장한 기운이 가슴에 가득하더니,
어느새 나이 칠십이 넘어
힘은 쇠하고 얼굴은 빼빼 말랐네.
마치 저 봄철의 꽃과 같아서
아침에 피었다 저녁에 질 뿐.

我見世間人 世而還復死 昨朝猶二八 壯氣胸襟上
如今七十過 力困形憔悴 恰似春日花 朝開夜落你

[해설] 봄철의 꽃과 같이 아침에 피었다 저녁에 지는 인생은
허망하다. 한산의 시는 이러한 주제가 많으나 이것은 단지 인생
의 허망함을 강조하기보다는 불교적 교화(敎化)의 수단으로 사
용하는 경우가 대부분이다.

멀리 하늘 밖에 높이 솟아서
구름 속 깊은 위태하고 험하여라.
천길 벼랑에 내리지르는 폭포
비단 한 자락 펼쳐 걸어 놓은 듯,
그 밑에는 서심굴 있어
정명교를 가로놓았다.
의젓이 온 세계 억눌려 있어
천태에 그 이름 홀로 높았다.

迥聳霄漢外 雲裡路岧嶢 瀑布千丈流 如鋪練一條
下有棲心窟1) 橫安定命橋2) 雄雄鎭世界 天台名獨超

[해설] 천태산에 이르는 길은 높고 험하지만, 그곳에는 마음
이 깃들일 굴이 있어 온 세계를 억누를 만큼 천태의 이름이 높
다.

---

1) 棲心窟(서심굴): 마음이 깃들이는 굴이라는 뜻으로 상징적인 것인지 실제
   천태산의 지명인지 확실하지 않다.
2) 定命橋(정명교): 천태산 꼭대기에 있는 천연의 돌다리.

홀로 너럭바위 위에 올라앉으면
개울물 소리 차갑고 그윽해라.
고요히 둘러보면 못내 아름다운데
바위 골짝에는 실구름 헤매네.
호젓이 앉아 그윽이 즐기나니
나무 그림자 해 따라 낮아졌네.
내 고요히 내 마음 관하나니
연꽃 한 송이 진흙 속에 피어나네.

盤陀石上坐 谿간冷凄凄 靜玩偏嘉麗 虛巖蒙霧迷
恰然憩歇處 日斜樹影低 我自觀心地 蓮華出淤泥[1]

[해설] 너럭바위에 홀로 앉아
개울물 소리 듣고 헤매는 실구름 바라보며,
시간 가는 줄 모르고 진흙 속에 연꽃 피듯
내 스스로의 마음을 돌이켜본다.
자연과 동화되어 스스로 경계가 무너진다.

---

1) 淤泥(어니): 진흙. 진흙탕.

한산시 · 248

숨어 사는 선비들 인간을 떠나
많이들 산중에 들어가 자네.
푸른 칡넝쿨은 듬성듬성 얽히었고
맑은 개울물은 졸졸졸 흐르나니,
기운은 맑아 편안하고 즐겁고
마음은 길이 깨끗하고 한가롭네.
세상일에 물들기 멀리 떠나서
마음은 고요해 흰 연꽃 같네.

隱士遁人間 多向山中眠 靑蘿疎麓麓1) 碧淵響聯綝2)
騰騰且安樂 悠悠自淸閑 免有染世事 心靜如白蓮

[해설] 세상의 길은 더럽고 소란하고,
마음의 길은 한가롭고 깨끗하네.
세상을 버리고 숨어 사는 선비들에게는
편안함과 즐거움이 함께 하네.

---

1) 麓麓(녹록): 산기슭.
2) 聯綝(연련): 개울물이 흐르는 소리.

한산시 · *249*

고기 먹는 이에게 내 한 말 부치나니
그래 고기 먹을 때 주저하지 않는가!
전생은 이생의 종자요,
내생은 이생의 결과니라.
다만 오늘의 즐거움에 취해
내생의 걱정을 두려워하지 않는 것.
마치 늙은 쥐 밥통에 든 것 같아
배는 부르나 나오기 어렵나니.

寄語食肉漢 食時無逗留1) 今生過去種 未來今日修
祇取今日美 不畏來生憂 老鼠入飯瓮 雖飽難出頭

[해설] 오늘 네가 맛나게 먹고 있는
고깃덩어리가
전생에는 피가 뚝뚝 떨어지는
네 살덩이임을 자각하라.

---

1) 逗留(두류): 한곳에 머물러 나아가지 아니함. 여기서는 주저한다는 뜻.

내 집을 떠나 산에 든 뒤로
겨우 목숨 기르는 맛을 알았네.
폈다 오그렸다 사지는 완전하고
보거니 듣거니 육근도 갖춰졌네.
굵은 베옷은 봄 겨울 갈아들고
누른 쌀밥을 아침 저녁 공양한다.
내 오늘 이렇게 정성스럽게 닦는 것도
오직 부처님 만나 뵙기 원이니라.

自從出家後 漸得養生趣 伸縮四肢1)全 動聽六根2)具
褐衣隨春冬 糲食3)供朝暮 今日懇懇修 願與佛相遇

[해설] 목숨 기르는 맛을 알고 나니, 굵은 베옷 입고 봄 겨울 지내고
굵은 밥을 아침 저녁으로 먹어도 다 즐거운 일이네.
오직 원이 있다면 부처님 만나 뵙는 것뿐이네.

---

1) 四肢(사지): 팔과 다리.
2) 六根(육근): 인식작용의 기본이 되는 인체의 기관. 눈·귀·혀·코·몸·뜻.
3) 糲食(여식): 현미밥. 원래는 굵은 쌀밥.

세상 일 뒤얽혀 길고 길어라.
생을 탐해 일찍이 그칠 줄 모르는구나.
이 땅의 돌을 갈아 다해도
진정 쉴 때는 얻을 수 없겠구나.
사시는 돌고돌아 바뀌어 변하고
팔절은 빨리 흘러 물과 같으니,
내 불난 집 주인에게 알리나니
'바깥에 나와 흰 소를 타라'고.

世事繞悠悠　貪生未肯休　硏盡大地石　何時得歇頭
四時周變易　八節1)急如流　爲報火宅主2)　露地騎白牛

　[해설] 제3구의 뜻은 오랜 시간을 말한다. 곧 겁(劫)을 말함. 겁은 사방 40리나 되는 큰 바위산을 천녀(天女)가 백 년 만에 한 번씩 와서 부드러운 옷으로 그것을 닦아, 그 바위산이 다 닳도록 걸리는 시간을 말한다. 제7·8구의 불난 집은 『법화경』의 말(『한산시』 185와 235 참조).

---

1) 八節(팔절): 입춘·춘분·입하·하지·입추·추분·입동·동지.
2) 火宅(화택): 불난 집.

아아, 우스워라 오음굴 속에
네 마리 뱀이 있어 함께 사는구나.
깜깜 어두워 촛불 하나 없는데
삼독은 번갈아 서로 달려드나니,
거기 도 여섯 도적 짝패를 지어
법 재물의 구슬을 덮쳐 뺏는다.
저 악마의 무리들을 모조리 죽이면
편안히 다시 살아날 것 같으리.

可笑五陰1)窟　四蛇2)同共居　黑暗無明燭　三毒3)遞相驅
伴黨六箇賊4)　劫掠法財珠　斬却魔軍輩　安泰湛如蘇

[해설] 모든 것이 마음 때문이다. 도 닦는 마음속에도 온갖 악
마 깃들어 있나니, 이 악마를 모조리 죽여야 깨달음을 얻으리라.

---

1) 五陰(오음): 인간의 몸과 마음의 기본적 요소. 즉 色·受·想·行·識
2) 四蛇(사사): 四大는 물질을 구성하는 네 가지 원소 땅·물·불·바람.
3) 三毒(삼독): 탐하는 마음·어리석은 마음·성내는 마음.
4) 六箇賊(육개적): 六根(육근)을 매개로 지혜를 해치고 공덕을 덜게 하는 여
   섯 가지 害物(해물). 곧 色(색)·聲(성)·香(향)·味(미)·觸(촉)·法(법).
   六塵(육진)이라고도 함.

내 들으니 한 나라의 무제 때부터

진 나라의 시황에 이르기까지,

그들은 모두 신선술을 좋아해

오래 살려 했으나 끝내 얻지 못했다.

금대에서 이미 목숨이 끊어졌고

사구에서 도리어 멸망했나니,

무릉과 여악 오늘은 어떤가.

잡초만 어지러이 우거졌나니.

常聞漢武帝1) 爰及秦始皇 俱好神仙術 延年竟不長

金臺2)旣摧折 沙丘3)遂滅亡 茂陵4)與驪嶽5) 今日草茫茫

[해설] 신선술을 찾는다 해도 어찌 영생(永生)을 얻겠는가.
오직 마음을 닦아 깨달음을 얻으라. 영생을 얻지 못하면 한
때의 영화가 무슨 소용 있겠는가.

---

1) 漢武帝(한무제): 재위기간 B.C.141-87. 불로장생이 이 시의 주제.
2) 金臺(금대): 한무제가 죽은 宮(궁)의 이름.
3) 沙丘(사구): 진시황이 죽은 곳.
4) 茂陵(무릉): 한무제의 능.
5) 驪嶽(여악): 진시황의 무덤이 있는 산.

이십 년 전 일을 생각하면서
천천히 걸어 국청사로 돌아오네.
국청사에 있는 모든 사람들
한산이 어리석다 서로 이르네.
어리석은 사람 무슨 의심 있으랴.
의심을 가졌어도 생각할 줄 모르네.
나는 아직도 내 스스로 모르나니
어떻게 이것을 알 수 있으랴.
머리를 낮추어 물을 것 없고
물어 본대야 또 무엇하리.
어떤 사람이 있어 나를 꾸짖되
'분명히 환하게 알면서 그런다'고.
그러나 나는 대답하지 않나니
이것이 얼마나 내게 있어 편리한가?

憶得二十年 徐步國淸歸 國淸寺中人 盡道寒山癡
癡人何用疑 疑不解尋思 我尙自不識 是伊爭得知
低頭不用問 問得復何爲 有人來罵我 分明了了知
雖然不應對 却是得便宜

너희들 집난이에게 내 이르나니
어떤 것 일러 집난이라 하는가?
호사로이 이 한 몸 기르기를 구하고
이름난 성바지와 사귀어 노는 것,
맛난 음식으로 혓바닥 달게 하고
아첨하고 굽은 마음 낚시 같은 것,
한종일 도량에서 예배드리고
경을 가져 사업을 계획하는 것,
향로에는 신불에 향을 사르고
종을 치며 멋지게 염불하는 것,

語你出家輩¹⁾ 何名爲出家 奢華求養活 繼綴²⁾族姓家
美舌甜脣髿 諂曲心鉤加 終日禮道場³⁾ 持經置功課
鑪燒神佛香 打鍾高聲和

---

1) 出家輩(출가배): 집나온 사람. 즉 중이 되기 위해서 출가한 사람.
2) 繼綴(계철): 이어서 맺는다는 뜻.
3) 道場(도량): 수행의 장소. 특히 本堂(본당)과 같이 부처를 모시는 法事를
  행하는 장소.

여섯 때로 마음은 바깥 경계 달리면서
밤으로 낮을 이어 눕지 않는 것,
다만 돈과 재물을 사랑하기에
마음속은 언제나 흐리어 있고,
저 도 높고 어진 스님 만나면
도리어 시기하고 비난하는 것.
나귀 오줌을 사향에 겨누는가!
아아, 괴로워라, '나무불타야.'

六時4)學客春 晝夜不得臥 祇爲愛錢財 心中不脫灑
見佗高道人 却嫌誹謗罵 驢屎比麝香 苦哉佛陀耶5)

[해설] 도를 닦기 위해 집 떠난 사람이 해야 할 일을 훈계하
고 위선으로 도를 닦고 말로만 행하는 중을 질타한 시. 가짜로
도 닦은 자들이야말로 진실로 도 높은 어진 스님을 만나면 자신
들의 허물을 숨기려고 도리어 시기하고 비난한다.

아아, 괴로워라,
나무불타야.

---

4) 六時(육시): 이른 아침·한낮·해질녘·초저녁·한밤중·첫새벽의 여섯 때.
5) 佛陀耶(불타야): '부처님이시여'라는 뜻.

한산시 · *256*

내 또 집난이 보니
거기는 공 있는 자, 힘없는 자 있다.
가장 위 되는 절개 높은 사람은
귀신도 그 도덕을 사모하나니,
임금도 수레를 나누어 앉고
제후는 절하며 맞아들인다.
그는 진실로 세상 복 밭 되리니
세상 사람은 아껴야 할 것이다.
가장 밑 되는 어리석은 사람은
거짓을 꾸며 이익을 구하나니,
그의 흐린 정신은 알 수 있는 것
재물과 돈에 마음을 빼앗기네.
복 밭의 옷을 어깨에 걸고
농사를 지어 의식을 도모하고
빚 주어 소와 양을 세로 받는다.
하는 일마다 진실하고 곧지 못해,

又見出家兒 有力及無力 上上高節者 鬼神欽道德

君王分輦坐 諸侯拜迎逆 堪爲世福田 世人須保惜
下下低愚者 許見多求覓 濁濫卽可知 愚癡愛財色
著却福田衣[1] 種田討衣食 作債稅牛犁 爲事不忠直

날마다 악한 일 함부로 저지르며
가끔 궁둥이나 등뼈를 병 앓는다.
바르게 생각할 줄 알지 못하여
지옥의 고통은 끝이 없으리.
하루아침에 병에 휘몰려
삼 년을 자리에 누워 있으면
비록 참 불성을 갖추어 있다 해도
그것은 도리어 무명의 적이 된다.
아아! 가여워라 ‘나무불타야’
멀리 미륵불이나 기다려 볼까!

朝朝行弊惡 往往痛臀脊 不解善思量 地獄苦無極
一朝著病纏 三年臥牀席 亦有眞佛性 翻作無明賊[2]
南無佛陀耶[3] 遠遠求彌勒[4]

---

1) 福田衣(복전의): 중들이 걸치는 가사를 뜻함.
2) 無明賊(무명적): 無明(번뇌). 지혜가 모자라 인식능력이 근본적으로 존재
   하지 않음으로 해서 생기는 번뇌.
3) 南無佛陀耶(나무불타야): 南無는 梵語 Namah, Namo의 음역. 중생이
   佛·法·增의 三寶(삼보)에 진심으로 귀의한다는 말.

[해설] 높고 높은 절개 지닌 사람은 마땅히 세상 사람을 아껴야 할 것이며, 거짓을 꾸며 이익을 구하는 이를 가여워해야 한다. 무명(無明)의 적이 되는 그들이야 말로, 아아! 가여워라.

---

4) 彌勒(미륵): 미륵보살. 인도 波羅奈國(파라나국)의 바라문 집안에서 탄생하여 석존의 化導(화도)를 받고, 미래에 부처가 될 授記(수기)를 받은 후 도솔천에 올라가 현재 그곳에 있으면서 모든 중생을 勸導(권도)한다는 보살. 석존 入滅(입멸) 후 56억 7천만 년 뒤에 이 세상에 나타나서 承林園(승림원) 안의 龍華樹(용화수) 밑에서 成道(성도)한 다음 모든 중생을 제도한다고 함.

한암은 깊어서 더욱 좋아라.
이 길에는 다니는 사람 없구나.
흰 구름은 높은 산에 한가롭고
외로운 잔나비 푸른 골에 휘파람 해,
내게 친할 것 또 무엇 있으랴.
뜻을 펴며 스스로 늙어 가리라.
얼굴은 철을 따라 변하더라도
부디 마음 구슬은 보전해야 하느니라.

寒巖深更好 無人行此道 白雲高岫1)閑 靑嶂孤猿嘯
我更何所親 暢志2)自宜老 形容寒暑遷 心珠3)甚可保

[해설] 한암 깊은 곳에 숨어 있으니 내게 친한 것이 무어 있으랴. 그러나 세월은 지나고 얼굴은 철따라 변해 가도 진실로 보전해야 할 것은 마음 구슬 바로 그것이네.

---

1) 高岫(고수): 높은 산꼭대기.
2) 暢志(창지): 뜻을 펼침.
3) 心珠(심주): 마음 구슬. 즉 마음 그 자체 天眞.

한산시 · 258

홀로 바위 앞에 고요히 앉았으면
하늘 한복판에 둥근 달이 빛나거라.
만상은 모두 그림자 나타내나
달은 본래부터 비추는 것 없나니,
탁 트이어 정신은 절로 맑고
허를 머금어 그윽하고 묘하여라.
손가락을 의지해 달을 보나니
달은 이 마음의 상징이니라.

巖前獨靜坐 圓明當天耀 萬象影現中 一輪本無照
廓然神自淸 含虛洞玄妙 因指見其月 月是心樞要

[해설] 손가락을 의지해 달을 본다는 것은, 손가락으로 달을
가리켜 사람에게 보이면 그 사람은 손가락을 따라서 달을 본다.
그러나 어린애는 손가락만 보고 달을 보지 못한다. 여기서 달은
진여(眞如), 손가락은 그것에 이르는 방법이다.

본뜻은 도의 벗을 그리워하나니
도의 벗은 언제나 친할 수 있다.
때로는 근원을 막는 사람 만나고
매양 선 이야기의 객을 대한다.
달 밝은 밤에는 깊은 진리 이야기하고
해 뜨는 새벽에는 도를 찾는다.
모든 마음 모조리 자취 멸하면
'본래의 사람'을 비로소 아나니.

本志慕道倫 道倫常獲親 時逢杜源1)客 每接話禪賓
談玄月明夜 探理日臨晨2) 萬機俱泯迹3) 方識本來人

[해설] 마음에 일어나는 모든 번뇌 끊어 버리면
'본래의 사람' 되나니,
모름지기 도의 벗을 찾아서
밤낮으로 밤낮으로 궁구하라.

---

1) 杜源(두원): 근원을 막음.
2) 臨晨(임신): 새벽이 됨.
3) 泯迹(민적): 자취가 없어짐.

원래 숨어 사는 선비가 아니면서
산에 사는 사람이라 스스로 일컫는다.
노나라를 섬기면서 책백을 쓰고
또 속건 싸기를 사랑하는구나.
소부·허유의 절개가 있다 하여
요·순의 신하 되기 부끄러워하나니,
우스워라 잔나비가 모자를 쓰고
먼지 피하는 사람 배우려 하는구나.

元非隱逸士 自號山林人 仕魯1)蒙幘帛2) 且愛裏練巾3)
道有巢許4)操 恥爲堯舜臣 獼猴罩帽子 學人避風塵

[해설] 제1구에서 4구까지는 위선적인 선비를 묘사. 제7구와 8구도 그러한 선비를 훈계하는 것. 제5구와 6구는 고사에서 인용.

---

1) 仕魯(사노): 노나라를 섬김. 魯나라는 공자와 맹자가 태어난 예의의 고장. 따라서 이 말은 예절과 절개를 섬긴다는 뜻.
2) 幘帛(책백): 북두감투. 비천한 사람만이 쓰던 모자.
3) 練巾(속건): 빈천한 사람이나 숨어 사는 사람들이 쓰던 모자.
4) 巢許(소허): 巢父(소부)와 許由(허유). 요임금 때의 지조 높은 선비.

옛날부터 신선의 도사라 해서
언제고 사는 것을 보지 못했네.
한번 세상에 나면 반드시 죽어
모두 한줌의 먼지 흙이 되었나니,
해골은 쌓여 비부라산과 같고
이별하는 눈물은 강물을 이루었네.
오직 헛된 이름만 남아 있거니
어찌 생사의 수레바퀴 면할 것인가?

自古諸哲人 不見有長存 生而還復死 盡變作灰塵
積骨如毘富1) 別淚成海津 唯有空名在 豈免生死輪

[해설] 영생(永生)을 얻는 것은 생사의 수레바퀴를 끊어 버
리는 것이다. 육신을 걸머지고 세상에 태어나면 죽음을 면할 수
없으니 죽음을 초월해야 영생을 얻을 것이다.

---

1) 毘富(비부): 인도에 있다는 산 이름. 毘富羅山(비부라산). 『열반경』에 중생
   이 죽고 남을 거듭할 때마다 그 해골이 쌓여 비부산보다 높게 된다는 이
   야기가 있다.

내 오늘 바위 앞에 나와 앉았더니
앉아 한참 만에 연기구름 걷히네.
한 가락 맑은 개울물 소리 차고
여기는 천길 푸른 산꼭대기.
아침에는 흰 구름 그림자 조용하고
밤에는 밝은 달빛 서려 도는 곳,
내 몸에 한 점 티끌 없거니
마음속엔들 무슨 걱정 있으랴!

今日巖前坐　坐久烟雲收　一道淸谿冷　千尋碧嶂1)頭
白雲朝影靜　明月夜光浮　身上無塵垢2)　心中那更憂

[해설] 천길 푸른 산꼭대기에 앉아
티끌 먼지로 돌아갈
내 몸에 한 점 걱정 없으니
또다시 어느 곳에서 도(道)를 구하리.

---

1) 碧嶂(벽장): 푸른 산꼭대기.
2) 塵垢(진구): 먼지와 때.

한산시 · 263

구름도 많아라, 물소리는 맑아라,
그 가운데 한가한 한 선비 있다.
낮에는 푸른 산을 거닐어 놀고
밤에는 바위 아래 돌아와 자네.
바뀌는 봄·가을 제대로 맡겨 두고
고요하고 그윽해 번거로움 없네.
아아! 시원해라 의지할 곳 없나니
그저 고요하기 가을 물 같네.

千雲萬水閒 中有一閑士 白日遊靑山 夜歸巖下睡
倏爾1)過春秋 寂然無塵累2) 快哉何所依 靜若秋江水

[해설] 한가로운 한 선비는 한산 자신.
시원해라, 의지할 곳 없나니,
이 세상 속박을 모두 다 벗었구나.

---

1) 倏爾(숙이): 갑자기. 세월이 흐름을 묘사하는 말.
2) 塵累(진루): 세속의 번거로움.

한산시 · *264*

네게 권하나니 오감을 좀 쉬어라.
저 염마 첨지에게 시달리지 말라.
한번 잘못 디뎌 삼도에 들면
한없는 매질에 온 뼈가 가루 되며,
길이 저 지옥에 든 사람 되어
다시는 이생 길에 나오지 못하리니,
부디 힘쓰라 내 말을 믿어
너 옷 속의 보물 알아 가져라.

勸이休去來 莫惱佗閻老1) 失脚入三途2) 粉骨遭千擣
長爲地獄人 永隔今生道 勉你信余言 識取衣中寶

[해설] 제8구의 옷 속의 보물이란 부처의 성품을 보배 구슬
에 비유한 것이다. 진정한 깨달음은 밖에 있는 것이 아니라 네
자신 속에 있다.

---

1) 閻老(염노): 염라대왕.
2) 三途(삼도): 六道 중의 나쁜 셋. 즉 수라·축생·지옥.

세상 일등 간다는 사람들 보니
세상 사람 웃음 감 되기에 넉넉하네.
집을 떠나와 제 몸을 괴롭히며
세상을 속여 도 닦는다 하는구나.
버젓이 가사·장삼 입었다 해도
그 속에는 벼룩이 들끓고 있네.
차라리 모든 것 버리고 돌아와
바로 마음의 왕 알아 가져라.

世間一等流 誠堪與人笑 出家弊己身 誑俗將爲道
雖著離塵衣1) 衣中多養蚤 不如歸去來 識取心王好

[해설] 위선적인 승려를 질책한 시. 이 주제는 한산시에서
계속 반복되는 것 중의 하나이다. 형식에 구애받지 않고 마음속
의 왕, 즉 천진(天眞)을 회복하라는 것.

---

1) 離塵衣(이진의): 가사의 별칭.

한산시 · *266*

높은 산봉우리 꼭대기 올라
사방을 돌아봄에 끝이 없구나.
나 혼자 앉았음에 아는 사람 없고
찬 샘물에 외로운 달이 비쳐 있다.
샘물에는 원래 달이 없거니
달은 스스로 저 하늘에 있었다.
내 노래 한 곡조를 불러 보나니
이 노래 속에 곧 선이 있지 않는가?

高高峰頂上 四顧極無邊 獨坐無人知 孤月照寒泉
泉中且無月 月自在靑天 吟此一曲歌 歌中不是禪

[해설] 샘물과 노래가 대응되고 달과 선(禪)이 대응되고 있
다. 즉 샘물에 달이 비치듯이 노래 속에 선이 있다는 것.

여기 한 왕가의 수재 있어
격에 맞지 않다고 내 시를 비웃나니,
가로되 벌의 허리도 알지 못하고
또 학의 무릎도 알지 못하며,
높고 낮은 요도 알지 못해서
그 말이 모두 분명하지 못하다고.
그러나 나는 너의 시를 비웃나니
장님이 해를 노래하는 것 같네.

有箇王秀才[1] 笑我詩多失 云不識蜂腰[2] 仍不會鶴膝[3]
平側[4]不解厭 凡言取次出 我笑你作詩 如盲徒詠日

---

1) 王秀才(왕수재): 수재는 과거에 응시자격을 가진 자의 속칭. 왕은 일반적
   인 성씨.
2) 蜂腰(봉요): 한시에서 금기시하는 八病(팔병)의 하나. 곧 平頭(평두)·上尾
   (상미)·蜂腰(봉요)·鶴膝(학슬)·大韻(대운)·小韻(소운)·傍紐(방뉴)·正
   紐(정뉴). 오언시에서는 1구의 제2자와 제5자가 같은 성조일 때를 말함.
3) 鶴膝(학슬): 八病의 하나. 오언시에서는 1구의 제5자와 3구의 제5자에 같
   은 平聲(평성)을 쓰는 일.
4) 平側(평측): 平仄(평측). 漢字의 平韻(평운)과 仄韻(측운). 平字는 발음에
   고저가 없는 것으로 上平과 下平이 있으며, 仄字는 上·去·入의 三聲이
   있어 발음이 前後高低가 있는 글자. 평운은 30, 측운은 76인데 한시를 지
   을 때는 이 평측을 조화시키는 것이 원칙이다.

내 마을 집에 살고 있나니
아비도 없고 또 어미도 없다.
성도 없으며 또 이름도 없어
사람들은 그저 장왕이라 부른다.
또 나를 가르치는 사람도 없으매
가난하고 천한 것 예사로 안다.
그러나 내 마음 참되고 확실하여
금강처럼 단단한 것 나는 사랑하나니.

找住在村鄉　無爺亦無孃1)　無名無姓第　人喚作張王2)
並無人教我　貧賤也尋常　自憐心的實　堅固等金剛3)

[해설] 내 마음 참되고 확실하여 금강처럼 단단하니,
세상 사람들이 나를 무어라 부르더라도
조금도 흔들림 없노라.

---

1) 爺孃(야양): 아비와 어미.
2) 張王(장왕): 별 의미 없는 일반적인 성씨를 말하는 듯. 즉 張三李四의 張
　인 듯. 王字를 쓴 것은 운을 맞추기 위한 것.
3) 金剛(금강): 여래의 知德(지덕)이 견고하여 일체의 번뇌를 깨뜨림을 비유
　하는 말.

한산이 비록 이런 말을 내지마는
아무도 내 말을 믿지 않는다.
벌꿀은 달아 누구나 맛보지만
황련은 써서 먹는 사람 없으며,
제 뜻에 맞으면 기뻐하더니
제 마음 거슬리면 화를 내는구나.
그러나 보라, 저 나무 꼭두각시
한바탕 놀고 나면 괴로움뿐인 것을.

寒山出此語 此語無人信 密㖓足人嘗 黃連苦難吞
順情生喜悅 逆意多瞋恨 但看木傀儡1) 弄了一場困

[해설] 한산의 시가 황련과 같이 입에는 쓰지만 참 진실을 말하고 있으니 참다운 맛이 있다는 것.

---

1) 傀儡(괴뢰): 꼭두각시.

한산시 · *270*

내 사람들 경 읽는 것 보니
다만 그 말만을 의지해 아는구나.
입으로만 읽고 마음 읽지 않으매
마음과 입이 서로 어긋나나니,
마음이 참되어 굽지 않으면
어떤 번뇌도 짓는 일 없으리라.
다만 스스로 제 마음 돌아보아
남으로 하여금 너 대신하게 말라.
이 가운데서 진정 주인이 되면
비로소 안팎 없는 줄을 알리라.

我見人轉經 依佗言語會 口轉心不轉 心九相違背
心眞無委曲 不作諸纏蓋1) 但且自省躬2) 莫覓佗替代
可中作得主 是知無內外3)

---

1) 纏蓋(전개): 얽히어 덮임. 즉 번뇌를 이르는 말.
2) 自省躬(자성궁): 스스로 자신의 마음을 반성함.
3) 無內外(무내외): 안팎이 없음. 眞如(진여)의 상태.

한산에는 다만 흰 구름뿐인가.
고요하고 그윽해 티끌을 버렸네.
풀 자리는 이 산 집의 살림,
외로운 등불은 밝은 달이 대신하네.
돌 평상은 푸른 늪에 다다랐고
호랑이 · 사슴은 언제나 벗이 되네.
그윽이 살기를 스스로 즐겨 해
길이 '형상 세계의 바깥' 사람 되나니.

寒山唯白雲 寂寂絶埃塵 草座山家有 孤燈明月輪
石牀臨碧沼 虎鹿每爲隣 自美幽居樂 長爲象外人

[해설] 형상 세계의 바깥 사람이란
눈에 보이는 것에 집착하지 않고
진실한 마음의 눈을 뜬 사람.

사슴은 깊은 숲 속에 나서
물마시고 풀 먹으며 자라나거라.
나무 밑에서 발 뻗고 자며
아무 시름없는 것 사랑스러워라.
이놈을 잡아다 우리에 편히 넣어
맛난 먹이를 아무리 갖다 주어도
한종일 즐거이 먹으려 하지 않고
그 꼴은 갈수록 여위어 가는구나.

鹿生深林中 飮水而食草 伸脚樹下眠 可憐無煩惱
繫之在華堂 餚饍1)極肥好 終日不肯嘗 形容轉枯槁2)

[해설] 사슴을 잡아서 우리에 넣고 난 다음에는 아무리 맛난
먹이를 주어도 사슴은 제가 놀던 숲과 제가 자라던 초원을 생각
할 뿐이다.

---

1) 餚饍(효선): 맛있는 반찬.
2) 枯槁(고고): 초목이 마름. 또는 사람이나 동물이 여윔.

꽃가지 위의 황금 꾀꼬리
꾀꼴꾀꼴 그 소리 아아 귀엽다.
고운 얼굴 옥 같은 미인이 있어
그 소리 따라 거문고 타고 있다.
꾀꼬리도 거문고도 몰라주는 정
그리운 마음은 임에게로 달리나니,
꽃도 떨어지고 새도 또 날은 뒤에
가을바람 앞에 뿌리는 눈물이여!

花上黃鶯子 관관聲可怜 美人顔似玉 對此弄鳴絃
玩之能不足 眷戀在齠年[1] 花蜚鳥亦散 灑淚秋風前

[해설] 한산시의 매력을 잘 나타내 주는 매우 아름다운 시.
초년(齠年)은 부처를 의미하는 듯. 그러나 불교적으로 읽지 않
아도 시의 의미는 조금도 죽지 않는다. 불교적이면서도 보편적
이기도 한 이런 점이 바로 한산시의 묘미이다.

---

1) 齠年(초년): 이를 갈 나이. 7, 8세. 여기서는 어린 시절을 말함. 譯詩(역시)
   에서는 임으로 번역해서 詩意(시의)를 상승시켰다.

찬 바위 밑에 깃들어 살면
별스레 그윽한 일 새삼 신기해,
때로는 시름없이 바구니 들고 나가
빨간 여자랑 산과실 캐어 오고,
베옷 그대로 떼풀을 깔고 앉아
질금질금 생으로 자초도 씹어 보네.
맑은 개울물에 바리를 씻고
한데 뒤섞어 아욱을 국 끓인다.
볕바른 양지에 누더기 안고 앉아
옛사람 시를 한가로이 뒤적이네.

棲遲寒巖下 偏訝最幽奇 携籃采山茹 挈籠1)摘果歸

蔬齊敷茅座 啜啄2)食紫芝 淸沼濯瓢鉢3) 雜和煮稠稀4)

當陽擁裘坐 閑讀古人詩

---

1) 挈籠(설롱): 대바구니를 손에 든다는 뜻. 즉 붉은 과실을 따서 바구니에
   들고 돌아온다는 뜻.
2) 啜啄(철탁): 음식을 씹음.
3) 瓢鉢(표발): 박으로 만든 중의 밥그릇. 즉 바리.
4) 稠稀(조희): 풀 이름. 구체적으로 무엇인지는 알 수 없음.

여기는 옛날부터 경행(經行)하던 곳,
내 여기 이제 또 칠십 년이 지났거니
옛날 그 사람들 이제 어디 갔는가.
잡초 무덤 속에 쓸쓸히 누워 있네.
나도 이제 늙어 머리는 흰데
혼자 흰 구름 산을 지키고 있다.
내 알리나니 '뒤에 오는 사람들아,
왜 옛 어른의 말을 읽지 않는가?'

昔日經行¹⁾處 今復七十年 故人無來往 埋在古冢間
余今頭已白 猶守片雲山 爲報後來子 何不讀古言

[해설] 옛 어른의 말씀을 왜 읽지 않는가. 참다운 길을 찾으려는 이는 옛 어른의 말을 평생토록 되풀이 읽는다. 공자(孔子) 또한 가죽 끈이 몇 번이나 끊어지도록 『주역(周易)』을 읽지 않았던가. 옛 경전(經典)을 읽지 않고 오늘을 안다 함은 거짓이다.

---

1) 經行(경행): 경을 배우고 읽음.

저 동쪽 산 바위에 살아 보자고
벼른 지 이제 몇 해나 되었던가?
이제 와 칡넌출을 더위잡고 올랐더니
바람 연기에 반 길 못 가 시달렸네.
소슬 길이라 옷자락 어물대고
이끼 미끄러워 신발은 주춤거린다.
차라리 이 붉은 계수나무 밑에서
흰 구름 베개 하고 잠깐 한잠 잘거나.

欲向東巖去　于今無量年　昨來攀葛上　半路困風煙
徑窄衣難進　苔黏履不前　住茲丹桂下　且枕白雲眠

[해설] 동양적 사고의 본바탕은 자연은 정복하거나 정복되는 것이 아니다. 자연과 인간은 항상 동질적인 것이다. 따라서 동쪽 산 바위도 정복해야 할 대상이 아니다. 세속을 떨치고 마음에 그리던 바위산에 살면서 흰 구름 베개 하고 잠깐 잠이나 한잠 잘까.

내 날카로이 지혜로운 사람 보니
한 번 관해서 문득 그 뜻을 아네.
구태여 문자를 빌리지 않고
바로 저 여래 땅에 들어가는구나.
마음은 인연 따라 나돌지 않고
의근은 망령되이 일어나지 않나니,
마음과 뜻이 모두 나지 않을 때
안팎이 두루 딴일 없어라.

我見利智人 觀者便知意 不假尋文字 直入如來地
心不逐諸綠 意根不妄起 心意不生時 內外無餘事

[해설] 제6구의 의근(意根)은 육근(六根: 눈·귀·혀·코·
몸·뜻) 중 뜻을 말한다. 제8구의 '내외무여사(內外無餘事)'는
제4구의 '여래지(如來地)'와 같은 것.

모든 법 가운데 위없는 왕에게
내 머리를 조아려 예배하나니,
큰 사랑과 슬픔, 또 기쁨과 버림
그 거룩한 이름 시방에 두루 하네.
모든 중생의 의지할 곳이 되는
금강같이 단단한 지혜의 몸,
집착 없는 그에게 정례 하나니
나의 스승은 큰 법의 왕이어라.

我今稽首禮　無上法中王　慈悲大喜捨　名稱滿十方
衆生作依怙　智慧身金剛　頂禮無所著　我師大法王

[해설] 제3구의 자비(慈悲)와 희사(喜捨)는 사무량심(四無量
心)이라 한다. 부처의 큰마음을 말함. 법왕(法王)은 바로 부처를
이른다.

그대여 보라, 나뭇잎 속의 꽃을
그 아름다움인들 몇 해일까?
오늘은 사람의 손 두려워하지만
내일 아침에는 누구에게 쓸릴 것인가!
가여워라, 저 아리땁고 예쁜 정도
해가 흘러 어느새 늙고 마나니,
이 세상 사람 저 꽃에 비한다면
꽃다운 그 얼굴 어이 오래 갈 것인가!

君看葉裡花 能得幾時好 今日畏人攀 明朝待誰掃
可憐嬌艶情1) 年多轉成老 將世比於花 紅顔豈長保

[해설] 꽃의 아름다움은 인간의 젊음에 비유되나니, 꽃이 지
듯 인간도 늙어 어느 틈에 참다운 진리 구할까.

---

1) 嬌艶情(교염정): 아리땁고 예쁜 정.

채색 그림 기둥은 내 집 아니요,
푸른 숲 속이 원래 이내 집이니라.
한평생 지나기 잠깐이려니
모든 일 아직 멀다 말하지 말라.
너 몸 건지기에 떼배 짓지 않으면
꽃을 캐다가 큰물에 휩쓸리리.
착한 뿌리 오늘에 심지 않으면
그 싹트는 것 언제나 기다리리.

畫棟非我宅　靑林是我家　一生俄你過　萬事莫言賒
濟度不造筏1)　漂淪爲采花　善根今未種　何日見生芽

[해설] 제1구의 화동(畫棟)은 속세, 제2구의 청림(靑林)은 자
연, 혹은 진여(眞如)로 이르는 장소. 제6구는 묘한 꽃을 탐해 이
것을 꺾으려다가 물에 휩쓸린다는 것으로, 속세의 명리를 좇는
것을 훈계하는 것.

---

1) 筏(벌): 떼. 떼는 물 위에 띄워 타고 다니는 긴 나무토막 또는 대 토막을
　엮은 것을 말한다.

내 이 세상에 난 지 삼십 년 그 동안에
헤매어 돌기 천만리로 놀았다.
강으로 나갔더니 푸른 풀 우거지고
국경에 이르매 붉은 티끌 아득했다.
헛되이 약 만들어 신선도 구해보고
부질없이 시도 짓고 책도 읽었다.
이제 비로소 좋이 한산으로 돌아와
개울을 베고 누워 귀를 씻노라.

出生三十年 常遊千萬里 行江靑草合 入塞紅塵起
鍊藥空求仙 讀書兼詠史1) 今日歸寒山 枕流兼洗耳

[해설] 제8구는 허유(許由)와 손초(孫楚)의 고사에서 유래한
것. 허유는 요임금이 자기에게 임금의 자리를 물려주려 함에 냇
가로 가서 불쾌한 소리를 들었다고 해서 귀를 씻었다 함. 또 진
(晋)나라의 손초가 젊었을 때, 숨어 살려고 황제에게 가서 "돌
을 베개하고 개울물에 양치질하고 싶다"고 한 말이 잘못되어

---

1) 詠史(영사): 과거의 인물과 사건을 주제로 시를 짓는 일.

“물을 베개하고 돌에 양치질 하겠다”고 했다. 이에 황제는 “물을 벨 수 없고 돌은 양치질할 수 없다”고 질책했다. 그때 손초는 “물을 베는 것은 귀를 씻고자 함이요, 돌에 양치질하는 것은 이를 단련하고자 함이다” 라고 했다 한다.

한산의 이 번뇌 없는 바위여!
생사 나루 건너는 나룻배일세.
여덟 바람 불어도 움쩍 않나니
만고에 모든 사람 그 묘를 전해 왔다.
고요하고 한가해 안거에 편안하고
비고 그윽해 남의 시비 떠났다.
차고 긴 밤이면 달 더욱 외롭고
때로는 둥근 달빛 한층 정답네.

寒山無漏巖 其巖甚濟要 八風1)吹不動 萬古人傳妙
寂寂好安居2) 空空離譏誚 孤月夜長明 圓月常來照

호구의 도생이나 호계의 혜원
그들 불러 설법하고 웃을 것 없다.
또 세상에는 임금 스승 있지만

---

1) 八風(팔풍): 사람의 마음을 뒤흔드는 세상 바람. 이익·쇠약·비방·명
   예·칭찬·참소·고통·즐거움.
2) 安居(안거): 梵語로는 vársika, 雨期라는 뜻. 중이 일정한 기간 동안 외출
   하지 않고 한데 모여 수행하는 일. 인도에서 우기에 출입이 어려운 데서
   생긴 제도임. 음력 4월 16일에 시작하여 7월 15일에 끝남.

저 주공·소공에 비기지 말라.
내 이 한암 틈에 숨어 살 적부터
언제나 쾌활하게 노래하고 웃느니라.

虎丘3)兼虎谿4) 不用相呼召 世間有王傳 莫把同周召5)
我自遯寒巖 快活長歌笑

[해설] 한산의 바위는 생사의 나루터를 건너는 나룻배이니,
사람의 마음 뒤흔드는 어떤 바람도 이겨내고
만고의 진리를 깨닫게 하네. 비고 그윽하여 외롭고 정다우니
그 이외에 무슨 설법이 필요하랴.
누가 이 진정한 나룻배를 벗으로 삼지 않겠는가.

---

3) 虎丘(호구): 蘇州(소주)에 있는 산 이름. 여기서 東晋(동진)의 僧 道生(도생)이 돌을 상대로 설법을 하였는데 모든 돌이 설법을 알아들었다고 한다.
4) 虎谿(호계): 廬山(여산)에 있는 계곡. 東晋의 高僧 慧遠(혜원)이 여산에 들어간 지 30년, 손님을 전송할 때 한번도 호계 밖으로 나온 적이 없었다. 그런데 도연명과 육수정을 전송하면서 이야기하느라고 호계를 지나 나왔다. 그래서 세 사람은 뒤를 돌아보며 크게 웃었다.
5) 周召(주소): 周나라의 周公과 召公. 모두 周나라 成王의 스승이다.

중이 되어 계율도 지키지 않고
도사로서 또 약도 먹지 않는구나.
옛날부터 그 많은 어질다는 사람들
모두 다 푸른 산기슭에 누웠나니.

沙門不持戒 道士不服藥 自古多少賢 盡在靑山脚

[해설] 제2구의 도사(道士)가 약을 먹지 않는다는 것은 당나
라 때의 도사는 불노불사(不老不死)를 위해 단약을 먹었다는 풍
습에서 유래한 말. 계율도 지키지 않고 약도 먹지 않으면서 진
정한 도를 구한다는 것이니, 옛날부터 많은 구도자들이 계율을
지키고 약을 먹었지만 참다운 도를 얻지 못했음을 풍자적으로
노래한 시이다.

사람이 있어 내 시를 비웃는구나.
그러나 내 시는 고상하고 법에 맞네.
정현의 주석도 번거롭게 할 것 없고
모장의 해설도 힘입을 것 없나니
아는 사람 드문 것 불평하지 않노라.
다만 진정 아는 이 적기 때문이니라.
만일 거기 궁상(宮商)을 찾게 한다면
내 병은 영원히 그칠 때 없으리라.
어쩌다가 진실로 눈 밝은 이 만나면
이내 저절로 천하에 퍼지리라.

有人笑我詩 我詩合典雅1) 不煩鄭氏2)箋 豈用毛公3)解

不恨會人稀 祇爲知音寡 若遣趁宮商4) 余病莫能罷

忽遇明眠人 卽自流天下

---

1) 典雅(전아): 典은 고대 중국의 전설상의 다섯 임금이 지은 책. 특히 『書經』
   을 말함. 雅는 『詩經』의 제2부와 3부를 말함.
2) 鄭氏(정씨): 後漢 때 『詩經』을 주해한 유명한 학자인 鄭玄(정현).
3) 毛公(모공): 前漢의 毛萇(모장). 역시 『시경』을 주해한 유명한 학자.
4) 宮商(궁상): 원래는 중국 음악의 5음계 중 두 가지. 여기서는 시의 음조
   또는 리듬을 가리킴.

닷 자배기 오백 편,
일곱 자배기 칠십구
석 자배기 이십일
모두 합쳐 육백 수
전부 보기로 바위에 쓰면서
스스로 좋은 솜씨 자랑할거나.
만일 누가 있어 내 시를 알면
그는 곧 여래의 어머니니라.

五言五百篇 七字七十九 三字二十一 都來六百首
一例書巖石 自誇云好手 若能會我詩 眞是如來母

[해설] 현재 전하는 한산시는 374수이니 위의 시로 보면 대
개 반이 조금 넘게 전하고 있음을 알 수 있다. 현전하는 시 속
에도 후세인들의 작품이 상당수 가산되어 있을 것으로 짐작된
다. 여래의 어머니가 한산의 시 속에 숨어 있으니, 깨닫고 싶은
사람들이여 이를 찾으라.

내 일찍이 총명한 선비 보았다.
두루 알아 지혜롭기 짝이 없었다.
한번 뽑혀 이름은 세상을 흔들었고
닷 자배기 시구는 뭇 사람 뛰어났었다.
관리 되어 다스림에 선배를 뛰어넘고
그 때문에 뒤를 이을 후배 없었다.
어느새 부귀와 여자를 탐하더니
봄바람에 얼음 녹듯 자취 없었다.

余曾昔覩聰明士 搏達英靈無比倫 一選嘉名喧宇宙 五言詩句越諸人
爲官治化超先輩 直爲無能繼後塵 忽然富貴貪財色 瓦解氷消不可陳

[해설] 한산시의 주류는 오언율시(五言律詩)이다. 칠언시(七言詩)는 약 20편 가량 전한다. 이 시 역시 지식을 가진 선비의 허망함을 노래한 것.

쾌락을 찾아 오직 애욕을 탐하는 사람
백년 제 몸 가운데 화 있는 줄 모르네.
부디 저 아지랑이나 물거품 보라,
덧없는 사람의 몸 무너질 것 깨달으리.
장부의 뜻과 기운 쇠처럼 단단한데
굽지 않는 마음속에 도 스스로 참되나니,
눈 속의 푸른 대의 높은 절개여
굽히지 않는 정신 비로소 알겠구나.

貪愛有人求快活　不知禍在百年身　但看陽燄1) 浮漚水2)　便覺無
常敗壞人
丈夫志氣直如鐵　無曲心中道自眞　行密節高霜下竹　方知不枉用
心神

[해설] 눈 속의 푸른 대의 높은 절개여, 굽지 않는 마음속에
참된 도가 있구나. 부질없이 사라지는 아지랑이나 물거품을 돌
아보라. 장부의 뜻과 기운 쇠처럼 단단하구나

---

1) 陽燄(양염): 아지랑이.
2) 漚水(구수): 물거품.

생각하라, 너 어리석게 머리 싸매고
무명의 나찰굴로 반가이 드는구나.
내 재삼 전하나니 '빨리 수행하라'고
네 마음 흐리어 어쩔 줄 모르는구나.
이 한산의 말을 즐거이 듣지 않고
갈수록 업만 더해 허덕이나니,
머리 끊어 두 동강 몸 난 뒤에야
비로소 너 몸이 도적인 줄 알리라.

汝謂埋頭癡兀兀1) 愛向無明2)羅刹窟 再三勸你早修行 是你頑
癡心恍惚
不肯信受寒山語 轉轉倍加業汨汨3) 直待斬首作兩段 方知自身
奴賊物

[해설] 네 몸이 너를 죽게 하는 도적인 줄 언제야 알겠느냐
마음의 눈 밝히려는 데 구차한 육신이 너로 하여금 탐욕과 재물
에 허덕이게 만드는구나.

---

1) 兀兀(올올): 마음을 한곳에 모아 골똘하게 생각하는 모양.
2) 無明(무명): 근본적으로 인식능력이 부족하여 생기는 번뇌.
3) 汨汨(골골): 물에 빠져 허덕이는 모양.

첩첩한 구름 산은 하늘 높이 푸르른데
험한 길 숲은 깊어 사람 자취 없어라.
눈을 멀리 바라보면 외로운 달은 밝은데
지저귀는 새 소리 귓가에 어지럽네.
늙은 지아비 홀로 푸른 산에 깃들어
좁은 방에 한가히 흰 털에 맡겨 두네.
돌아보면 지난 때나 또 오늘도
무심하기 등으로 흐르는 물 같나니.

雲山疊疊連天碧 路僻林深無客遊 遠望孤蟾1)明皎皎 近聞群鳥
語啾啾
老夫獨坐棲靑嶂 少室2)閑居任白頭 可歎往年與今日 無心還似
水東流3)

[해설] 무심하게 흘러가는 물을 배우라. 첩첩 구름 깊은 푸
른 산에서 언제나 배울 것은 무심하게 흘러가는 물이 아니던가.

---

1) 孤蟾(고섬): 외로운 달빛. 蟾(섬)은 달 또는 달빛.
2) 少室(소실): 하남성에 있는 산 이름. 譯詩에서는 좁은 방으로 번역.
3) 水東流(수동류): 강이 동쪽으로 흘러감.

한번 한산에 들자 만사를 쉬었나니
다시 마음에 이는 잡생각 없네.
한가히 돌집 벽에 싯줄이나 끼적이며
제대로 맡겨 두어 뜬 배 같구나.

一住寒山萬事休 更無雜念佳心頭1) 閑於石室題詩句 任運還同不繫舟2)

[해설] 마음에 잡생각 일지 않으니,
몸은 제대로 맡겨 둔
뜬 배와 같구나.

---

1) 心頭(심두): 마음.
2) 繫舟(계주): 배를 맴.

내 보니 장승요는 뛰어난 성질
묘하게도 양나라에 태어났고,
도자 또한 보통에서 뛰어난 솜씨
휘두르는 저 붓끝은 익숙하게
진실을 나타내는 특별한 의기,
용과 귀신 달리는 높은 그 정신.
허공을 모양 뜨고 티끌 자취 그리어도
끝내 지공 모습은 그리지 못했나니.

余見僧繇[1]性希奇 巧妙間生梁朝時 道子[2]飄然爲殊特 二公善繪手毫揮

逞畫圖眞意氣異 龍行[3]鬼走神巍巍 饒貌虛空寫塵跡 無因畫得志公[4]師

---

1) 僧繇(승요): 張僧繇. 梁나라 때의 화가. 畫龍點睛의 故事로 유명하다.
2) 道子(도자): 吳道子(오도자). 당나라 현종 때의 화가. 그림의 聖人이라 불림.
3) 龍行(용행): 장승요가 용을 다 그리고 마지막으로 눈동자에 점 찍으니, 용이 생동하여 하늘로 날아가 버렸다는 고사에서 유래하는 말.
4) 志公(지공): 양나라의 유명한 중. 양의 무제가 장승요에게 지공의 모습을 그리라 했으나 승요는 붓을 놓고 어쩔 줄 몰랐다. 지공은 손가락으로 얼굴을 갈라 잡아 12면 관세음보살의 상을 나타내었기 때문에 혹 자비스럽고 혹 위엄이 있어 승요는 끝내 지공의 모습을 그리지 못했다.

내 한산에 살아 몇 가을 지났던고
혼자 노래하며 시름 걱정 끊었노라.
다복싸립 열린 채로 항상 그윽해
단 장이 솟는 샘물 절로 흐르네.
돌집 땅 화로에 모래솥 끓고
소나무꽃 잣나무 싹 유향(乳香) 담은 병,
배고파 한 알 아가다 약 먹으면
기분 아늑히 돌에 기대어 눕는다.

久住寒山凡幾秋 獨吟歌曲絶無憂 蓬扉不掩常幽寂 泉通甘漿長
自流

石室地爐砂鼎1)沸　松黃柏茗乳香2)甌　飢湌一粒伽陀藥3)　心地
調和倚石頭

[해설] 불로장생(不老長生)의 환약 먹고 아늑한 기분으로 돌
에 기대어 누웠으니 신선이란 바로 이것이 아닌가.

---

1) 砂鼎(사정): 仙藥(선약)을 끓이는 솥.
2) 乳香(유향): 고귀한 향료, 신선들이 辟穀(벽곡)할 때 먹는다는 약.
3) 伽陀藥(가다약): 환약. 阿伽陀藥(아가다 약). 모든 병을 없앤다는 약.

천 번 나고 만 번 죽어 언제 그칠꼬
오고 감에 갈수록 장님놀이다.
마음속의 값없는 보배 모르고
마치 눈먼 망아지 제 발길에 맡기는 듯.

千生萬死何時已 生死來去轉迷盲 不識心中無價寶 猶似盲驢信
脚行

[해설] 제1구의 "천 번 나고 만 번 죽는다"는 것은 육도(六
道)의 윤회를 끊임없이 반복한다는 것. 제3구의 '마음속의 보물'
이란 천진(天眞)을 말함.

늙고 앓고 괴로운 평생 백 년 남짓해
누른 얼굴 흰 머리에 산중을 좋아하여,
베옷으로 몸을 싼 채 인연 따라 지내거니
어찌 인간들의 꾸민 꼴을 부러워하리.
다만 명리 위해 마음을 괴롭히고
몸을 돌보느라 온갖 탐욕 일으키네.
인생은 덧없어라 등불 심지 같나니
무덤에 들고 나면 있는 건가? 없는 건가?

老病殘年百有餘 面黃頭白好山居 布裘擁質隨緣過 豈羨人間巧
樣模
心神用盡爲名利 百種貪婪1)進己體 浮生幻化如燈燼2) 冢內埋
身是有無

[해설] 등불 심지 다 닳으면 무엇으로 어둠을 비출까.
탐욕에 스스로를 불태우는 보잘것없는 인간들아,
이 이치를 깊이 생각해 보라.

---

1) 貪婪(탐람): 욕심 많음. 貪은 금전에 대한 욕심이고, 婪은 음식에 대한 욕심.
2) 燈燼(등신): 등불이 타다가 남은 찌꺼기. 즉 보잘것없는 것.

세상에 어떤 일이 가장 슬픈고!
그 모두 삼도의 업을 지을 뿐
흰 구름 바위 아래 홀로 깃든 사람,
한 벌 찬 누더기 이 한평생인걸.
가을이 와 잎이 지면 지는 대로 맡겨 두고
봄이 오면 가지마다 꽃은 피어라.
삼계에 일이 없어 잠만 자나니
맑은 바람 흰 달이 이내 집일러라.

世間何事是堪嗟1) 盡是三途2)造罪樝3) 不學白雲巖下客 一條
寒衲是生涯
秋到任佗林落葉 春來從你樹開花 三界橫眠閑無事 明月淸風是
我家

[해설] 가진 것 없는 자 진실로 행복하다. 물욕(物欲)을 끊고
나니 무엇이 부러우랴. 맑은 바람 흰 달이 다 내 집이로구나.

---

1) 堪嗟(감차): 견디기에 힘든 슬픔. 가장 큰 슬픔.
2) 三途(삼도): 수라·축생·지옥.
3) 罪樝(죄사): 많은 죄.

내 옛날에 바다로 나가 헤매던 것은
맹세코 마니구슬 얻기 위해서였다.
용궁의 그윽한 곳을 바로 들어가면
주신은 금관문의 끊어진 것 걱정한다.
용왕은 보배 구슬 귓속에 간직하고
칼 든 장수 들러서 찾을 길 없었다.
내 부질없이 집으로 돌아와 보니
보배 구슬은 원래 내 마음에 있었다.

昔年曾到大海遊 爲采摩尼1)誓懇求 直到龍宮2)深密處 金關銷
斷3)主神愁
龍王守護安耳裏 劍客星揮無處搜 賈客却歸門內去 明珠元在我
心頭

[해설] 마니구슬은 진여(眞如). 진여는 밖에 있지 않고 마음
에 있다. 부질없이 산으로 바다로 찾아다니지 말라.

---

1) 摩尼(마니): 梵語mani의 역어. 珠·寶·如意라 번역. 용왕의 뇌 속에서 나
  왔다고 하는 寶珠(보주). 이것을 얻으면 소원이 뜻대로 이루어진다고 함.
2) 龍宮(용궁): 제8아라야識(식)에 비유한 것.
3) 銷斷(소단): 흩어지고 끊어짐.

별은 멀리 있고 밤빛은 깊었는데
바위에 외로운 등불 달은 기우네.
뚜렷이 찬 광명 이지러짐 없거니
하늘에 걸려 있어 이내 마음일러라.

衆星羅列夜明深 巖點孤燈月未沈 圓滿光華不磨瑩 挂在靑天是
我心

[해설] 달은 곧 불성(佛性). 따라서 원만광화(圓滿光華: 둥글
고 빛이 남)이다. 그 달은 또한 마음과 같다는 것.

천년 반석 위에 옛사람의 발자국
만길 바위 앞에 한 점 푸른 하늘,
밝은 달은 비치어 언제나 환하거니
서쪽 동쪽 찾기에 괴로울 것 다시없네.

千年石上古人蹤 萬丈巖前一點空 明月照時常皎潔1) 不勞尋訪
問西東

[해설] 불성(佛性)이 있다면 해탈의 길을 찾는데 고통이 있
을 수가 없다. 언제나 환하게 비치는 밝은 달을 찾으라.

---

1) 皎潔(교결): 희고 깨끗함.

한산 꼭대기에 외로이 동그란 달
맑은 하늘 두루 비쳐 막힐 것 없네.
귀하구나 천연의 값없는 이 보배여,
오음에 묻힌 채로 몸 안에 빠져 있네.

寒山頂上月輪孤　照見晴空一物無　可貴天然無價寶　埋在五陰[1]
溺身軀

[해설] 제1구의 '달'과 3구의 '값없는 보배'는 모두 불성(佛
性). 불성은 또한 오음(五陰) 속의 천진(天眞)과 같은 것이다.

---

1) 五陰(오음): 인간의 몸과 마음을 이루는 다섯 가지의 기본 요소 色(색)·
受(수)·想(상)·行(행)·識(식).

내 앞 개울에 나가 내 얼굴 비춰 보고
혹은 바위 가를 돌아 돌 위에 앉았으면,
마음은 외로운 구름처럼 의지할 곳 없거니
유유한 세상일 찾아 무엇 할거냐?

我向前源照碧流 或向巖邊坐盤石 心似孤雲無所依 悠悠世事[1]
何須覓

[해설] 한적한 자연에 묻혀 있으니,
인간 또한 자유롭구나.
자유로워라 떠도는 흰 구름이여.
의지할 것이 없으니, 세상의 속박을 다 버렸구나.

---

1) 悠悠世事(유유세사): 세상일을 걱정함.

우리 집은 원래 한산에 있어
바위틈에 깃들어 세상 인연 떠났네.
꺼질 때는 모든 것에 흔적 없더니
펼치는 곳 대천세계 두루 하여라.
그 광명 드높이 날아 마음 비추면
아무것도 앞을 막아 나타나는 것 없네.
비로소 알겠구나, 한 알 마니구슬이여!
쓸 줄만 안다면 어디서고 밝은 것을.

我家本住在寒山 石巖棲息離煩緣 泯時萬象無痕迹 舒處周流徧
大千1)

光影騰輝照心地 無有一法當現前 方知摩尼2)一顆珠 解用無方
處處圓

[해설] 제1구의 아가(我家)는 곧 오음(五陰), 한산은 천진(天
眞). 천진이 펼쳐지면 곧 삼천대천(三千大千)의 세계를 비추는
진여(眞如)가 된다는 것.

---

1) 大千: 삼천대천의 세계. 불교어로 수미산을 중심으로 한 광대무변한 세계.
2) 摩尼(마니): 寶珠(보주). 용왕의 뇌 속에서 나왔다는 신령스런 구슬.

한산시 · 302

세상 사람 무엇이 슬픈 일인가?
갈아드는 고의 종자 시달리기 끝없어라.
나고 죽고 오고 가기 많은 겁 동안
동서남북으로 누구누구 집이던고.
장왕이조는 태어난 그 성이요,
세 길 여섯 길에 삼실처럼 뒤얽혔네.
다만 주인공을 밝게 알지 못한 때문,
드디어 이리저리 아득히 헤매었네.

世人何事可吁嗟 苦樂交煎勿底涯 生死往來多小劫 東西南北是
誰家
張王李趙權時姓 六道三途事似麻 祇爲主人不了絶 遂招遷謝逐
迷邪

[해설] 윤회의 업을 벗어나지 못한 것은 불성(佛性)을 밝게
알지 못했기 때문이라는 것. 그래서 중생은 육도(六道)와 삼도
(三途)를 쉼 없이 나고 죽기를 반복하는 것이다.

우리 집은 본래 천태산에 있나니
구름길에 연기 깊어 손님이 없네.
천길 바위산은 깊어 숨을 만하고,
만 겹 골짝에는 돌다락의 대가 있다.
화건에 나막신으로 물가 거닐고
베옷에 여장으로 산을 돌아오나니,
인생의 덧없음을 스스로 생각하면
소요하는 즐거움은 진정 좋은 일이네.

余家本住在天台 雲路烟深絶客來 千仞巖巒深可遯 萬重谿澗石
棲臺
　樺巾1)木屐2)沿流3)步　布裘黎杖4)繞山廻　自覺浮生幻化事　逍
遙5)快樂實善哉

---

1) 樺巾(화건): 자작나무 껍질로 만든 巾(건).
2) 木屐(목주): 나막신.
3) 沿流(연류): 흐르는 시내.
4) 黎杖(여장): 명아주 줄기로 만든 지팡이. 가벼우므로 노인의 지팡이에 애
　 용된다.
5) 逍遙(소요): 마음 내키는 대로 거닒.

단구는 멀리 솟아 구름과 나란하고
허공중의 오봉은 멀리 바라 나직하다.
안탑은 높이 푸른 산을 헤쳐 나고
선림 옛집은 무지개 속에 든다.
소나무에 바람 불어 적성산 빼어났다.
중암에 안개 일어 신선 길 아득해라.
푸른 기운 일천 산은 만 길에 솟았는데
소나무 칡넌출은 골짝을 차례로 덮었다.

丹丘1)迥聳與雲齊　空裡五峰2)遙望低　雁塔3)高排出靑嶂　禪林
古殿入虹蜺4)

風搖松葉赤城5)秀　霧吐中巖仙路迷　碧落千山萬仞現　藤蘿相接
次連谿

---

1) 丹丘(단구): 바다 밖의 신선이 사는 곳. 또는 天台山의 다른 이름.
2) 五峰(오봉): 천태산의 한 봉우리.
3) 雁塔(안탑): 옛날 비구들이 날아가는 기러기 떼를 보고 먹고 싶어 하니,
   기러기 한 마리가 절로 땅에 떨어져 죽었다. 부처님은 비구들에게 "이 기
   러기는 그들의 왕이다. 먹을 수 없다" 하고, 그 기러기를 위해 탑을 세웠
   다.
4) 虹蜺(홍예): 虹은 빛이 선명한 수무지개, 蜺는 빛이 물고 흐린 암무지개.
5) 赤城(적성): 천태산 남쪽에 있는 산의 이름.

한산시 · 305

내 이 천태산에 들어온 뒤로
몇 겨울 봄을 어느새 지났던고.
산수는 옛 그대로요 사람 절로 늙었나니
뒤에 올 많은 사람 안타까워라.

自從到此天台境 經今早度幾冬春 山水不移1) 人自老 見却多少
後世人

[해설] 뒤에 올 사람들이 깨달음의 자취 어디서 찾을까. 산
수(山水)는 변함없으나 사람은 절로 늙는구나.

---

1) 不移(불이): 변하지 않았다는 것.

한산의 길에는   다니는 사람 없다.
만일 가는 사람이면   부처라 일컬으리.
매미는 울어도   까마귀 소리 없다.
누른 잎 떨어지면   흰 구름이 슬고,
돌은 무덕무덕   산은 첩첩한데,
나 혼자 있어   선도라 일컫나니.
그대 자세히 보라   이 무슨 상호뇨.

寒山道 無人到 若能行 稱十號1) 有蟬鳴 無鴉噪 黃葉落
白雲掃 石磊磊 山隩隩 我獨居 名善導2) 子細看 何相好3)

[해설] 누른 나뭇잎 떨어지면
흰 구름이 쓰는 길에
나 혼자 있으니,
그자가 부처가 아니런가.

---

1) 十號(십호): 부처를 뜻하는 열 가지 이름. 곧 如來(여래)·應功(응공)·正
   編知(정변지)·明行足(명행족)·善逝(선서)·世間解(세간해)·無上士(무상
   사)·調御丈夫(조어장부)·天人師(천인사)·佛世尊(불세존).
2) 善導(선도): 三界의 큰 導師(도사)인 부처라는 뜻.
3) 相好(상호): 부처의 용모, 곧 32相과 80種好.

한산은 추워라.
얼음이 돌 얽맸다.
푸른 산을 감추고
흰 눈은 드러냈다.
해가 올라 비추면
한목에 녹으리라.
지금부터 따스하니
늙은 몸 기르겠다.

寒山寒 氷銷石 藏山靑 現雪白
日出照 一時釋 從玆暖 養老客

[해설] 제1구에서 4구는 진성(眞性)이 드러나지 않은 상태. 제5구에서 8구는 진성을 찾겠다는 것.

한산시 · 308

내 산에 숨어　　아무도 모른다.
흰 구름 속에　　언제나 적적하다.

我居山 勿人識 白雲中 常寂寂

[해설] 老主人의 腸壁에
無時로 忍冬 삼긴물이 나린다.

자작나무 덩그럭 불이
도로 피여 붉고,

구석에 그늘 지여
무가 순돋아 파릇 하고,

흙냄새 훈훈히 김도 사리다가
바깥 風雪 소리에 잠착 하다.

山中에 冊曆도 없이
三冬이 하이얗다.

― 정지용, 「인동차」

한산이 깊어
내 마음에 맞다.
오로지 흰 돌로서
황금이 아니어라.
샘물 소리가
백아가 가야금 퉁기면
종자기가 있어
이 소리 아네.

寒山深 稱我心 純白石 勿黃金
泉聲響 撫伯琴 有子期 辨此音

[해설] 이 시는 백아(伯牙)의 고사에서 유래. 백아는 거문고를 잘 타고 종자기(鍾子期)는 거문고 소리를 잘 들어, 백아가 타는 거문고 소리를 들으면 그 소리에 서려 있는 뜻까지 알아내었다는 것. 천태산의 자연이 백아의 거문고 소리라면 그 자연의 뜻을 아는 사람은 바로 한산이라는 것. 또 부처의 뜻을 아는 사람이 바로 한산이라는 해석도 가능하다.

너럭바위 가운데
맑은 바람 족하다.
부채 안 부쳐도
저절로 시원하다.
밝은 달은 비치고
흰 구름 감싸나니,
나 혼자 앉은
이 늙은 첨지여.

重巖中 足淸風 扇不搖[1] 涼氣通
明月照 白雲籠 獨自坐 一老翁

[해설] 너럭바위 가운데 나 혼자 앉아서
늙은 첨지를 바라보니 너는 대체 누구인가.
밝은 달 비치고 흰 구름 감싸나니,
늙은 첨지여 과연 그대는 누구인가.

---

1) 扇不搖(선불요): 부채를 부치지 않음.

이 한산자
언제나 이러하다.
스스로 혼자 있어
나고 죽음 없나니.

寒山子 長如是 獨自居 不生死

[해설] 스스로 혼자 있어 나고 죽음이 없다는 것은 해탈의 경지에 들어섰다는 것. 깊은 사상이 간결한 구절에 집약되어 있다.

젊어서 글 읽기 게을리 해
삼십에도 아직 이루지 못하고,
흰 머리에 겨우 벼슬 얻으니
십경의 관리에 지나지 않네.
아무리 많이 기장을 심었지만
이 초막집 세나 될지 모른다.
술 먹고 시 읊다 또 자고
이렇게 일생을 방불히 지내리라.

少年懶讀書 三十業由來 白首始得官 不過十卿[1]尉
不知多種黍 供此伏家費 打酒詠詩眠 百年期髣髴[2]

[해설] 뜻을 펴지 못한 불운한 선비를 노래한 시. 세속의 명
리나 재물을 더 이상 탐하지 말고 자연 그대로 살아가라는 시.

---

1) 十卿(십경): 하급 관리.
2) 髣髴(방불): 희미하여 선명하지 않은 모양.

내 세상 사람 보니
사람마다 서로 의기 다투네.
하루아침에 갑자기 죽고 나면
다만 얻는 것 한줌 흙뿐.
너비 넉 자에 길이 열두 자,
너 만일 지금도 나와서 의기를 다툴 줄 알면
내 너를 위해 비를 세워 주리라.

我見世間人 箇箇爭意氣 一朝忽然死 祇得一片地
闊四尺長丈二1) 你若會出來爭意氣 我與你立碑記

[해설] 이 시의 형식은 한(漢)나라 때의 악부시(樂府詩)와
같은 민요조. 이 시가 습득(拾得)의 작이라는 설도 있다.

---

1) 闊四尺長丈二(활사척장장이): 무덤의 크기.

한산시 · *314*

우리 집에 한산시 있으니
그대 경 읽기보다 나으리라.
병풍에 적어 두고
때때로 한 편씩 보라.

家有한산시 勝汝看經卷 書放屛風上 時時看一編

[해설] 한산의 시 속에 진여(眞如)의 마음 숨어 있다. 한 편
한 편 때때로 읽어 보라. 앞의 시와 마찬가지로 습득의 작이라
는 일설이 있음.

풍간시 · *1*

내 천태에 온 지
몇만 번 되었는고.
내 한 몸 구름이나 물과 같아서
유유히 오고 감에 맡겨 두나니,
시름없이 거닐어 시끄러움 없고
욕심을 떠나 불도를 일으키네.
세상일에 다다라 갈림길 마음
그러기에 중생은 번뇌가 많다.
허겁지겁 허덕이며 바다에 잠기고
이리저리 떠돌아 삼계(三界)를 도네.

余自來天台 凡經幾萬回 一身如雲水 悠悠任去來
逍遙絶無鬧1) 忘機隆佛道 世途岐路心 衆生多煩惱
兀兀沈浪海 漂漂轉三界

아까워라, 신령스런 한 물건이여
영원히 경계 속에 묻혀 있는가?

---

1) 無鬧(무뇨): 시끄러움이 없음.

번개처럼 한번 갑자기 일어나면
나고 죽음은 티끌보다 어지럽네.
먼 세상일에, 오직 한산과 습득이
때를 따라 가끔 찾아오나니—
밝은 달 아래 마음 털어 의논하면
탁 트인 허공인 듯 걸림이 없고,
법계(法界)를 두루 하여 가이없으니
한 법은 곧 만법을 두루 하네.

可惜一靈物2) 無始被境埋 電光瞥然起 生死紛塵埃
寒山時相訪 拾得窄期來 論心話明月 太虛廓無礙
法界3)卽無邊 一法普徧該

[해설] 한 법이 만법에 두루 통하는 신령한 깨달음이여, 뉘
와 함께 이를 논하리. 한산과 습득만이 내 벗이로다. 풍간(豊干)
은 국청사의 시주승. 오직 풍간만이 한산과 습득의 진면목을 알
고 있었다고 한다.

---

2) 一靈物(일령물): 佛性(불성)을 말함.
3) 法界(법계): 불법의 본체. 변화하지 않는 만유의 실체.

풍간시 · 2

본래에 한 물이란 물도 없거니
떨어 버려야 할 티끌도 또한 없네.
만일 이 뜻을 깨달아 안다면
구태여 꼿꼿이 앉을 것 없느니라.

本來無一物 亦無塵可拂 若能了達此 不用坐兀兀

[해설] 물(物)이란 것은 본래 없는 것이니 그 없다는 생각마
저 떨쳐 버려야 한다. 그러한 진리를 깨달아 알면 득도를 위한
참선이 오히려 필요 없으리라.

습득시 · *1*

모든 부처님이 경을 남기신 것은
다만 사람을 교화하기 어렵기 때문.
오직 지혜롭고 어리석은 이뿐 아니라
사람마다 마음속에 계교를 가져 있네.
모두들 업을 지어 산처럼 큰데
어떻게 근심 걱정 품지 않으랴.
자세히 또 깊이 생각하지 않고
밤낮 생각하는 것, 간사와 거짓뿐인 것을.

諸佛留藏經1) 祇爲人難化 不唯賢與愚 箇箇心構架
造業人如山 豈解懷憂怕2) 那肯細尋思 日夜懷姦詐

[해설] 습득은 한산과 마찬가지로 신비스런 인물. 국청사의
부엌지기였고, 한산의 친구. 일설에는 한산은 문수보살, 습득은
보현보살이라고 함. 제5구의 업이 산처럼 크다는 말은 중생이
육도(六道)를 오고 감에 있어서 죽고 남을 거듭할 때마다 그 해
골이 쌓여 비부산(毘富山)보다 높게 된다는 『열반경』에서 유래.

---

1) 留藏經(유장경): 경을 남김.
2) 憂怕(우파): 근심과 두려움.

습득시 · 2

내 세상 사람들 보니
모두들 고기 먹기 좋아하는구나.
고기 접시가 마를 줄 모르건만
언제나 모자란다 불만이구나.
어제는 무슨 재를 지낸다더니
오늘 소 돼지를 마구 잡는다.
이 모두 업의 힘이 끄는 것으로서
한갓 하고자 하는 정만이 아니다.

嗟見世間人 箇箇愛喫肉 椀楪不曾乾 長時道不足
昨日設箇齋1) 今日宰六畜2) 都緣業使牽 泌干情所欲

한 번 베풀어 천당인가 하더니
백 번 저질러 지옥을 만드는구나.
염라 사자가 한번 쫓아 닥치면
온 집안이 목 놓아 통곡한다.
타는 불구덩이에 거꾸로 들고

---

1) 設箇齋(설개재): 제사를 지냄.
2) 六畜(육축): 소·말·양·돼지·개·닭. 가축의 총칭.

끓는 기름 솥에 목욕하나니,

언제고 거기서 나올 때에는

너 그 옷을 바꿔 입어라.

一度造天堂 百度造地獄 閻羅使3)來追 合家盡啼哭

鑪子4)邊向火 鑊子5)裡澡浴 更得出頭時 換却汝衣服

[해설] 제9구와 10구는 착한 일은 한 번 하고 나쁜 짓은 백 번 한다는 것. 즉 착한 일은 하기 어렵고 나쁜 일은 행하기 쉽다는 것. 제일 끝 구절의 옷을 바꿔 입으라는 것은 인간으로 태어나서 죄를 많이 지었기 때문에 축생이 되어 나온다는 뜻. 고기를 먹지 마라. 그것이 업이 되어 너 또한 축생이 되리라.

---

3) 閻羅使(염라사): 염라대왕. 저승세계를 지배하는 왕.
4) 鑪子(노자): 화로와 가마. 모두 지옥의 고통을 상징하는 것.
5) 鑊子(확자): 4)와 같은 뜻.

습득시 · *3*

집을 떠나거든 맑고 한가로워라.
맑고 한가로움 귀한 것이다.
어떻게 티끌 밖에 사는 사람이
도리어 티끌 속에 들어갈거냐.
한번 본마음이 어두워지면
한평생 명리의 부림 되나니,
명리가 내 몸에 이르게 될 때는
얼굴은 이미 초췌하게 되느니라.
하물며 뜻대로 되지 않은걸
헛되이 한평생 마음을 쓰랴.
가엾다 집을 떠나 일없는 사람
아직도 그대들은 웃을 수 없나니……

出家要淸閑 淸閑卽爲貴 如何塵外人 却入塵內裏
一向迷本心 終朝役名利 名利得到身 形容已顦顇
況復不遂者 虛用平生志 可憐無事人 未能笑得你

[해설] 제11구의 무사인(無事人)은 해탈의 경지에 이른 사람.
따라서 그에게는 수행할 도(道)도 없고 지켜야 할 법(法)도 없다.

습득시 · 4

아내를 맞이하고 애를 기르고
또 딸을 길러 중매자를 구하고
이 모두 겹겹이 업을 쌓는 것이니라.
하물며 다시 온갖 목숨 죽여
친한 벗 친척들 한데 모이어
그득한 상 앞에서 즐길 것이랴.
비록 우선은 내 마음에 흡족해도
염라의 장부에는 먼저 적혀지느니라.

養兒與取妻 養女求媒嫂1) 重重皆是業 更殺衆生命
聚集會親情2) 總來看盤飣3) 目下雖稱心 罪簿先注定

[해설] 습득의 시는 한산의 시와 거의 비슷한 주제가 많다.
이 시도 한산의 시에서 계속 반복되어 온 것 중의 하나인 살생
을 하지 말라는 교화적인 내용.

---

1) 媒嫂(매수): 중매인. 媒婆(매파).
2) 親情(친정): 친한 벗과 친척.
3) 盤飣(반정): 음식을 가득히 차린 상.

습득시 · 5

이 분단으로 나고 죽는 몸
얼굴을 따지는 것 가소로워라.
낯짝은 비록 은쟁반 같아도
마음속은 검기 칠과 같나니,
거기 또 돼지 잡고 염소를 잡아
꿀같이 맛나다고 자랑하는구나.
너 비록 죽은 뒤에 지옥에 들더라도
아예 '억울한 굴'이라 일컫지 말라.

得此分段1)身　可笑好形質　面貌似銀盤　心中黑如漆
烹豬又宰羊　誇道甛如密　死後受波吒2)　更莫稱冤屈3)

[해설] 죽어서 지옥에 가더라도 그것은 자신이 지은 죄에 의한 것이므로 지옥을 원통한 곳이라고 하지 말라는 것.

---

1) 分段(분단): 分段生死(분단생사)의 준말. 六道를 윤회하는 중생의 生死
2) 波吒(파타): 형벌의 한 가지. 곧 지옥을 말함.
3) 冤屈(원굴): 원통한 굴.

습득시 · 6

부처님 삼계 중생 슬퍼하신 것
모두 이 남녀를 사랑하기 때문.
어둠의 구덩이에 빠질까 두려워해
위의를 보이시고 교화를 드리우고,
모두 위없는 길에 오르게 하고
보리의 도를 함께 얻게 했나니,
너희들 어리석은 이에게 가르치나니
지혜로운 마음으로 힘써 깨쳐라.

佛哀三界子1)　總是親男女2)　恐沈黑暗阬3)　示儀垂化度
盡登無上道4)　俱證菩提路　敎汝癡衆生　慧心勤覺悟

　[해설] 부처가 중생을 교화하는 것을 설법한 시. 부처의 크
나큰 사랑을 깨달아 어리석음을 깨치라는 것.

---

1) 三界子(삼계자): 三界와 六道를 떠도는 모든 중생.
2) 男女(남녀): 어린이를 말함. 즉 미혹한 중생.
3) 暗阬(암갱): 어둠의 구덩이. 지혜의 빛이 없는 어둠의 마음.
4) 無上道(무상도): 眞如(진여). 즉 해탈의 길.

습득시 · 7

부처님 귀한 영화 버리신 것은
어리석은 중생을 가여워하심이니
원컨대 빨리 생사 없음 깨달아
위없는 보리 도를 알아 가져라.
뒷세상 집을 나는 사람들 보니
대개는 물려받은 살림이 없어,
의식을 구할 길 없어
머리 깎고 절에 들어 중이 되더라.

佛捨尊榮樂　爲愍諸癡子　早願悟無生　辨集無上事
後來出家者　多緣無業次1)　不能得衣食　頭鑽2)入於寺

[해설] 제1구는 석가가 왕자의 지위를 버리고 출가(出家)한
사실을 말함. 제3구의 무생(無生)은 열반을 뜻함. 불교적 진리
를 나타내는 말.

---

1) 業次(업차): 생업 또는 살림.
2) 頭鑽(두찬): 확실하지 않다. 깊이 연구한다는 뜻인 듯.

습득시 · 8

슬프다, 내 세상 사람들 보니
영원히 어둔 바다 헤매고 있다.
'이것'의 그 뜻을 알지 못하고
도를 닦는다고 헛되이 수고하네.

嗟見世間人 永劫在迷津 不省這箇1)意 修行徒苦辛

[해설] 근본 성품을 깨닫지 못하고,
도 닦는다 도 닦는다 하는 사람들 모두가 헛수고를 하는구
나.
슬프다, 영원히 어둔 바다 헤매고 있나니,
근본을 깨달으라. 돌(咄)!

---

1) 這箇(저개): 근본성품. 天眞(천진).

습득시 · *9*

내 시는 단순한 시인데
사람들은 모두 게라고 한다.
그러나 시와 게는 원래 같은 것
읽는 사람은 자세히 알라.
그러므로 천천히 자세히 살펴
함부로 쉽게 여기지 말고,
이것을 따라 배우고 수행하면
크게 웃을 만한 일이 있으리.

我詩也是詩 有人喚作偈 詩偈總一般 讀者須子細
緩緩細披尋1) 不得生容易 依此學修行 大有可笑事

[해설] 게(偈)는 부처의 공덕을 찬양한 노래, 또는 불교의 교
리를 설법한 노래. 게송(偈頌)이라고도 한다. 자신의 시가 불교
적이므로 다른 사람들은 게송이라 한다는 것. 그러나 시와 게가
같은 것이니 부지런히 배우면 부처의 뜻을 깨달아 만족한 웃음
을 웃을 수 있다는 것.

---

1) 披尋(피심): 자세히 살펴봄.

습득시 · *10*

비록 천만 개의 게가 있어도
갑자기 다 말하기 어렵나니,
만일 서로 알고자 하는 사람이면
그저 이 천태산으로 들어오라.
너럭바위 속 깊숙한 곳에 앉아
이 이치 이야기할 수 있으리.
그러나 나와 서로 이해하지 못하면
서로 마주 앉아도 천리와 같으리라.

有偈有千萬 卒急述應難 若要相知者 但入天台山
巖中深處坐 說理乃談玄1) 共我不相見 對面似千山

[해설] 도를 알고자 하는 이는 천태산으로 들어오라. 그러나
서로 이해하지 못하면 마주 앉아 있다 하더라도 천 개의 산봉우
리가 둘 사이에 가로막혀 있는 것과 같다.

---

1) 談玄(담현): 심오한 것을 이야기함.

습득시 · *11*

세상 사람들 억만이나 되어도
얼굴은 서로 같지 않나니,
내 묻나니 이 무슨 인연으로
서로 이렇게 다르게 되었는가.
제각기 각각 다른 소견 가지어
옳다 그르다 서로 따지네.
다만 스스로 제 몸 닦아라.
남의 일은 말할 겨를 없거니.

世間億萬人 面孔¹⁾不相似 借問何因緣 致命遭如此
各執一般見 互說非兼是 但自修己身 不要言佗己

[해설] 남의 일에 참견 마라.
네 스스로 닦기에도 겨를이 없는데
무엇 때문에 옳다 그르다 시비하느냐.
진정으로 깨달음에 도달하면,
이 모든 것이 분명히 보이리라.

---

1) 面孔(면공): 얼굴. 孔은 구멍이니 눈·코·귀·입을 말함.

습득시 · *12*

남자 여자 서로 혼인하는 것
세상일로서 마땅한 일이다.
그러나 스스로 제 힘은 알아 하리
무엇을 그리 떠벌일 것 있는가.
빚까지 내어 남에게 자랑하니
그 마음 생각하면 뼛속까지 어리석다.
더구나 개나 닭의 산목숨 죽이니
제 몸 죽으면 지옥에 떨어지리.

男女爲婚嫁 俗務是常儀 自量其事力 何用廣張施
取債誇人我 論情入骨癡 殺他鷄犬命 身死墮阿鼻1)

[해설] 결혼식 한다고 야단스레 차리지 마라. 빚내어 호사스럽게 하면서 온갖 축생을 죽이고 나면 네 스스로 지옥에 떨어지리라. 결혼하는 것은 인간사의 마땅한 일이지만, 지나치게 떠벌이고 자랑 마라. 모든 것을 분수에 맞게 하라.

---

1) 阿鼻(아비): 梵語 Aviei의 음역. 8대 지옥에서 오역죄를 범한 극악인이 떨어지는 최하의 지옥. 無間지옥. 오역죄는 아버지를 죽임, 어머니를 죽임, 아라한을 죽임, 중의 화합을 깨뜨림, 佛身(불신)을 상하게 함.

습득시 · *13*

세상에는 어떤 종류의 사람 있어
성질이 원래 일 많은 것 좋아하네.
한종일 거리를 쏘다니면서
이곳저곳 술집은 떠나지 않고,
남의 보증이나 주선꾼 되고
남을 대신해 이치를 따지나니,
하루아침에 잘못된 일 생기면
그 허물은 완전히 그에게 돌아간다.

世上一種人 出性常多事 終日傍街衢1) 不離諸酒肆2)

爲他爲保見 替佗說道理 一朝有乖張3) 過咎4)全歸你

[해설] 네 자신의 일이나 똑똑히 하라.

이집 저집 찾아다니고 남의 보증 서고, 남을 위해 앞장서서
시비를 가리다가 패가망신하면 그 누가 돌보아 줄 것인가.

---

1) 街衢(가구): 거리. 네거리.
2) 酒肆(주사): 술집.
3) 乖張(괴장): 운수가 사나워 일이 나쁘게 됨.
4) 過咎(과구): 지난 허물.

습득시 · *14*

내 권하나니 집 떠난 이여,
모름지기 교법의 깊음을 알라.
번뇌를 떠나기에 마음을 오로지 해
부디 탐욕과 애정에 물들지 말라.
저 세속에도 큰 선비 있어
그릇됨을 알아 금을 받지 않았나니,
그러므로 알라, 군자의 뜻을
잘되고 못되는 것 이치에 맡기나니.

我勸出家輩　須知敎法深　專心求出離　輒莫染貪婬
大有俗中士　知非不受金　故知君子志　任運聽浮沈

　[해설] 이 시는 후한(後漢) 양진(楊震)의 고사에서 유래. 양
진의 문인 왕밀이 옛 은혜를 생각하고 금 열 근을 양진에게 주
었으나 양진은 받지 않았다. 왕밀이 "어두운 밤이라 아무도 모
른다"고 하자, 양진은 "하늘과 땅과 그대와 내가 아는데 어떻게
아무도 모른다고 하는가" 했다. 이에 왕밀은 부끄러워하면서 물
러갔다.

한산은 제 한산이요,
습득은 제 습득이다.
어리석은 이들 어찌 보아 알거냐?
풍간이 있어 서로 알아주리라.
보는 때에도 볼 수 없거니
찾을 때에는 어디 가 찾으려는고?
묻나니 이 무슨 인연인가?
내 말하노라, '무위의 힘이라'고.

寒山自寒山 拾得自拾得 凡愚豈見知 豊干却相識
見時不可見 覓時何處覓 借問有何緣 向道無爲1)力

[해설] 한산과 습득을 알아주는 이는 오직 국청사의 시주승
이던 풍간밖에 없었다. 이들의 인연이야말로 그들은 서로 진리
를 알고 있었던 까닭에 전혀 조작되지 않은 것이다.

---

1) 無爲(무위): 인연에 의하여 조작되지 않는 것. 生住異滅(생주이멸)하는 四
相(사상)의 轉變(전변)이 없는 것. 佛法者(불법자)의 생활을 뜻하기도 함.

습득시 · *16*

원래 이 습득이란
우연한 일컬음이 아니다.
별로 친한 권속은 없고
한산 그이가 내 형이네.
두 사람 마음이 서로 같나니
세상 인정을 누가 따르랴.
만일 나이의 많고 적음 물으면
'황하의 물이 몇 번이나 맑았더냐'고.

從來是拾得　不是偶然稱　別無親眷屬　寒山是我兄
兩人心相似　誰能徇俗情　若問年多少　黃河幾度淸

[해설] 습득과 한산은 서로가 알아주는 유일한 벗이었다. 그
러나 그들의 교류는 세속을 벗어난 것이었다. 세상일이나 나이
의 많고 적음이 둘 사이의 교류에는 아무런 소용이 없다는 것.

습득시 · *17*

늙은 쥐를 잡을 줄만 안다면야
구태여 오백을 부를 것 없네.
만일 이성을 깨닫기만 했다면야
구태여 비단보로 쌀 것 없나니,
진주는 손바닥 주머니에 들어 있고
불성은 다북대나 떼풀에도 있느니라.
저 겉모양만 취하는 무리들아
아무리 애를 써도 만나지 못하리라.

若解捉老鼠 不在五白1)猫 若能悟理性 那由錦繡包
眞珠入席袋 佛性止蓬茅 一群取相漢 用意總無交

[해설] 부처의 성품은 만물에 두루 있다.
겉모양에만 집착하면 그 본성은 찾기 어렵다.
손 안에 들어 있는 진실을
그대는 어찌하여 깨닫지 못하느냐.

---

1) 五白(오백): 고양이의 딴 이름.

습득시 · *18*

마음은 항상 너그럽고 넓게 쓰라
이것을 일컬어 '보(布)'라 하고,
자기를 버리어 남에게 베풀라 하여
이것을 이름하여 '시(施)'라 하나니,
뒤에 오는 사람들 이것을 모르거니
어떻게 그 뜻을 바르게 알랴.
한 못난 중에게도 공양하지 않고
얼른 부귀 되려고 꾀하는구나.

運心常寬廣 此則名爲布 輟己惠於人 方可名爲施
後來人不知 焉能會此義 未設1)一庸僧 早擬望富貴

[해설] 교화적 내용. 보시(布施)에 대한 설명을 하고 있다.
습득의 시는 한산의 시보다 좀 더 교화적이다.

---

1) 未設(미설): 중에게 보시하고 음식을 공양하는 일.

잔나비도 오히려 가르칠 수 있거니
사람으로서 어찌 분발하지 않으랴.
앞수레 이미 시궁창에 빠졌거니
뒷수레 모름지기 바퀴 고쳐라.
만일 그대 이것을 모른다면
남에게 미움 받아 죽음 당하리.
여래가 바로 이 야차이거니
야차 변하면 보살이 되느니라.

獼猴尙敎得　人何不憤發　前車旣落坑　後車須改轍
若也不知此　恐君惡合殺　如來是夜叉　變卽成菩薩

[해설] 육도(六道)의 업을 깨우치면 야차도 보살이 될 수 있
고, 그렇지 못하다면 여래도 곧 야차가 될 수 있다는 것. 제3구
와 4구는 타산지석(他山之石)과 같은 의미.

습득시 · *20*

그대 못 보는가
삼계는 진정 어지러이 시끄럽구나.
무명을 아주 끊지 못한 탓이니,
한 생각 맑아 마음이 맑은 곳에는
오감도 없고, 나고 죽음 없느니라.

君不見 三界之中紛擾擾 祇爲無明不了絶 一念不生心澄然
無去無來不生滅

[해설] 삼계(三界)는 중생이 윤회를 거듭하는 색계(色界)·
욕계(欲界)·무색계(無色界). 이것을 끊지 못하는 것은 근본적
인 인식능력의 부족으로 말미암은 무명(無明) 때문이다. 생각과
마음을 맑게 하면 '무거무래불생멸(無去無來不生滅)' 즉 해탈의
경지에 이르는 것이다.

우습구나, 이 늙은이 근력이 다해
숲 속을 그려 혼자 놀기 사랑하네.
한심스러워라, 예부터 오늘까지
제대로 맡겨 뜬 배처럼 지났구나.

自笑老夫筋力敗 偏戀松巖愛獨遊 可歎往年至今日 任運還同不
繫舟1)

[해설] 예부터 오늘까지 언제나 뜬 배는 자유로운데, 어찌하
여 근력 다한 이 늙은이만이 그 자유로움을 알까. 속박을 벗지
못하는 이들이여, 그 이치를 생각해 보라. 이 시의 제4구는 한
산시와 완전히 같다(『한산시』 290 참조).

---

1) 繫舟(계주): 배를 맴.

쌍계에 한번 들어 해 가는 줄 몰랐네.

황정은 단련해 몇 근이던고.

쇠부엌 돌냄비에 자주 끓이고

흙시루에 오래 쪄 맛이 별났다.

누가 이 깊은 골에 신선 음식을 먹었는가

구름과 물과 나뿐 딴 사람 없네.

늘인 나이 다하도록 '손짓하는 돌'

끝내 여기 살아 산문을 나가지 않네.

一入雙溪1) 不計春 鍊暴黃精2) 幾許斤 鑪竈3) 石鍋4) 頻煮沸 土
甑5) 久蒸氣味珍

誰來幽谷餐仙食 獨向雲泉更勿人 延齡壽盡招手石6) 此棲終不

---

1) 雙溪(쌍계): 천태산에 있는 계곡 이름.
2) 黃精(황정): 높이 한두 자 되는 풀. 약으로 씀.
3) 鑪竈(노조): 쇠부엌.
4) 石鍋(석과): 돌냄비.
5) 土甑(토증): 흙시루.
6) 招手石(초수석): 천태산의 지자 대사는 15세 때 집을 나왔다. 부처님께 예
    배하고 정신이 황홀한 때, 산봉우리에서 어떤 중이 손짓하며 "너는 여기
    서 목숨을 마쳐라"고 했다. 그는 뒷날 천태산의 불룡봉에 들어가 정광선
    사 밑에서 지냈다. 전날 산 위에서 손짓한 사람은 정광이었다.

[해설] 선약을 달여 먹어 해 가는 줄 모르니
어찌 산문을 나서겠는가.
신선의 음식이란 무엇인가. 구름과 물과 나뿐이니
그 이외에 무엇이 있겠는가.

쩔룩쩔룩거리는 염소 한 떼여,

산길을 따라 골짝으로 드는구나.

어떤 사람이 장기놀이 탐했던가,

끝내 승냥이의 쫓김을 받는구나.

시랑(豺狼)은 원래 자생(孳生)이 아니거니

염소로 곧 입·배를 채우려네.

머리에서 꼬리까지 거리낌 없이

마구 먹어 하나도 남기지 않네.

蹢躅1)一群羊 沿山又入谷 看人貪竹塞2) 且遭豺狼3)逐
元不出孳生4) 便將充口腹 從頭喫至尾 납납5)無餘肉

[해설] 여기서 염소는 탐욕이 많은 중생을 말함. 그 탐욕으로 인해 삼도(三途)에 떨어진다는 것. 장기놀이를 탐한 사람 역시 염소와 같이 탐욕이 많은 중생을 뜻한다.

---

1) 蹢躅(척촉): 다리를 절룩거림.
2) 竹塞(죽새): 쌍륙놀이. 장기놀이.
3) 豺狼(시랑): 승냥이와 이리.
4) 孳生(자생): 젖으로 키운다는 뜻. 승냥이는 새끼를 젖으로 키우지 않음.
5) 납납(납납): 음식을 먹는 모양.

습득시 · *24*

은빛 별로 저울대 눈을 치고
푸른 실로 저울대 줄을 만들어,
사는 사람에게는 앞으로 당겨내고
파는 사람에게는 뒤로 밀어 보내네.
남의 마음 원망을 돌보지 않고
다만 스스로 선수라 일컫는구나.
죽은 뒤 염라를 만날 때에는
등 뒤에 빗자루 꽂히어라.

銀星釘秤衡 綠絲作秤紐 買人攉向前 賣人攉向後
不顧佗心怨 唯言我好手 死去見閻王 背後揷掃帚

[해설] 남의 눈을 속이는 장사치들아, 죽어서 염라대왕 만날 때는 그 죄업을 심판받으리라. 제1구에서 4구까지는 남의 원망을 들을 일을 행하는 것, 제7구와 8구는 그 죄과를 받는다는 것. 8구의 등 뒤에 빗자루 꽂힌다는 말은 지옥에 쓸어 넣어진다는 말.

습득시 · 25

문을 굳게 닫고 남몰래 죄를 짓고
그래도 재앙은 면하려 하는구나.
그러나 저 악부의 동자는 갖추 적어서
낱낱이 염왕에게 알리어 바치나니,
비록 확탕에는 들지 않아도
사람을 사서 대신할 수도 없는 것
오직 제가 지어 제 몸이 받느니라.

閉門私造罪 準擬免災殃 被佗惡部童1) 抄得報閻王
縱不入鑊湯2) 亦須臥鐵床3) 不許雇人替 自作自身當

[해설] 제가 지은 죄는 제 스스로 받나니, 누가 이를 대신하
랴. 남몰래 지은 죄도 염라대왕에게 낱낱이 보고되니 이 세상의
삶에서 숨길 것은 아무것도 없다.

---

1) 惡部童(악부동): 염라대왕의 옆에는 善·惡을 관장하는 두 동자가 있어
   죽은 사람의 선악을 적어 염라대왕에게 보고한다고 한다.
2) 鑊湯(확탕): 叫喚(규환) 지옥의 고통. 죄인을 끓는 물에 삶는다고 함.
3) 鐵床(철상): 劍樹(검수) 지옥의 고통.

유유하구나, 티끌 속에 사는 사람
항상 티끌 속의 재미를 즐기는구나.
그러나 내 저 티끌 속의 사람 보고
마음에 많은 슬픔 일어나나니
내 왜 저 사람들 불쌍히 여기는가.
티끌 속의 고통이 많기 때문이니라.

悠悠塵中人 常樂塵中趣 我見塵中人 心多生愍顧1)
何哉愍此流 念彼塵中苦

[해설] 진(塵)은 곧 중생들의 세속적인 삶이다. 세속에서의
재미는 참 재미가 아니다. 끝내는 고통을 수반하는 근심거리이
다. 그러니 세속의 재미를 찾는 사람들이 어찌 불쌍하지 않는
가.

---

1) 愍顧(민고): 근심을 돌아봄.

습득시 · *27*

감도 없고 옴도 없고 본래 고요해
안에도 밖에도 중간에도 있지 않네.
한 알 수정은 티 하나 없이
그 광명 인간 천상 두루 하구나.

無居無來本湛然1) 不居內外及中間 一顆水昌絶瑕翳2) 光明透
滿出人天

[해설] 불성(佛性)은 가고 옴도 없고 원래가 고요해 어디 일
정하게 머무는 것이 아니라 인간세상·천상세계 모두에 두루
광명을 비친다. 지금 그대의 마음을 밝게 비추는 것도 그대가
지닌 불성 때문이 아닌가.

---

1) 湛然(담연): 침착하고 고요한 모양.
2) 瑕翳(하예): 티. 결점.

젊어서 글 배우고 칼 쓰기 위해
말을 채찍질해 경사에 이르렀다.
흉노를 이미 평정했단 말 듣고
한바탕 놀아 보자 놀 곳이 없네.
푸른 산 바위 아래 혼자 돌아와
풀을 자리하고 물을 베고 누웠나니,
장한 선비는 영화를 뜻하는데
잔나비는 흙소를 타고 있구나.

少年學書劍 叱馭1)到京州2) 聞伐匈奴盡 婆娑無處遊
歸來翠巖下 席草枕淸流3) 壯士志朱紱4) 獼猴騎土牛

[해설] 제8구의 잔나비가 흙소를 탄다는 것은 한곳에 머물
러 움직이지 않는다는 뜻이다. 오(吳)나라의 주태가 신성의 태
수(太守)가 되었을 때 사마선왕은 "거지가 작은 수레를 타기 얼

---

1) 叱馭(질어): 말을 달리게 함.
2) 京州(경주): 변방에 있는 고을 이름.
3) 枕淸流(침청류): 물을 베고 눕는다는 뜻. 晉나라의 孫楚(손초)의 고사에서
   유래한 말. 여기서는 은둔을 즐긴다는 말.
4) 朱紱(주불): 붉은 인끈. 高官(고관)을 상징하는 말.

마나 빠르냐”고 했다. 주태는 “그대는 귀족의 아들로서 문장이
유명하므로 사직(史職)을 지키나, 잔나비가 흙소를 타는 것은
얼마나 느린가”고 답했다. 선비들은 부귀영화를 꿈꾸지만 자신
은 은둔생활에 만족한다는 것.

삼계는 구르는 바퀴와 같고
뜬세상은 흐르는 물과 같나니,
꼬물꼬물하는 모든 중생 무리들
살기를 탐해 죽음을 모르는구나.
너 아침에 맺은 이슬을 보라,
능히 몇 때를 얻어 보전하던가.

三界如轉輪 浮世若流水 蠢蠢1)諸品類 貪生不覺死
你看朝垂露 能得幾時子

[해설] 살기를 탐하는 자는 죽음을 보지 못한다.
아침 이슬처럼 사라져 버릴 삶을
깨닫지 못하는 중생의 무리들이여,
끝내 윤회의 사슬을 벗지 못할 것인가.

---

1) 蠢蠢(준준): 벌레가 꿈틀거리는 모양.

천태산 골을 한가히 들어가며
사람을 찾아도 사람은 모르네.
한산과 더불어 좋은 짝 되어
소나무 아래서 영지 먹으며,
고금의 일을 이야기하면서
이 세상의 어리석음 슬퍼하나니,
사람들 모두 지옥에 들어가면
어느 때에나 머리 들고 나오리.

閑入天台洞 訪人人不知 寒山爲伴侶 松下噉靈芝1)
每談今古事 嗟見世愚癡 箇箇入地獄 那得出頭時

[해설] 윤회의 바퀴를 잘못 굴려
지옥에 빠지면 돌이키기 어려우니,
고금의 일을 생각하며 인간으로 태어난 지금
정진하고 또 정진하라.

---

1) 靈芝(영지): 신선이 먹는다는 영험한 풀.

옛 부처의 길 험하고 쓸쓸해라.
어리석은 이 여기 와 헤매네.
모두 과거의 지은 업을 인연해
그러므로 바른길 깨닫지 못하나니,
함이 없음의 이치를 알고자 하거든
마음 가운데 한 오라기도 두지 말아라.
몇 생이고 즐거이 부지런히 배우면
언제고 반드시 우리 스승 만나리.

古佛路凄凄　愚人到却迷　祇緣前業重　所以不能知
欲識無爲1)理　心中不挂絲　生生勤苦學　必定覩吾師

[해설] 부처의 길 험하고 어려워서 어리석은 이는 끊임없이 헤맨다.

바른길 깨달으려면 마음속의 의심 다 털어 버려야 하느니라.

마음속의 의심 다 버리고 부지런히 배우면 반드시 부처의 길 열리리라.

---

1) 無爲(무위): 생사의 변화가 없이 常住(상주)하는 일. 곧 열반의 세계.

습득시 · 32

중생에게는 각각 천진의 부처 있어
그것을 이름 지어 보왕이라 하나니,
그 보배 구슬은 밤낮으로 빛나
그윽하고 묘하기 한량없어라.
장님들은 항상 꼿꼿이 앉았지만
오는 재앙을 두려워할 줄 몰라,
다만 애욕과 편하기를 구하나니
이런 무리들 진정 불쌍하니라.

各有天眞佛1) 號之爲寶王 珠光日夜照 玄妙卒難量
盲人常兀兀 那肯怕災殃 唯貪婬佚業 此輩實堪傷

[해설] 천진(天眞)이 곧 보왕(寶王)이다. 천진은 모든 중생이 다 가진 것이나 그것을 밝혀내지 못하는 중생이 가엾다는 것. 스스로가 가진 그윽하고 묘한 것을 알지 못하는 그대들은 장님 같구나.

---

1) 天眞佛(천진불): 태어나면서 각자의 마음속에 있는 원래 부처.

습득시 · *33*

집은 왜 떠났던가, 니르바나 구해
괴로움에 허덕이는 중생을 생각하고,
부처를 도와 교화를 펴
길을 가리어 가게 하기 위했거니,
언제 그 중생 건지러 꾀했던가?
뜻을 놓아 어지러이 휘돌았구나.
저들과 함께 바다에 빠지거나
깊고 큰 구덩이에 떨어지리라.

出家求出離 哀念苦衆生 助佛爲揚化 令敎選路行
何曾解救苦 恣意亂縱橫 一時同受溺 俱落大深阬

[해설] 열반의 세계에 도달하기 위해 출가했건만,
그것은 이루지 못하고 어지러이 휘돌다가
중생과 함께 業(업)의 구덩이에 빠져 버렸구나.
정진하는 중들이여 결코 자신을 흩뜨리지 마라.

습득시 · *34*

항상 삼독의 술을 마시어
정신이 어두워 아무것도 모른다.
돈으로써 무슨 일을 꿈꾸어 보나
꿈꾸는 일은 이미 철위산을 만들고,
괴로움으로 괴로움을 버리려 해도
괴로움을 버리기에 기약 없나니,
모름지기 빨리 큰 각오 가져라.
각오 가지면 절로 귀의하리라.

常飮三毒酒　昏昏都不知　將錢作夢事　夢事成鐵圍1)
以苦欲捨苦　捨苦無出期　應須早覺悟　覺悟自歸依

[해설] 괴로움으로 괴로움을 버리기 어려우니 대오각성(大
悟覺醒)하라. 세속의 명리와 재물을 버리라. 참으로 깨달으려면
산문(山門)에 귀의하라.

---

1) 鐵圍(철위): 철위산. 모두 쇠로 이루어졌다고 하는 산. 곧 지옥.

구름 산 첩첩해 몇 굽이던가?
그윽한 골짝 길에 인적 없구나.
푸른 개울 맑은 물 좋은 경치에
가끔 우는 새소리 마음에 드네.

雲山疊疊幾千重 幽谷路深絶人蹤 碧磵1)淸流多勝境 時來鳥語
合人心

[해설] 푸른 개울 맑은 물에
새 우는 소리 들리니
나야 있든 없든
무슨 상관이겠는가.

---

1) 碧磵(벽간): 푸른 시내. 磵은 澗(간)과 같은 字.

요즈음의 집 떠나 중 되는 사람
생각하면 뼛속까지 어리석어라.
그들 본래는 해탈을 구했거니
도리어 번뇌 길에 휘몰려 있네.
아침저녁으로 속가에 놀아
체면을 생각해 겉치레 차리며,
내기 장기로 술을 사 먹고
도리어 남의 심부름꾼 되는구나.

後來出家子 論情入骨癡 本來求解脫 却見受驅馳1)
終朝遊俗舍 禮念作威儀 博錢沽酒2)喫 翻成客作兒

[해설] 수도(修道)에 정진하지 않는 중을 꾸짖는 시. 집 떠나
중이 되었다고 모두 해탈하는 것은 아니다. 남의 심부름이나 하
고 내기 장기나 하는 중들이여, 번뇌의 구렁텅이를 헤어나지 못
하리라.

---

1) 驅馳(구치): 몰아 달림. 여기서는 번뇌에 빠져 있는 모양.
2) 沽酒(고주): 술을 사 먹음.

만일 쾌활하기를 이야기할 양이면
오직 숨어 사는 이 사람밖에 없다.
수풀에 핀 꽃은 항상 비단 같아라.
네 철은 돌아 언제나 새롭거니,
가끔 바위 돌아 시름없이 앉으면
빨간 단계의 꽃송이 바라본다.
비록 몸은 이렇게 유쾌하지만
세상 사람 생각에 잊히지 않네.

若論常快活 唯有隱居人 林花長似錦 四季色常新
或向巖間坐 旋瞻1) 丹桂輪2) 唯然身暢逸 却念世間人

[해설] 숨어 사는 이의 기쁨을 누구에게 비기랴. 그러나 이
를 알지 못하는 세상 사람 생각하니 답답할 뿐이로다. 혼자만의
개달음이 아니라 남과 더불어 깨달으려는 구절에서 대승적(大
乘的) 사상을 엿볼 수 있다.

---

1) 旋瞻(선첨): 돌아서 본다는 뜻. 즉 여기저기서 본다는 것.
2) 丹桂輪(단계륜): 단계의 꽃송이. 단계는 계수나무의 일종. 붉은 꽃이 피는
   물푸레나무를 말함.

습득시 · *38*

내 집 떠난 사람들 보니
그들 모두 술·고기 좋아하네.
얼른 보아 천당에 오를 것 같지만
도리어 지옥에 들어가 잠기는걸.
겨우 두 권의 경전을 얻어 알아
저 시정 사람들을 속여 뽐내네.
그러나 어찌 알리 저 시정 사람들
도리어 큰 기틀 익어 있는걸.

我見出家人 總愛喫酒肉 此合上天堂 却沈歸地獄
會得兩卷經[1] 歎他市塵俗 豈知塵俗人 大有根性熟

[해설] 위선적인 승려나 도사(道士)들보다 오히려 속인들의
근본 품성이 불성(佛性)에 가깝다는 것. 제3구의 천당(天堂)이
란, 원래 불교의 교리가 열반에 드는 것을 목적으로 하고 천당
에 오르는 것을 목적으로 하지는 않지만, 속인들에게 지옥에 반
대되는 천상(天上)의 행복을 설파해서 죄를 짓지 말고 선을 행
하게 하려고 천당의 개념을 사용한 것이다.

---

1) 兩卷經(양권경): 老子의 『道德經』.

내 저 미련한 사람을 보니
등불 심지로 수미산을 받치려네.
개미새끼 큰 나무를 쪼으려 한들
그 힘이 모자라 할 일이 없다.
두 줄기의 나물 먹기를 배워
조사와 맞선다고 일컬어 뽐내는구나.
얼른 내 몸 돌이켜 참회 구하라.
지금부터는 다시 미혹함 없게 하라.

我見頑鈍人 燈心挂須彌 蟻子1)齧大樹 焉知氣力微
學齩2)兩莖菜 言與祖師齊 火急求懺悔 從今輙莫迷

[해설] 잘못 알고 뽐내지 마라.
함부로 조사와 맞선다고 떠들지 마라.
그 잘못을 깨닫고 얼른 참회하지 않으면
크게 후회하리라.

---

1) 蟻子(의자): 개미.
2) 學齩(학교): 씹는 것을 배움.

습득시·*40*

그대는 보라, 저 달의 광명을
온 천하를 두루 비추네.
뚜렷한 빛이 허공에 걸려
맑고 깨끗해 티끌을 떨쳤구나.
사람들은 차고 빔이 있다 해도
나는 보기를 더 덞이 없다 하네.
그 꼴은 마치 마니구슬 같아
밤낮이 없이 그 광명 빛나거니.

君看月光明 照燭四天下[1] 圓輝挂太虛 瑩淨能蕭麗
人道有虧盈 我見無衰謝[2] 狀似摩尼珠 光明無晝夜

[해설] 제6구의 뜻은 달이 차고 빔이 없는 것, 즉 더 쇠퇴하거나 시들지 않는 완전한 것이라는 것. 제1구의 '달'이나 7구의 '마니' 모두 진정한 불성, 즉 진여(眞如)를 말한 것이다.

---

1) 四天下(사천하): 온 세계. 수미산을 중심으로 한 네 개의 대륙. 곧 東勝身 洲(동승신주)·南瞻部洲(남첨부주)·西牛貨洲(서우화주)·北拘盧洲(북구로주).
2) 衰謝(쇠사): 쇠퇴하고 시듦.

습득시 · *41*

내 살기는 일정한 곳이 없어
함이 없음의 이치에 굳세게 서 있노라.
때로는 니르바나 산에 올라도 보고
혹은 향림사 절 구경도 가네.
모든 것이 심상함에 한가로울 뿐,
이름이나 이익은 말하지 않네.
동해가 변해 뽕밭이 되더라도
내 마음 그 누가 빼앗아 가리.

余住無方所 磅礴1)無爲理 時陟涅槃山 或玩香林寺2)
尋常祇是閑 言不干名利 東海變桑田3) 我心誰管니

[해설] 이름과 이익을 구하지 않으니 무엇에 속박될 것이 있
으랴. 바람 부는 대로 물결치는 대로 마음 가는 대로 살아가니,
아무리 많은 세월이 지나간다 하더라도 이내 마음 누가 뺏어가리.

---

1) 磅礴(방박): 가득 참.
2) 香林寺(향림사): 구체적인 것을 알 수 없음. 涅槃山과 대응되는 것으로 보
   아 열반의 경지라는 뜻으로 추정할 수 있음.
3) 東海變桑田(동해변상전): 신선 麻姑(마고)의 말에 "오랜 세월이 지나면 동
   해가 변해 뽕나무 밭이 된다"는 것이 있다. 오랜 세월이 흐른다는 뜻.

습득시 · *42*

왼손에는 여룡의 구슬을 쥐고
오른손에는 지혜의 칼을 들어,
먼저 무명의 도둑을 쳐부수니
신주는 스스로 불길을 휘날린다.
슬프다, 저 어리석은 사람들
애욕을 탐해 쉴 줄을 모르나니,
한번 삼도에 떨어져서야
비로소 앞길의 험한 것 알리.

左手握驪珠1) 右手執慧劍 先破無明賊 神珠2)自吐燄
傷嗟愚癡人 貪愛那生厭 一墮三途間 始覺前程險

[해설] 무명의 도둑을 쳐부수니, 부처 마음이 스스로 광명을 내뿜는구나.

애욕을 탐하는 이들이여, 지혜의 칼을 들어 스스로를 물리쳐라.

스스로를 쳐부수지 못하는 이들이여, 슬프고도 어리석구나.

---

1) 驪珠(여주): 아름다운 구슬. 즉 마니구슬.
2) 神珠(신주): 부처의 성품.

습득시 · *43*

저 반야의 술은 차고 차가워
마시기를 많이 해도 쉬이 깨나니
내가 천태산에 산다 하지만
범부들이야 내 얼굴 어이 알리.
언제나 혼자 깊은 골에 노닐어
끝내 세상 정에 따르지 않네.
생각도 없고 또 걱정도 없어
욕도 없으며 또 영화도 없네.

般若1)酒冷冷 飮多人易醒2) 余住天台山 凡愚那見形
常遊深谷洞 終不逐時情 無思亦無慮 無辱也無榮

[해설] ‘반야의 술’은 지혜의 술이란 뜻도 되겠지만, 자신이
먹은 술에 대한 역설의 뜻도 지니고 있다. 나는 세상의 정(情)
에 따르지 않으니 아무리 술을 먹어도 취하지 않는다.

---

1) 般若(반야): 梵語 Prajna의 음역. 迷妄을 버리고 佛法을 깨닫는 지혜.
2) 易醒(이성): 쉽게 깸.

‘진흙 총알을 물에 담근다’
아무리 생각해도 될 일 아니다.
물거품과 꿈과 환(幻) 같은 이 몸
기껏 백년이 그 얼마던고.
이 이치 자세히 생각할 줄 모르고
‘나는 오래 산다’고 사람들은 말하네.
빼앗고 위협하고 천금을 모아
그것으로 처자에게 물려주려 하는구나.

水浸泥彈丸 思量無道理 浮漚1)夢幻身 百年能幾幾
不解細思惟 將言長不死 誅剝壘千金 留將與妻子

[해설] 진흙으로 뭉친 탄환은 물에 넣으면 바로 풀어져 형체
가 없어지니 이는 쓸데없는 짓을 한다는 뜻이다. 인생이 바로
그와 같은데도 중생은 부질없는 탐욕을 그치지 않는다는 것.

---

1) 浮漚(부구): 물거품.

습득시 · *45*

스스로 한가로이 높은 스님 찾으나
푸른 산에는 흰 구름 모여드네.
동쪽 집에는 한 놈 어린애더니
서쪽 집에는 뭇 놈들 모였구나.
오봉은 허공에 높이 솟았고
벽락은 맑은 물이 넘쳐흐르네.
스승의 지시 따라 돌아가나니
달은 떠 한 수레바퀴 등불일러라.

閑自訪高僧　靑山與白雲1)　東家一稚子　西舍衆群群

五峰聳雲漢　碧落水澄澄　師指令歸去　月下一輪燈

[해설] 제3구의 일치자(一稚子)는 작은 구름을 뜻함. 제4구
의 중군군(衆群群)은 구름이 많이 몰려 있는 모양. 수레바퀴 등
불처럼 높이 떠 있는 밝은 달이 깨달음의 세계 가없이 비춰준
다.

---

1) 靑山與白雲(청산여백운): 푸른 산에 흰 구름이 더불어 있음. 동산의 시에
　　"푸른 산은 흰 구름의 아비요, 흰 구름은 푸른 산의 아들. 흰 구름 한종
　　일 의지하건만, 푸른 산은 아주 모르고 있네" 라는 것이 있다.

습득시 · 46

어젯밤에 한 가지 꿈을 꾸었네.
꿈속에서 하나의 공을 보았네.
아침이 와서 꿈 이야기 하려고
머리를 들다 또 공을 보았네.
그러면 이 공이 그 꿈이던가, 혹은 그 꿈이 이 공이던가.
한바탕 뜬 인생 생각하나니
모두 이 꿈속에 지나지 않네.

昔夜得一夢 夢見一團空 朝來擬說夢 擧頭又見空
爲當空是空 想計浮生裡 還同一夢中

[해설] 이 시는 장자의 나비의 꿈을 연상시킨다. 여기서 꿈
이란 환(幻)이나 물거품에 비유되는 현상(現像)이며, 공(空)은
구경(究竟)으로서 실체가 없는 경지.

습득시 · 47

몸의 가난은 가난이 아니요,
정신의 가난이 참 가난일레.
몸은 가난해도 도를 지키면
그는 가난한 도인이라 일컫나니,
정신의 가난은 지혜가 없어
그 결과로 아귀의 몸 받는다.
아귀와 가난한 도인 견줄 양이면
어이 가난한 도인에 미칠 것인가.

身貧未是貧　神貧始是貧　身貧能守道　名爲貧道人
神貧無智慧　果受餓鬼身　餓鬼比貧道　不如貧道人

[해설] 육신의 가난보다
정신의 가난이 더욱 큰 문제이다.
그대는 지혜 없는 아귀가 되겠는가
가난한 도인이 되겠는가.

습득시 · *48*

우물 밑에서 티끌이 일고
높은 산 위에 물결이 인다.
돌아낙네가 돌아기 낳고
거북의 털이 몇 치 자랐다.
보리의 도를 알고자 하거든
자세히 보라, 이 게시판을.

井底紅塵生 高山起波浪 石女生石兒 龜毛數寸長
欲覓菩提道 但看此榜樣[1]

[해설] 자세히 보라, 이 게시판을.
 높은 산 위에 물결이 인다.
깨달음의 도를 얻고자 한다면,
자세히 보라! 이 게시판을!

---

1) 榜樣(방양): 게시판. 방을 써 붙임.

묵은 수풀이 도리어 새로운데
여기 염원 시내 위에 한 사람 있네.
천로 골짝에서 흘러나오는 물
멀리 흘러서 하늘에 닿아,
깊숙이 굽이치는 곡도 사이에
물은 모여 한 바다로 아득하여라.
내 묻나니 그대 숭산의 선객이여
해는 지금 어디서 밝아 있는가?

故林又斬新 剡源1)溪相人 天姥2)峽關嶺 通同次海天
灣深曲島3)間 淼淼4)水雲雲 借問嵩禪客 日輪何處敦

[해설] 제7구의 '숭선객'이란 달마임. 달마가 "어떤 것이 숭산(嵩山)의 경(境)인가?" 하고 물으니 숭산이 답하기를 "해는 동에서 오르고 달은 서로 기운다" 했다. 달마가 "나는 무슨 뜻인지 모르겠노라" 하니 숭산이 "동서도 또한 모르는구나" 라고 했다 한다.

---

1) 剡源(염원): 천태산에서 북쪽으로 흐르는 시내 이름.
2) 天姥(천로): 천태산의 동쪽에 있는 봉우리 이름.
3) 曲島(곡도): 섬의 이름인 듯. 자세히 알 수 없음.
4) 淼淼(묘묘): 물 따위가 넓어 한없이 아득한 모양.

습득시 · *50*

내 이 천태사에 온 뒤로
이미 몇 해나 지났던고.
산수는 옛 그대로, 사람은 절로 늙어
뒤에 온 몇 사람도 이미 떠났네.

自從此到天台寺 經今早已幾冬春 山水不移人自老 見却多少後
生人

[해설] 천태산 국청사에 온 뒤로 오랜 세월이 흘러 산천은
예와 같으나 사람은 간 곳이 없다. 진실로 도 닦던 이들은 어디
로 갔는가. 뒤에 온 사람 또한 몇몇은 이미 떠나갔지만, 나는 아
직도 진리의 길을 찾아 정진하네.

습득시 · *51*

평생에 무엇을 시름할 것인가?
그저 세상 인연 따라 지내가는 것을.
해와 달은 흐르는 물결 같거니
광음은 돌 속의 불꽃같아라.
천지야 변하는가, 변한다 하라.
나는 바위 사이에 즐겁게 앉아 있네.

平生何所愁 此世隨綠過 日月如逝波 光陰石中火
任佗天地移 我暢巖中坐

[해설] 인생이란 부싯돌에서 일어나는
불빛처럼 잠깐인데
바위 사이에 앉아 변하지 않는 도를 즐기니
평생에 무엇을 걱정할 것인가.

습득시 · 52

내 보니 이 세상에 많이 아는 자
한종일 허덕이며 마음을 굽혀 쓰네.
갈림길에서 거리낌 없이 지껄이어
모든 세상 사람들 속여 먹나니,
다만 지옥 들어갈 더러움만 만들고
오는 세상 좋은 인 닦지 않는구나.
아아, 어느새 무상은 닥치리니
너는 틀림없이 어쩔 줄 모르리라.

嗟見多知漢 終日枉用心 岐路逞嘍囉1) 欺謾一切人
唯作地獄滓 不修來世因 忽爾無常2)到 定知亂紛紛

[해설] 모든 것은 인과응보이니
거짓말로 남을 속이지 말라.
어느 날 벼락처럼 무상이 닥쳐오리니,
그때는 어찌할 것인가.

---

1) 嘍囉(누라): 교활한 말.
2) 無常(무상): 인생의 덧없음.

습득시 · 53

까마득히 험하고 높은 산길
만 길이나 위험해라.
돌다리에는 이끼 푸르렀는데
때로 보나니, 흰 구름 휘날려라.
폭포는 매달려 비단 필 같은데
달그림자 떨어져 못에 빛나네.
내 다시 오르나니 화산 꼭대기
마치 외로운 학을 기다리는 것 같구나.

迢迢¹⁾山徑峻 萬仞險隘危 石橋苺苔²⁾綠 時見自雲飛
瀑布縣如練 月影落譚暉 更登華頂³⁾上 猶待孤鶴期

[해설] 도달하고자 하는 도는 진정 높구나.
험하고 높은 산길 오르고 또 올라
만길 높은 곳에 외로운 학을 기다리듯
그대 홀로 앉았구나.

---

1) 迢迢(초초): 까마득히 높은 모양.
2) 苺苔(모태): 이끼.
3) 華頂(화정): 천태산의 최고봉.

습득시·54

솔가지에 달은 걸려 바람은 쓸쓸한데
구름은 조각조각 일어 날으네.
첩첩 산은 둘러 몇 겹이던고
눈을 놓아 천만리 아득하여라.
끝까지 맑은 못물
거울처럼 환하고,
거룩하여라, 이 마음이여
칠보인들 어이 거기 비기리.

松月冷颼颼　片片雲霞起　匝匝1)幾重山　縱目千萬里
谿潭水澄澄　徹底鏡相似　可貴靈臺物　七寶2)莫能比

[해설] 제5구에서는 맑은 못물을 꿰뚫는 형안이 빛난다. 7구
의 영대(靈臺)는 신령스런 물건, 곧 진성(眞性)의 마음.
거룩하구나 마음 거울이여.
모든 것을 환하게 비추는구나.

---

1) 匝匝(암잡): 빙 둘러 있는 모양.
2) 七寶(칠보): 일곱 가지의 보배. 금·은·瑪瑙(마노)·유리·硨磲(거거)·진
주·玫瑰(매괴).

내 보니 세상에 안다는 사람
어리석게도 부질없는 글 배우네.
닥쳐올 결과 걱정할 줄 모르고
다만 악한 인만을 지을 줄 아네.
부처님 본들 예할 줄 아는가.
중을 만나면 짜증만 내네.
오역과 십악을 짓는 무리들
삼독을 친해 벗을 삼는구나.
이 세상 한번 떠나 지옥에 들면
어느 때 다시 헤어나기 기약하리.

世有多解人 愚癡學閑文 不憂當來果 唯知造惡因
見佛不解禮 覩僧倍生瞋1) 五逆2)十惡3)輩 三毒4)以爲隣
死居入地獄 未有出頭辰

---

1) 生瞋(생진): 성냄.
2) 五逆(오역): 무간지옥에 떨어지는 다섯 가지의 큰 죄. 즉 아비를 죽이는
   것, 어미를 죽이는 것, 아라한을 죽이는 것, 승려를 이간질하는 것, 부처
   의 몸에 상처를 내는 것.
3) 十惡(십악): 사람의 입·몸·마음의 業(업)이 만들어 내는 열 가지 죄악.
4) 三毒(삼독): 十惡의 끝의 세 가지.

습득시 · *56*

인생의 이 뜬세상에서
누구나 다 부귀 원한다.
높은 집 앞에는 수레와 말이 많고
한번 부르면 백 사람 대답 오네.
남의 재물을 아울러 빼앗아 가지고
내 뒤에 물려줄 일 생각하건만,
아아, 어느딧 칠십을 넘지 못해
모든 것 얼음 녹아 흔적 있는가?

人生浮世中　箇箇願富貴　高堂車馬多　一呼百諾至
呑倂佗田宅　準擬承後嗣　未逾七十年　氷消瓦解去

[해설] 제3구에서 6구는 부호와 세도가를 뜻함. 그러나 부귀
와 영화도 칠십을 넘기지 못하고, 죽고 나면 얼음이 녹듯이 흔
적도 없다. 죽은 다음에는 그 부귀영화 어느 곳에서 찾을까.

습득시 · *57*

구름과 수풀 속의 그윽한 내 집
달 떨어진 시냇물 베개하고 눕나니,
소나무 가지는 너럭바위를 쓸고
맛난 샘물은 차갑게 솟아나네.
고요히 앉아 보면 더욱 좋아라.
빈 바윗골에 안개만 아득하고,
가슴속의 즐거움 혼자 안다 하나니
해는 기울어 나무 그림자 낮다.

雲林最幽棲　傍澗枕月谿　松拂盤陀石　甘泉涌淒淒
靜坐偏佳麗　虛巖朦霧迷　怡然居恬地　日斜樹影低

[해설] 천태산의 절경에서 은거하는 사람의 즐거움과 한가
함을 노래한 시. 습득의 시는 대부분 불교적·교화적 내용인데
이러한 유형의 시는 한산의 영향인 듯.

습득시 · 58

아아, 즐거워라 그윽한 이 골짝
사람의 자취 끊어져 멀어졌다.
멧부리 감싸 돌아 구름 이는데
폭포는 물이 잦아 졸졸 흐른다.
잔나비 울음에 도의 노래를 화창하고
범의 휘파람에 산은 더욱 한가하네.
솔잎에 바람 일어 시원한 기운,
새는 지저귀어 소리 서로 즐겁네.
혼자 시름없이 시냇가를 거닐다가
외로이 높은 봉을 올라도 보고,
때로는 반석 위에 앉아 있다가
한가하게 누워 풀넌출 당겨 보네.
멀리 바깥세상 성 있는 곳 바라보면
오직 들리나니 북새 소리뿐이네.

可笑是林泉 數里勿人煙 雲篸巖岫起 瀑布水潺潺

猿啼暢道曲[1] 虎嘯滿山閒 松風淸颯颯 鳥語聲關關

---

1) 道曲(도곡): 道家的인 교리를 나타내어 부르는 노래. 여기서는 그저 흥얼
거리는 노래라는 뜻.

獨步繞石澗 孤陟上峰巒 時坐盤陀石 俛仰攀蘿沿
遙望城隍處 唯聞鬧喧喧2)

[해설] 맑은 시냇가를 시원한 바람 따라 거닐어 볼까. 새소
리 즐거우니, 아아 그윽한 이 골짜기에 사는 나 또한 즐거워라.

---

2) 鬧喧喧(요훤훤): 시끄럽고 떠들썩한 소리.

한산시에 대하여

최동호

1. 한산시의 작자에 대하여

한산자라는 전설적인 은자가 천태산(天台山)의 나무와 바위에 써놓은 시를 국청사(國淸寺)의 중이 편집했다고 전해지는 시집이 『한산시』이다. 한산자의 작이라고 전해오는 약 300여 수외에 풍간(豊干)의 작품 2수, 습득(拾得)의 작품을 약 50여 수 포함하고 있기 때문에 『삼은시집(三隱詩集)』이라고도 불린다. 소수의 칠언시와 삼자시(三字詩)가 포함되어 있지만 오언시가 대부분이며, 시체는 악부(樂府)에 가까운 고시(古詩)이며 소위 근체시(近體詩)나 율시(律詩)나 절구(絶句)는 거의 없다. 350여

수라는 분량은 대체로 당나라 시인들의 보통의 편수이다. 시의 내용은 꽤 복잡하고 다양하여 여러 가지 제재가 취급되고 있다. 『한산시』의 전형적인 부분인 자연과 함께 있는 즐거움을 노래한 것 외에 세상과 승려에 대한 비판, 불교적인 교훈시, 도교에 대한 비판의 시, 여성의 변덕을 노래한 시 등을 통하여, 허망한 삶을 깨우치고 진정한 도를 구하라는 주제가 주류를 이루고 있다.

한산자가 어떤 인물인가 하는 것은 분명하지 않다. 여구윤(閭丘胤)은 한산자를 문수보살의 재현으로 신비하게 묘사하고 있으나 그 신빙성은 의심스러울 수밖에 없다. 여구윤이라는 인물은 다른 문헌에는 전혀 나타나지 않아 그 실재가 의심스럽다(『속고승전(續高僧傳)』 권 25에 나오는 같은 이름의 인물은 전혀 다른 인물이다). 여구윤의 존재가 의심스러운 또 하나의 증거는 문장의 치졸함에서 찾을 수 있다. 태주자사(台州刺史)라면 상당히 높은 관직으로 꽤 고급한 문장을 구사할 수 있었을 것임에도 불구하고 원문의 문장은 매우 거칠다. 이러한 증거들로 미루어 보아 이 시집의 서문은 편집자가 책의 권위를 높이기 위해 가공의 인물을 내세웠을 가능성이 많다. 또한 한산자에 대해서는 다른 계통의 이야기가 『태평광기(太平廣記)』 권 55 「선전습유(仙傳拾遺)」에 전하고 있다.

한산자는 대력(大曆) 때 천태(天台)의 취병산(翠屛山)에 은거

하여 좋은 시를 지었는데 일편일구(一篇一句)를 얻으면 나무와
바위 위에 써 놓았다. 호사가들이 300여 수를 모으고 동백(桐
柏)의 은자 서령부(徐靈府)가 편집하여 서문을 달았다. 산림유
은(山林幽隱)의 취흥을 노래한 것이 많고, 세상을 풍자하고 풍
속을 훈계한 시들도 있었다. 그는 십수 년 후에 행방이 묘연하
였다가 함통(咸通) 12년에 도사(道士) 이갈(李褐)이라는 사람의
처소에 갑자기 나타났다가 자취를 감추었다.

대력(大曆)은 당나라 대종(代宗)의 연호(776~779)이고 함통
(咸通)은 당나라 말기 의종(懿宗)의 연호(860~873)로 그 12년은
871년이다. 시대가 약 1세기 틀리고 있어 이 기록도 신빙성은
적다고 할 수밖에 없다.

요건대 한산사라는 인물의 실존 여부를 알려주는 신빙성 있
는 전기적 증거는 거의 없다. 지금까지 전하는 전기적 자료로서
는 한산자가 구체적으로 어느 시대의 인물인지, 또한 불가(佛
家)의 인물인지 도가(道家)의 인물인지, 불가의 인물로 보더라
도 승려인지 거사(居士)인지 알 길은 막연하다. 습득이나 풍간
도 그러한 구체적인 전기적 자료는 없다. 그래서 혹자는 습득이
란 실재의 인물이 아니고 한산자의 시에서 누락된 부분을 편집
자가 찾아내었다는 의미로 拾得(주워서 얻었다는 뜻)이란 이름
을 붙였을 것이라고 추정하는 정도이다. 어떻게 보면『한산시』
전체가 여러 사람의 합작품일 가능성도 있다.

2. 한산시의 내용에 대하여

현대의 독자들에게 한산자나 습득이 어떤 인물인가 하는 것이 결정적으로 중요한 의미를 가지는 것은 아닐 것이다. 보다 실제적인 것은 『한산시』 자체의 내용일 것이다. 『한산시』의 내용을 추적하다 보면 한산자가 어떠한 인물이었던가 하는 가장 구체적인 해답을 찾을 수 있기 때문이다.

『한산시』에서 우선 눈에 띄는 것은 불우한 선비에 관한 시편들이다.

글씨와 글은 모자라지 않았지만
이상해라 벼슬자리 얻지 못했네.
돌아가다 꼼꼼한 시험관에 꺾였으니
때를 씻어 가면서 헌데를 찾았구나.
이는 반드시 하늘의 운수이리니
금년에도 한번 또다시 응시해 보라.
장님 아이가 새 눈깔을 쏘아도
가다가 우연히 맞는 수도 있느니라.
書判全非弱 嫌身不得官
銓曹被拗折 洗垢覓瘡瘢
必也關天命 今年更試看
盲兒射雀目 偶中亦非難

위의 시는 실력이 있으면서도 과거에 낙방한 불우한 선비를 동정하는 내용이다. 이러한 내용의 시로는 「저 어떤 선비이기에(箇是何措大)·117」, 「부드러이 생긴 아름다운 소년(雍客美少年)·125」, 「여기 한 훌륭한 식자 있어(一人好頭壯)·144」 등 여러 편이 있는데, 모두 뛰어난 재능을 가지고 있으면서도 그 재능을 발휘할 기회를 갖지 못하고 빈한하게 살아가는 불우한 선비들의 통분을 노래했다. 『한산시』의 제작자 역시 이러한 유형의 인물로 상정할 수 있을 것이다.

> 내 이 세상에 난 지 삼십 년 그 동안에
> 헤내어 돌기 천만리로 놀았나.
> 강으로 나갔더니 푸른 풀 우거지고
> 국경에 이르매 붉은 티끌 아득했다.
> 헛되이 약 만들어 신선도 구해 보고
> 부질없이 시도 짓고 책도 읽었다.
> 이제 비로소 좋이 한산으로 돌아와
> 개울을 베고 누워 귀를 씻노라.
> 出生三十年 常遊千萬里
> 行江靑草合 入塞江塵起
> 鍊樂空求仙 讀書兼詠史

今日歸寒山 枕流兼洗耳

— 한산시 · 281

　이 시는 대상을 관찰하여 얻은 시가 아니라 체험에 의해 얻어진, 즉 작자 자신이 직접 체득한 시이다. 다분히 작자 자신의 자전적 성격을 나타내고 있다. 『한산시』의 작자가 선비 계층이었다는 사실은 문체나 시어에서도 증명될 것이다. 『한산시』에 큰 영향을 미친 것은 『문선(文選)』(양나라 소명태자 소통[昭明太子 蕭統: 501~531]이 편집한 사화집인데, 이 책은 과거 시험의 필독서로 당시의 모든 선비 계층이 읽지 않으면 안 되었다) 이다. 『한산시』가 『문선』의 영향을 받았다는 구체적 증거로는 시 2의 제4구 "白雲抱幽石" 등 수없이 많다. 위의 구절은 육조(六朝)의 시인 사령운(謝靈運: 385~433)의 유명한 시에서 그대로 인용한 것이다. 또 시 51의 「늘어진 버들은 연기처럼 어둡고(垂柳暗如烟)」에서 제5구 "各在天一涯"는 『고시십구수(古詩十九首)』 중 첫 번째 것인 「相去萬餘里 各在天一涯」(『문선』 권29)에서 그대로 인용한 것이며, 제7구 "寄語明月數에서 明月數"는 조식(曹植)의 『칠애시(七哀詩)』 중 「明月高數照 流光正徘徊」(『문선』 권23)에서 인용한 것이고, 제8구의 "雙蜚鸞"은 『고시십구수』의 제12수(首) 중 결구 「思爲雙蜚鸞 泥衡君屋巢」(『문선』 권29)에서 인용한 것이다. 위에서 열거한 것은 조그만 예에 불과하며 『한산시』 전체에서 『문선』으로부터 받은 영향은 매우 크다.

『한산시』가 영향을 받은 것은『문선』뿐만이 아니라『장자』『시경』『서경』『논어』『사기』『한서』『삼국지』『포박자』『안씨가훈』『법화경』『유마경』등 여러 분야의 서적에서 광범위한 영향을 받고 있다. 또한 당나라의 이백(李白: 701~762), 두보(杜甫: 712~770), 백거이(白居易: 772~846) 시의 영향도 보인다. 따라서『한산시』의 작자는 중당(中唐: 779~836) 시기이거나 그 후의 인물로 볼 수 있는데, 만당(晩唐: 836~907) 시기에는 오히려『한산시』가 다른 시인들에게 영향을 끼치고 있는 것으로 보아 중당시기의 인물로 보는 것이 적당할 듯하다.

『한산시』의 작자는 대체로 중당시대의 사람으로 본격적인 문학수업을 한 선비 계층의 인물이라고 설정할 수 있는 것은 위의 여러 문헌적 자료에 근거한 것이다. 그는 과거에 응시를 하여 영달을 원하였으나 그 꿈은 좌절로 끝나고 말았다. 평화시기라면 계속되는 과거를 통하여 꿈을 실현해 보는 것도 가능했겠지만 중당 시기는 중국의 반이 끊임없는 전란이 되풀이되는 혼란한 때였다. 그는 강남(江南)으로, 북쪽의 국경으로 방랑을 거듭하였으며 도가(道家)에 귀를 기울여 보기도 하였다. 이런 방황 가운데서 그는 혼란하고 오염된 세상을 떠나 은둔의 길을 택한 것으로 보인다(시 281 참조). 그가 은둔의 길을 택했을지라도 그에게는 사상적으로 두 가지의 선택이 기다리고 있었다. 불교냐, 도교냐 하는 것이 바로 그것이다. 당나라 때는 유교, 불교, 도교가 그 어느 것도 확실한 시대적 조류가 되지 못하고 혼류하고 있는 상황이었다. 과거에 의한 정계 진출이나 현세적 원리에 인한 행동을 버린, 즉 유교를 버린 그가 도교와 불교의 선택에 처할 수밖에 없었으리라는 것은 분명히 예측할 수 있을 것이다. 따라서 『한산시』에서 노장사상에 깊은 관심을 나타내는 구절이 보이는 것은 자연스러운 일이다. 곧 "장자는 자기 죽어 장사치를 때/천지를 안팎 널로 삼는다 했다(莊子說送終/天地爲棺槨)·8", "선서 한두 권 잡히는 대로 펼쳐/나무 밑에서 읽히는 대로 읽는다(仙書一兩卷/樹下讀喃喃)·16", "능히 더하고 또 능히 바꾸면/신선의 장부에 실릴 수 있지만(能益復能易/當得上仙籍)·78" 등이 그것이다. 그러나 『한산시』의 가장 매력적인 부분인 한산에서의 은둔 생활, 한산의 분위기를 노래하고 있는 자연시적(自然詩的) 부분은 실제로 불교와 도교 중 어느 쪽이라고 그 사상적 근거를 정하기 어렵다.

물론 한산자는 도교와 불교 두 종교 사이에서 동요하다가 최종적으로는 불교에 기울어지게 된다. 그뿐만 아니라 결국은 역으로 불교적 입장에서 도교의 허망함을 고발하기도 한다. 앞에 인용한 시 281에는 그가 도교에 실망한 것을 잘 나타내고 있다고 하겠다. 즉 약을 만들어 신선이 되고자 했으나 그것은 결국 헛된 것이었다는 이야기다. 선약(仙藥)을 만들어 신선이 된다는 것, 그것은 중국 도교의 큰 특징이다. 당나라 중기에는 도교에서 추구한 연금술의 전성시대였다. 연금술의 목적은 불로장생의 단약을 만드는 데 있었다. 고래의 신선사상·노장사상 등이 불로장생을 위한 주술적 의학과 결합하여 도교의 한 부분으로 정립되었고, 당나라 중기에는 이 이론과 기술이 점점 정교하게 되어 제조되는 단약의 효험은 광범위하게 믿어졌던 것이다. 이러한 연금술과 단약의 성행은 황제 헌종(憲宗: 778~820)에서 시작되어 몇 사람의 황제가 단약에 의한 중독으로 사망할 정도였으므로 광범위한 영향력을 끼쳤을 것이라고 짐작된다. 도교는 단약에 의한 불로장생을 무기로 일세를 풍미했던 것이다.

그러나 이것은 역으로 도교의 큰 약점이 되지 않을 수 없었다. 종교가 현세적 이익을 고집하는 한 결국은 그 종교의 허망함이 나타나고 마는 것이다. 단약의 효과가 없다는 것이 황제를 비롯한 무수한 인체 실험의 결과로 증명되어 버리면 도교의 허망함도 실천적으로 폭로되어 버리게 된다. 한산자가 포착한 것이 바로 그것이다. 말하자면 도교의 최대 약점을 겨냥한 것이다. 시 153에서는 사람이 늙음을 두려워해서 부질없이 약을 구해 신선이 되려고 뿌리와 싹을 모조리 뒤져 속절없이 세월만 흘려보내는 모습을 노래하고 있고, 시 228에서는 더욱 비약하여 "너 비록 신선이 된다더라도/송장을 지키는 귀신과 다름없다"고 불로장생의 사상을 그 근저에서부터 비판하고 있다. 시 253에는 한(漢)의 무제(武帝)나 진(秦)의 시황제(始皇帝)가 신선술을 좋아해서 수명을 연장하려 했으나 결국 무위로 끝나 죽고 말았다는 역사적 사실도 노래하고 있다.

여기에서 생각하여야 할 것은, 당대(唐代)는 정토(淨土)나 선(禪) 등 새로운 시대에 적합한 종파가 일어나서 불교가 다른 종교보다 훨씬 일찍 고대적 종교에서의 탈피를 추구했다는 사실이다. 유교의 탈피는 한유(韓愈: 768~824)에 의해 시도되었지만 송대(宋代)에 가서야 꽃을 피우게 된다. 형이상학과 인식론의 지지를 받지 않는 유교적 합리주의는 불가지론(不可知論)에 떨어지기 쉽다. 당나라 유교사상의 대표적이었던 한유가 단약을 먹고 죽었다고 전해지는 것은 상당히 상징적인 이야기일 것이다. 이에 반해 불교 시인이었던 왕유(王維)와 백거이(白居易)는 도교의 연금술에 맹렬한 비판을 가했다. 한산자 역시 도교의 주술성 비판을 통하여 불교신자로서의 자신을 확립하게 된다. 그러나 불교에 귀의했다고 해서 한산자가 불교적 목소리만 가다듬은 것은 아니다. 그는 두 개의 목소리를 가지게 되는데 그 두 목소리가 이율배반적인 것은 물론 아니다. 그 하나는 한산이 선적(禪的)인 명상에 잠겨 있는 불교적 은둔자로, 또 하나는 민중의 생활에 근거를 둔 민중주의자로 나타난다.

여기에는 시대적 배경의 설명이 필요하다. 당나라는 육조적(六朝的) 문벌귀족체제에서 근세적 과거체제로의 이행 시기였다. 거대한 토지를 소유하고 가세에 의해 관직을 세습하여 권력을 장악하던 문벌귀족으로부터 과거에 의해 선발된 신흥사대부층으로 정치의 담당자가 변하고 있던 과도기적 시대였던 것이다. 그러한 권력 교체기에 으레 있기 마련인 복잡한 권력투쟁이 당나라 300년을 통하여 지속되었다. 후에 사대부로 발전하는 계층은 당나라 이전에 한문사족(寒門士族)이라고 불리던 중소 지주층이다. 대체로 당나라의 시인들은 이 계층에 속했다. 한산자도 이 계층 출신일 것이다. 이러한 권력 투쟁의 과정에서 신흥계급은 권력을 가진 상층계급과 대항해야 하기 때문에 인구의 절대 다수를 차지하는 피지배계급을 옹호해야만 했다. 당나라의 신흥사대부도 그러했을 것이다. 두보, 원결(元結: 723~772), 백거이 등이 농민을 중심으로 한 근로민중의 비참한 생활을 노래한 작품을 많이 남긴 것은 위의 사실을 뒷받침하는 시대적 증거라 할 수 있다. 물론 당나라 시대 모든 문인들이 민중 지향적 문학을 했던 것은 아니다. 현대적인 시각으로 보면 그들의 문학은 대부분 귀족적인 문학일 것이다. 그러나 성당(盛唐: 713~779) 시인 중 가장 귀족적인 왕유(王維)의 시에서도 육소 시대나 조당 시대의 시인들에게는 전혀 보이지 않던 농민생활에 눈을 돌린 시편들이 있다. 세속정치를 부정하는 한산자가 귀족적인 문학에 머물지 않고 민중 속으로 눈을 돌린 일면이 있는 것은 어쩌면 당연한 일이라 하겠다. 이것이 『한산시』의 내용에 당시 당나라 사회의 다양한 모습이 반영될 수 있었던 큰 이유가 될 것이다.

체제에 반대하여 불교 신자가 된 한산자는 신자가 되어서도 체제적인 사원불교에는 통렬한 비판을 가한다. 그가 믿는 불교는 귀족적 불교인 사원불교가 아니었던 것이다.

산악처럼 마음이 높은 사람은
나를 세워 남에게 굽히지 않네.
베다의 경전을 강할 줄 알고
삼교의 글을 두루 말하며,
마음속에는 부끄러운 생각 없이
계를 부수고 율문을 어기면서,
상인의 법이라 스스로 자랑하고
제일의 사람이라 일컬어 뽐내나니,
어리석은 사람, 칭찬해 마지않고
지혜로운 사람, 손뼉 치며 웃는구나.
모두가 아지랑이, 허공의 꽃이어니
어찌 그것으로 나고 죽음 면할건가!
차라리 아무것도 모르고 앉아
온갖 근심 걱정 끊음만 못하니라.

心高如山嶽　人我不伏人
解講韋陀典　能談三教文
心中無慚愧　破戒違律文
自言上人法　稱爲第一人
愚者皆讚歎　智者拊掌笑
陽燄虛空花　豈得免生老
不如百不解　靜坐絶憂惱

　　위 시는 근본원리의 탐구를 망각하고 현학적 학문에만 열중하고 계율을 어기면서도 불법의 일인자로 뽐내는, 권력에 보호받는 사원불교의 승려를 비판하고 있는 것임에 틀림없다. 시 155에서는 "저 얼굴 훤하던 운광법사는/그 머리 위에 두 뿔이 났었네(雲光好法師/安角在頭上)"라고 하여 육조 시대의 귀족불교의 고승(高僧)도 신심(信心)이 없는 무리라고 노래하고 있다. 시 255에서는 한층 더 통렬하게 "너희들 집난이에게 내 이르나니/어떤 것 일러 집난이라 하는가?(語你出家輩/何名爲出家)"라고 꾸짖으며 형식적인 불사(佛事)에 전념하고 사치스러운 생활을 추구하는 승려들을 비판하고 있다. 한산자는 형식적인 사원불교보나는 보다 자유로운 민중불교를 지향했던 것이다.

　　『한산시』의 일부는 당시 유행하던 설화에도 바탕을 두고 있었다. 예를 들면 시 42와 같은 저안(氐眼) 땅의 추공(鄒公)의 아내와 한단(邯鄲) 땅의 두생(杜生)의 어머니를 대비하면서 영고(榮枯)의 모습과 그 도리를 설명하고 있는 듯하지만, 이 시만 가지고는 자세한 뜻을 알기 어려운 난점이 있다. 아마도 이 시의 내용을 이루는 이야기가 그 당시 광범위하게 유포되어 누구나 알고 있었다고 볼 수 있을 것이다. 시 90에서도 가바(賈婆), 황로(黃老), 위씨아(衛氏兒) 등의 구체적인 인명이 보이는데 이것 역시 그 당시 널리 퍼진 설화나 고사에 기반을 둔 것임에 틀

림없다. 시 41, 49, 59와 같은 것들도 역시 설화나 민중 속에 유
포되어진 이야기에서 취재되어진 시들일 것이다.

　그러나 위의 시편들보다 『한산시』의 진면목을 나타내는 것
은 시집 후반부에 많이 나타나는 불교의 이치를 설법하는 시편
들이다.

아아, 두려워라, 삼계의 수레바퀴

생각 생각에 일찍이 쉬지 못하는구나.

겨우 거기서 벗어났다 했더니

어느새 다시 잠기고 마는구나.

가령 저 비비상(非非想)의 유정천(有頂天)에 나더라도

그것은 다만 복의 힘을 인연한 것.

어찌 저 진정한 근원을 알아

한 번 얻어 곧 영원히 얻지 않으랴!

可畏三界輪　念念未曾息

纔始似出頭　又却遭沈溺

假使非非想　蓋緣多福力

爭似識眞源　一得즉永得

— 한산시 · 195

　이와 같이 깨달음을 밝히는 시에서, 윤회의 고통으로부터 시
작하여 중생의 우매와 번뇌를 밝히고(213) 본성의 밝음으로 여

래가 되는 것을 가르쳐서(219) 마음속에 부처가 있다는 것을 역설하고 있다. 그러나 『한산시』가 설법의 딱딱한 형식으로 불교의 진리를 가르치는 것은 아니다. 오히려 불교문학으로서 『한산시』의 진정한 가치는 풍부한 인생체험을 기초로 하여 세태인정을 교묘히 노래하여 모르는 사이에 독자를 깊은 깨달음으로 유도하는 데 있다고 할 것이다. 시 36의 빈부의 교차, 37의 욕심이 가득한 부호의 생태, 72의 생활을 게을리하고 허영에 날뛰는 남녀 등 가지각색의 인생을 노래하면서 무상(無常)한 삶을 깨닫지 못하면 지옥축생에 떨어져 영원한 고통을 받는다는 것을 설법하여 결국은 불교에 의한 해탈을 자연스럽게 노래하고 있다. 한산자는 영혼의 정화와 해탈을 추상적인 언어에 의존하지 않는다. 해탈 후의 정화된 세계를 지상의 이상경의 구체적인 묘사를 통해 세시하고 있다. 『한산시』에서 반복되어 노래하는 한산(寒山)이 바로 그것이다.

층층 바위틈이 내가 사는 곳
다만 새 드나들고 인적은 끊어졌다.
좁은 바위 마당가에 무엇이 있나.
흰 구름만 그윽한 돌을 안고 감돌 뿐.
내 여기 깃든 지 무릇 몇 해인가
봄과 겨울 바뀜을 여러 차례 보았네.
그대 부자들에게 내 한 말 부치나니

헛된 이름이란 진정 헛된 것뿐이니라.

重巖我卜居 鳥道絶人跡

庭際何所有 白雲抱幽石

住妓凡幾年 屢見春冬易

寄語鍾鼎家 虛名定無益

— 한산시·2

이러한 종류의 시는 처음부터 되풀이되어 전편에 걸쳐 노래하고 있다. 한산, 그곳은 거마(車馬)의 자국이 없는 인적이 끊긴 곳이며(3) 둘린 겹산은 항상 눈을 얼리고 그윽한 숲은 매양 안개 토하는(66) 냉엄한 곳인데, 그곳에 가는 것은 한여름에도 얼음이 녹지 않고 해는 떠올라도 안개만 자욱하여(9) 쉽게 갈 수 없는 곳이다. 이러한 장소는 세속의 오염된 생활에서 벗어나 초월하게 살아가는 곳이기에 수도자의 거처로서는 적당할 뿐만 아니라, 태고 그대로의 원시·소박한 자연 풍경은 세속적인 탁한 심경(心境)과 번뇌를 벗어난 명징한 각성의 경지로 상징된다. 자연과 불교의 결합은 『한산시』만의 특징은 아니지만 중국 문학의 보편적 특성임에는 틀림없다. 한산 역시 이러한 중국 문학의 전통적 사고를 바탕으로 구축된 이상경인 것이다. 여하튼 『한산시』의 특색 중의 하나는 한산이라는 환상적인 해탈의 세계를 의도적으로 설정하고 여러 각도에서 집요하게 되풀이하여 노래하는 것이다.

　결론적으로 말하면 『한산시』의 작자는 중당 시대의 선비계층의 인물로 지리적·사상적으로 오랜 방황을 거듭한 끝에 '한산'이라는 정신적 이상경에 정착한 것으로 보인다. 그의 방황은 폭넓은 것이어서 『한산시』도 그 체험에 따른 다양한 내용을 포함한다는 것이다. 불우한 선비를 노래한 것, 도교에 흥취를 느낀 것, 허식의 불교를 비판한 것, 서민의 생활을 노래한 것, 불교적인 교훈을 내용으로 한 것, 그리고 그의 시 중에서 백미라 할 수 있는 한산의 자연을 노래한 것 등이다.

3. 한국 현대시와 『한산시』

　『한산시』가 언제 한국에 전래되어 읽혀지기 시작했는지는 정확하게 말하기는 어렵다. 현재 고려대학교 도서관 장서로 소장되어 있는 목판본은 1574년 이전에 간행된 것으로 보이며 봉은사에서도 1856년 목판본으로 간행한 기록이 있다. 이로 보아 적어도 16세기 이전에 불가에서 읽혀졌을 것으로 여겨진다. 그리고 고려시대 최자의 『보한집』에 "말은 버성긴 듯하나 부친 뜻이 깊은바, 거의 한산과 습득의 무리가 아닌가 한다(語若疎易而奇意高深 殆寒拾得之流歟)"고 하여 한산과 습득에 대한 언급을 하고 있는데 이는 이 시기에 『한산시』가 공개적인 것은 아니었지만 그런대로 널리 읽혀지고 있었다는 증거가 될 것이다. 최자와 동시대 고려의 선승들이라고 할 수 있는 진각혜심은 물론 백운, 경한, 태고 보우의 경우에도 관련된 어구들을 인용하고 있다는 것은 흥미로운 일이라고 하겠다. 조선시대의 선승이라고 할 수 있는 영호, 정호의 선시에서도 한산시의 인용이 나타난다. 결과적으로 『한산시』는 현실의 속박을 떨쳐버리고 싶은 불가에서 지속적으로 읽힌 방외인의 선서로 귀하게 취급되었다고 전한다.

『한산시』는 과거에만 읽힌 것이 아니라 현대시에도 지대한 영향을 주었다. 1941년 오대산 월정사에서 외전 강사 생활을 한 조지훈은 1966년 『한산시』에 대해 다음과 같이 말한 바 있다.

어쨌든 가슴이 답답할 때 禪詩를 읽으면 가슴이 후련해진다. 시가 脫俗하려면 먼저 이런 境地를 거닐어 보지 않으면 안 된다. 寒山詩처럼 이빨이 시린 시를 읽다가 옹졸한 유자의 시를 읽으면 가슴이 답답해진다.

요즘 우리시도 좀 답답해지고 따분해가는 것 같다. 禪詩 아닌 旋風이라도 불어야겠다.

이 글은 당시 고루한 정통에 사로잡혀 꽉 막힌 시단의 답답함을 토로한 것이다. 『한산시』가 한국의 시인들에게 가깝게 읽힌 것은 1962년 법보원에서 간행한 김달진의 번역본에 의해서였다. 이 번역은 봉은사판을 대본으로 사용한 것으로 여겨지며 이후 일반 독자들도 『한산시』를 읽기 시작했다. 많은 현대 시인들 중에서 정현종은 『한산시』에 깊은 관심을 표명한 시인이다. 그는 한산을 거지와 광인의 경계에 있는 시인으로 보고 다음과 같은 시를 발표했다.

나는 너희가 體現하고 있는 저 오묘한
뜻을 알지만 나는 짐짓 너희를 외면한다
왜냐하면 나는
안팎이 같은 너희보다
(너희의 이름은 안팎이 같다는 뜻이거니와)
안팎이 다른 나를 더 사랑하니까.
너와 나는 그 동안
隱喩 속에서 한 몸이었으나
실은 나는 秘意인 너희를 해독하는
기쁨에 취해
그런 주정뱅이의 자로 세상을 재어 온지라
나는 아마 醉中得道했는지
인제는 전혀 구별이 안 가느니―
누가 거지고
누가 광인인지
(구걸이든 미친 짓이든
寒山이나 프란체스꼬

덤으로 그 八寸 그림자들쯤이면
필경 우주의 숨통이려니와)

ㅡ「거지와 狂人」 전문

　안과 밖의 경계와 구분이 어디에 있는가. 그것이 하나이든 둘이든 무슨 상관이 있을 것인가. 구분한다는 것 그 자체가 무용하다. 나는 취중 득도하여 그런 경계와 구분을 넘어섰다는 것이 위의 시에서 화자가 하고 싶은 말인 것이다. 필자가 『한산시』를 처음 읽은 것은 1970년대 후반 김달진 선생의 번역본을 통해서였다. 『한산시』에는 조지훈의 지적처럼 이빨시린 기가 살아 있어 묘한 매력을 느꼈다. 일반적으로 말하는 이른바 제도권 문학과 다른 독특한 세계 있어 현실과의 안일한 타협을 거부하는 야인정신이 독존의 기개를 느끼게 하였던 것이다. 그리고 김달진 선생과 근거리에서 생활하면서 한산의 야인정신을 가깝게 느끼게 되었다. 당시 절판되었던 이 책을 필자가 다시 펴내게 된 것은 이러한 인연들이 작용했다고 하겠다. 한산시를 자주 읽으면서 가중되어 오는 현실의 속박을 떨쳐버리고자 다음과 같은 시를 쓰게 되었다.

때때로
하늘 편지 구름에게 받아보고
언제나 적적한

마당을 쓴다

드문드문 빗방울에
지워지다 흐리게 남아 있는
산새들의 야윈 발자국

울울한
바위틈에 찾아올 길 없는
집 한 채 지어놓고

때때로
이끼 낀 물소리 베개하고
바람 소리 적적한
귀를 씻는다.

— 「여름 寒山寺」 전문

　이 시는 『한산시』에 자주 등장하는 구름과 바람의 이미지를 구사하여 청정한 세계를 동경하는 마음을 표현해 본 것이다. 『한산시』는 독자들이 널리 애송하는 시편들은 아니지만 청정한 세계를 그리는 사람들에게는 좋은 길잡이가 되는 명저라고 할 수 있다. 위에서 예를 든 작품들 이외에도 정지용, 김달진, 서정주, 김관식, 이원섭, 황동규, 박제천, 이성선, 조정권, 최승호, 황지우 등의 시인들의 형성하는 정신적 토양이 되어 그들의 시에 직접·간접으로 변용되고 있다고 여겨지며 앞으로 『한산시』의 영향은 더 크게 확장될 것이라 전망된다.

물질만능에 찌든 오늘날 우리 현대 시인들이 추구하는 시적 주제와 『한산시』가 지닌 깊은 사상성이 서로 상통하는 점이 있기 때문이다. 물질의 풍요에 구속당한 정신의 가치야말로 예나 지금이나 풍요로운 삶을 지향하는 모든 시인들에게 가장 중요한 시적 주제임은 쉽게 부정할 수 없다. 그런 점에서 『한산시』의 다양한 내용과 깊은 사상성은 오늘의 독자들에게도 신선한 감동을 줄 수 있으리라 기대된다.

* 이 책의 본문 구성과정에서 여구윤(閭丘胤)의 서(序)는 앞에서 언급된 것처럼 신빙성은 적으나 한산자라는 인물과 『한산시』의 내용을 이해하는 데 도움이 될 것이라 생각되어 서두에 수록했다. 해설에 해당되는 「한산시에 대하여」에서 '한산시의 작자와 내용 부분'은 入谷仙介와 松村 昴의 『寒山詩』(筑摩書房, 1981)의 해설부분을 요약한 것이며 '현대시 부분'은 필자가 집필한 것이다. 그리고 각 시의 번호는 원시(原詩)에는 없는 것이나 편의상 달았다.